Percy Jackson

波西傑克森

女神之怒

雷克・萊爾頓 Rick Riordan◎著

王心瑩◎譯

遠流

波西傑克森 7 女神之怒

目錄

獻給我們在第二十電視公司和 Disney+ 頻道的朋友——
要一同航行於妖魔之海，
我們想不出比你們更好的船員伙伴。

1 我在校長室出事了

十月。有史以來最棒的一個月。

空氣清新。中央公園的樹葉逐漸變色，而且第八十六街我最喜歡的餐車開始供應南瓜香料捲餅。

最重要的是，最近來自神話世界的騷動事件是「零」。沒有天神來敲我的門，要求我去幫他們跑腿辦事；沒有怪物企圖來取我的小命。

足足有無憂無慮的三個星期，我是正常的高中三年級學生。如果你是海神波塞頓❶的半神半人兒子，「正常」是生活步調一種很好的變化——即使伴隨而來的是回家作業和週末補習。

你可能覺得很好奇：「一個力量強大的半神半人，念到高中的最後一學年，爲什麼還需要像週末補習這種微不足道的協助？」

你可能還不認識我。首先呢，我有閱讀障礙，同時有注意力不足及過動症。像閱讀和集中注意力這類小事，對我來說遠比，例如從教室窗戶跳出去大戰一頭噴火野豬，還要困難得

❶波塞頓（Poseidon），希臘神話中的海神，掌管整個海域，力量象徵物是三叉戟。

多。說來奇怪，把怪物野豬解決掉，老師並不會多給幾個學分。

還有，我錯過了高一這整個學年，都要感謝一場宇宙等級的世界末日（希拉[2]），要不是某些愛管閒事的天神（希拉），我們根本不會參與（希拉）。

所以我目前在「替代中學」念高中，只有這個地方會讓我及時拿到畢業證書，才能跟女朋友一起上大學。爲了補上根本不是因爲我的錯（希拉）而沒拿到的所有學分，我必須在週末上一些課。

每個星期六，我去曼哈頓區社區學院，赫南德茲博士在那裡開設雙學分的西班牙文課。星期天呢，我修一門線上的化學課。到了星期一早上，我眞的很需要喘口氣，只能帶著一陣陣的頭痛、踏著蹣跚的步伐走進學校，努力撐過平常的課堂，不讓腦汁從耳朵漏出來。

每隔一段時間，我的輔導老師，歐朵拉，就會走出她的辦公室，對我豎起大拇指。「你表現得很棒！」

不過大多數時候，她不會管我。她私底下是一位海精靈，替我父親工作。我想，要不是我讓她很緊張，就是她很怕問起我的大學推薦信進行得怎麼樣了。我已經完成了甘尼梅德的任務，從他手中拿到一封推薦信，但是如果想進入新羅馬大學，還需要取得另外兩位天神的背書。而當然啦，那不會是免費的。

我的申請截止期限逐漸逼近，而萬事一切平靜。

太平靜了。事實上，一切都這麼安靜，害我不知不覺在英文課睡著了，直到老師站在我旁邊說：「波西？」

我猛然驚醒。幸好沒有把自己的劍拔出來。

「主題！」我大喊，因為這是我打瞌睡前一直準備要回答的問題。「主題是自由意志相對於命運安排。」

佛瑞老師皺起眉頭，其他同學努力憋笑。

「你阿姨在辦公室。」佛瑞老師把一張紙條遞給我。「她來接你。」

這些話中包含了好幾個問題。首先，這讓我看起來很像笨蛋──我完全有能力自己搭地鐵，卻有家人來接我。我甚至有駕駛執照，雖然在紐約開車絕對比我參與過的大多數任務更恐怖。

其次，如果我提早離開學校，就表示要面臨補課和脾氣暴躁的老師。

第三，我沒有阿姨啊。至少，我的人類家人這邊並沒有……

我咕噥著向佛瑞老師說抱歉，抹掉臉上的口水，前往辦公室。我有種預感，以後還用得到「自由意志相對於命運安排」這個答案。這似乎是我人生的主題。

經過輔導老師辦公室時，歐朵拉探出頭來，一臉驚嚇的樣子。

❷希拉（Hera），希臘神話中的天后，是掌管婚姻的女神。在波西的故事中，希拉常常是針對混血人挑起爭端的關鍵人物之一。

「嗨，」我說：「你知不知道關於……？」

「噓！我不在這裡！」她關上門。

有點奇怪，連她也這樣。我忍不住心想，也許海精靈就像土撥鼠一樣，從巢穴探出頭時，如果看到自己的影子，就表示還要再冬眠六個星期。

我走到接待處，祕書站在那裡，面無表情，眼神茫然。她指著校長辦公室，喃喃說著：「他們正在等。」

恍惚出神的祕書。可能不是什麼好兆頭。

我用指節敲敲校長辦公室的門。門吱吱嘎嘎打開了。在裡面，山謬斯博士坐在她的辦公桌後面，一動也不動，眼神呆滯。她旁邊站著一位中年女士，身穿深色的無袖長禮服，頸間戴了一串閃亮的鑽石項鍊，頂著一頭濃密叢生的黑髮，環繞著一圈綠色火焰。

火焰般的頭髮。絕對不是什麼好兆頭。

「啊，很好。」黑衣女士說。她看了校長一眼。「你現在可以不用陪我們了。」

山謬斯博士站起來，遊蕩著離開，順手關上門。我想，學校這些行政人員會覺得很厭煩吧，他們的工作一直被神話界搶走。首先，歐朵拉變成我的輔導老師。現在這位黑衣女士又搬進校長辦公室。總有一天，我會發現一隻亂噴毒液的巨龍取代我們的體育主任……雖然轉念一想，我不確定有沒有人會注意到他們兩者的差別。

黑衣女士端坐在校長的椅子上。她的雙手撫過椅子的扶手，彷彿評估著自己的新王座，似乎覺得很滿意。

趁著她還沒開始狂笑，或者長篇大論講起現在這間學校是如何變成她的，全部是她的，我決定先開口為強。

「嗨。」我說。我很擅長言辭吧。

「波西．傑克森，你也可以繼續站著。」她的手指深情撫過那張廉價的「富美家」美耐板辦公桌。「我沒有打算花很長的時間。」

我努力不要一直想著她有各種方法可以立刻殺掉我。「而您是哪位……？」

我不是故意要聽起來很沒禮貌。但有時候，天神就是沒有想要自我介紹啊，而我開始懷疑，這位女士在「天神」的分類裡面屬於「超級強大討厭鬼」這一類。

她那縞瑪瑙般的眼睛閃閃發亮。她往前坐起，十指交握，比我們眞正的校長看起來更像校長。「你可以叫我『火炬手』、『星行者』、『夜遊客』、『煩死人』、珀耳塞斯和阿斯忒里亞❸的女兒，『三相女神』是也！」

「嗯哼。」我應和著，依然毫無頭緒。

你可能心想：「波西，你應付各路希臘天神已經那麼多年了，怎麼可能沒聽過她？」

問題是，永生不死的天神老是改變他們的外貌，而且希臘天神有好幾百位啊。況且，他

❸珀耳塞斯（Perses）和阿斯忒里亞（Asteria）都是泰坦巨神。

們很不情願給你直截了當的答案。從來都不是「嗨，我是宙斯[4]」，永遠都是「我是『造雷者』、『偏執佬』、『天渣男』、『閃電痞』、『奢華鬍鬚產品之王』。」

聽到「三相女神」，確實觸動了我內心深處的某一段記憶，但「希臘神話樂園」擠滿了各式各樣的三位女神：命運三女神、灰色三姊妹[5]、復仇三女神[6]、眞命天女[7]。我沒辦法追蹤她們所有人的最新動態。

我等待這位女神詳細說明，這似乎是最安全的策略。

她皺起眉頭。也許她生氣了，因爲我沒有卑躬屈膝或做焚燒祭品之類的事。

「我是黑卡蒂[8]，」她說著，聲音嘹亮而緩慢，「是掌管魔法、十字路口、巫術的女神？」

我的舌頭變得像沙漠的沙一樣乾澀。我從來沒有正式見過黑卡蒂，但知道她的事蹟。記憶中的她來自一些暢銷金曲，像是「我在曼哈頓戰役期間加入克羅諾斯陣營」（但接著就換邊站），以及「我幫助你的朋友海柔對抗一位巨人」（但唯有知道巨人族會打輸之後）。黑卡蒂總讓我覺得她是隊友——但要等到她確定哪一隊會獲勝。

「好喔，」我說：「黑卡蒂女士。」

我一直沒有卑躬屈膝，似乎讓她很不高興。這個嘛，她非得應付這個狀況不可。我這個人很不擅長卑躬屈膝。

「我想，你好好休息了幾個星期吧？」她問。「其他天神都有聽從我的要求，沒有來煩你是吧？」

「我……等一下。聽從你的要求？」

她揮揮手，一副要把煙霧揮開的樣子。「我叫他們離你遠一點。在你來執行我的任務之前，不能讓你冒著受傷或遇害的風險！」

我的指甲深深掐進手掌內。

還記得我的女朋友安娜貝斯有一次曾對我說：「要對天神說什麼氣話之前，永遠先數到五。」理論上，這樣會減少天神把我變成一堆冒煙炭塊的機會。

我努力數到二。「有其他天神想要給我任務？」

「喔，對啊。好幾位。」

「而你叫他們……」

「閒人勿近。我需要你爲這個星期保持充沛的體力！」

有幾句古希臘的粗話飄過我的腦海。

---

❹宙斯（Zeus），希臘神話中的眾神之王，掌管雷電風雨等氣候。

❺命運三女神（Fates），是掌管所有生命長短的三位女神，她們手中每一條線代表每個生命，當線切斷時，就是這個生命的死期到了。也是波西這裡所說的灰色三姊妹。

❻復仇三女神（Furies），希臘神話中的冥界三女神，是刑罰的監督者。

❼真命天女（Destiny's Child）是美國女子音樂團體，成名之後的成員是碧昂絲（Beyoncé）、蜜雪兒·威廉斯（Michelle Williams）和凱莉·羅蘭（Kelly Rowland）三位。

❽黑卡蒂（Hecate），希臘神話中的暗黑女神，傳說是她創造了地獄，象徵世界的陰暗面。

我只需要再拿到兩封推薦信耶。很顯然的，要不是黑卡蒂把我從成功的門口抓出來，我現在可以兩封信都拿到手的啊。

這一次我數到三，然後才回答。我有進步喔。「而其他那些任務是要去……？」

「不值得浪費你的時間！」黑卡蒂堅決地說：「要幫阿芙蘿黛蒂❾去拿一盒杯子蛋糕啦，陪荷米斯❿去滑水一整天啦，全都太簡單了！」

滑水和杯子蛋糕。我決定不要尖叫，因為假如黑卡蒂真的可怕到讓其他天神都不來找我，她的可怕就是要用粗體字寫的那種「**可怕**」。

「而你的任務呢……值得我花時間。」我說。

「一點都沒錯！你的任務會是……」

「等一下。」我的內心深處有一盞紅燈亮起來……是一種警告？還是一段記憶？是歐朵拉曾經對我說過的事。喔，對了……

「我的輔導老師告訴我，接受一項任務之前，必須要求拿到雙重的保證，」我說：「所以，例如呢，如果我在過程中必須幫忙其他的天神，他們也可以幫我寫推薦信。」

黑卡蒂大大方方伸出兩隻手臂。「沒問題！」

「很好。」

「因為我要求你做的事，沒有其他天神會參與，所以不會有問題！」

她滿臉堆笑，就像等著聽一句「謝謝你」。

「什麼樣的任務？」我咕噥著說。

「寵物保母。」

「抱歉再說一次？」

「寵物保母！從今天晚上開始到星期五晚上，你要待在我的房子裡，看守我的動物。你也知道，對我來說，這是一年之中的重要時刻。」

「因為……喔，星期五。萬聖節。」

這樣說得通，掌管嚇人東西的女神，會在她的月曆上把這一天圈起來。唯一的問題是，我和朋友們已經想好星期五的計畫了。

「唉呀……」黑卡蒂嘆口氣。「我的神聖日子本來是在『每個月』的月底。我的信徒會把禮物放在家家戶戶的門口，而我會環遊世界去收禮物。過去這幾個世紀以來，祭品已經變少了。不過在十月底，大家還是記得我！所以我一定要環遊世界，讓大家知道我的存在。我不在家的時候，你得看守我的地獄犬和歐洲貂。」

這番說明的資訊量好大。我聽到的大重點是黑卡蒂要去玩「不給糖就搗蛋」的遊戲。她似乎認為萬聖節一直都是只為了她而設立。

---

❾ 阿芙蘿黛蒂（Aphrodite），掌管愛情與美貌的女神。

❿ 荷米斯（Hermes），商業、旅行、偷竊及醫藥之神，也是奧林帕斯天神的使者。

從某方面來看，這算是一種天神等級的自戀。

從另一方面來看，我有什麼資格擋在一位女神和她的巧克力太妃糖之間呢？

「那麼，這些寵物……」我說：「我對地獄犬略有所知。不過歐洲貂嘛……牠們吃歐洲貂食嗎？有什麼事是我應該要知道的？」

黑卡蒂輕笑幾聲。「很多事。不過我們以後再確認那個。」

她拿出一張黑色的名片，從桌子對面推過來。正面的文字是亮紅色，很像用鮮血寫的，是一個地址：公館，格拉梅西公園西街。

「太陽下山的時候去那裡，」她說：「然後我會確認一些規矩，讓我的寵物健康又快樂。」

「太陽下山……今天晚上。」

她皺起眉頭。「你的耳朵進水嗎？對啦，今天晚上。你可以帶你的那些朋友……安娜和格羅佛貝斯。」

很接近了，我心想。

「好啊，我會的。」我說，因爲我能有選擇嗎？不過我的語氣聽起來一定沒有非常興奮。

黑卡蒂從辦公桌站起來。「波西．傑克森，我提供了這個機會，讓你拿到的推薦信是我發的，是我這位重要的女神，『火炬手』、……」

「『星行者』，對啦，我了解。只不過呢，我得把行事曆上的幾件事挪開……」

黑卡蒂舉起雙臂。黑暗從她的衣裙摺痕裡蔓延開來，讓整個房間充滿墨黑色的霧氣。「波西．傑克森，這會是個很簡單的任務。如果你成功了，我會非常感激。不過呢，假如你讓我失望……」

她的身體閃爍起來，開始擴張。突然間，我看到的是三位不同的女神，軀幹全部連結在一起，很像單獨一枚戒指上有好幾顆寶石。左手邊，一位女孩有乳白色皮膚和白金色頭髮，以鋼鐵般的眼神緊盯著我說：「拉我的馬尾。諒你不敢。」中間站著的是剛剛和我說話的黑卡蒂，是位中年女士，板著一張非常不滿的晚娘面孔，我自從上次參加希拉的早午餐會之後就沒看過這種神情了。右手邊，一位乾瘦的老婦人滿頭灰髮，對我露出充滿敵意的怒容。坦白說，我不確定哪一張臉讓我受到的驚嚇最大。

「我是少女，」黑卡蒂以三個聲音的合聲說道：「我是母親。我是老媼。我是女性一生的所有階段、所有力量，而我不會容許男人與我作對。」

一陣顫抖傳遍我全身，我的雙腳抖個不停。

但她還不打算放過我。她再度變身，三張臉孔變成了動物的頭。左手邊，有一匹巴洛米諾馬在憤怒嘶叫。正中間，是一頭母獅瘋狂怒吼，露出尖牙。右手邊，有一隻獵犬嗥叫垂涎，眼神激昂。

「我是馬，奔跑起來強壯無畏；」她說著，聲音沒有改變，「我是獅子，鬼祟潛行很有耐心；我是獵犬，挺身守衛，忠心好鬥。我是掌管十字路口的女神，所有的可能性在那裡彼此交會。在我面前猶豫不決的人，我會把他們折磨到死。」

我全身發燙——激動、沮喪、不悅，我的內臟好像要分解融入牛仔褲裡。

最後，房間裡的黑暗消散一空。站在我面前的是黑卡蒂的單一形體，就是一開始呈現的樣子。

她對我露出不自然的微笑，可能因爲看得出來已經達到效果了。

「那麼，今晚見。」她說：「掰啦。」

爆出一團綠色火焰，她消失了，什麼都沒留下，只剩下動物毛髮燒焦的氣味。

我盯著牆壁上那個山謬斯博士裱框起來的學位證書。

等到覺得雙腳又可以動了，我搖搖晃晃走出辦公室。我需要把今天的課上完。我需要聯絡安娜貝斯和格羅佛。但首先，我需要去體育館的置物櫃，把我的內褲換掉。

2 格羅佛攝取大量咖啡因

「這個事實很有趣，」格羅佛說：「隱晦難懂的知識稱爲『trivia』，是因爲黑卡蒂的羅馬名字是『特里維亞』（Trivia）──意思是『三條道路』！」

「那可能是個事實，」我說：「但是不有趣。」

「哎喲，拜託！你得到一項任務耶。這是天大的好消息！」

格羅佛在我前面沿著人行道手舞足蹈、蹦蹦跳跳。十月的天氣比較涼爽，總是讓他生氣勃勃。我一提起剛才遇到黑卡蒂的經過，他又變得更興奮了。

今天，他的毛茸茸後腿塞進工裝褲裡。他的山羊蹄套著改良過的橘色鱷魚鞋，好像不是眞的有僞裝（因爲這樣不顯眼？）。他的山羊角從蓬亂的頭髮伸出來，藍色的連帽上衣繡著「人類」字樣。

我從來都搞不懂羊男融入凡人世界的規則。通常呢，他們嘗試讓自己僞裝成人類到某種程度。大部分似乎是仰賴「迷霧」幫他們達成目標，這種霧氣會擾亂人類的視覺。不過，看到格羅佛選擇鱷魚鞋和「人類」連帽上衣，我不懂他爲何要搞得這麼麻煩。也許他嘗試要讓凡人腦袋爆掉吧。

「你是爲了寵物才那麼興奮吧。」我猜。

格羅佛笑得嘴巴都要裂開了，讓他看起來好像多了一些AI生成的牙齒。「如果黑卡蒂的地獄犬多多少少有點像歐萊麗女士，我會很愛她！」

「我不會打那種賭。」

「至於歐洲貂嘛……」格羅佛停頓一下。「說實在的，我不確定以前有沒有遇過歐洲貂，不過我很樂意交個朋友。來吧！」

他沿著萊辛頓大道小跑步而去。

我們是在一〇三街的地鐵站碰面，平常放學後都約在這裡。現在我們要去我媽最喜歡的咖啡店找她，她在那裡努力想把新書寫完。平常我不會在她工作的時候打擾她，但覺得最好盡快把黑卡蒂的任務告訴她，畢竟當天晚上就準備要開始打工，去當寵物保母。而且，格羅佛很喜歡見到我媽。而且，他喜歡那間咖啡店的酥皮點心。這是雙贏的局面。

紐約有最棒的一些奇特之處。你可以沿著大馬路散步閒逛，經過一間間銀行、藥房和手機店鋪，感覺自己身在千篇一律的任何地方。然後你往左轉，突然間置身於一條小街道，那裡有舊式的赤褐色砂岩宅邸，已經改裝成波西米亞藝術風格的公寓，行道樹整年都掛著成串的閃亮燈飾，店面也混合了生活機能完整的自助洗衣店、塔羅牌沙龍、冷休克水療，以及咖啡店。

最棒的咖啡店呢？「破茶壺」是也。

並不是討厭那些逗留在星巴克寫劇本之類的人，可是如果你眞的想要有靈感，不妨找個在地獨一無二的地方，就像「破茶壺」。

街上所有成串的燈飾，似乎都源自於咖啡店的前廊，很像一個歡樂電力網的中心，沒有人費心去取下燈飾，如今掛滿了整個社區。

我們走下階梯來到花園地面，穿過門口的一道珠簾，走進由許多隱蔽處和休憩處組成的舒適迷宮。輕柔脫俗的音樂播放著——也許是，凱爾特人的豎琴？神仙教母娃娃從天花板垂掛下來。每一個有陽光的窗台上，貓咪打著瞌睡，這樣也許會違反紐約市的衛生法規吧，也說不定不會，但我不會講出去。整個咖啡店的架子上滿滿的全都是——你猜到了，破掉的茶壺。有些是黃金和瓷器材質，有些是銅製，還有彩虹陶瓷。很多茶壺都有絨毛玩具動物冒出頭來。

在櫃台後面，一位留鬍子的大塊頭穿著粉紅色芭蕾舞裙，正在沖煮咖啡。展示櫃裡擺滿了瑪芬蛋糕、餅乾、蛋糕和司康。

換成是我，有沒有可能在這裡寫出一本小說呢？絕對不可能。撇開我從來不曾在任何地方寫小說這個事實，在這個地方也太容易讓人分心了。我想，從這可以證明我是從我爸那邊遺傳到注意力不足及過動症，因爲我媽很愛在這裡工作，這家店距離我家公寓只有幾個街口。由於寶寶快要來報到了，她覺得第二本小說初稿的截止期限一直讓她很有壓力。這是寶寶與新書之間的競賽，而寶寶快要贏了。

我和格羅佛向芭蕾舞者點了飲料和點心。接著找到我媽，她在後面平常坐的那張桌子，那裡有陽光從一扇氣窗斜斜照下來，把窗台上的一隻大黑貓曬得暖洋洋的；陽光也受到許多水晶吊飾的折射，讓我一直聯想到女神伊麗絲⓫。

我媽的頭髮在腦後梳成髮髻，免得打字的時候垂落到臉上。她的身子向前傾，臉上反射著筆記電腦的螢幕亮光，好像很希望鑽進她所創造的世界。她穿了一件有彈性的深色裙子，能夠容納寶寶的隆起，搭配我繼父的一件T恤——是黑色的，圖案是一名男子彈奏著低音提琴，上方的人名是「查爾斯．明格斯⓬」。

她的旁邊有一壺熱騰騰的茶，可能是檸檬香蜂草的花草茶，自從懷孕之後，她就開始喝這種茶取代咖啡。她很少在這裡吃東西（她自己做烘焙點心，所以我猜她不明白這些點心的重要性），但無論如何，咖啡店的店員很喜歡她。如果她挑了一張桌子坐了整個下午，他們從來沒有抱怨過。

我很擔心她看到我們走過去會皺眉頭，畢竟嚴格來說我們打擾到她的工作日，但她露出微笑，顯得如釋重負。

「你們兩個！」她說。

「抱歉闖進來。」格羅佛說。

「完全沒關係！」她拍拍旁邊的椅子。「拜託，把我從這段對話解救出來。我覺得它想要殺了我。」

格羅佛滑進她旁邊的椅子。我則坐在桌子對面。我總是很小心，不要在我媽寫作的時候看她的螢幕，因爲一、我知道那會讓她很緊張；二、漂動的文字會讓我很想吐，還有三、我忍不住會想，她是不是根據我而寫了某個角色。也許聽起來很自我中心，但想到有人在寫一本跟我有關的書，會讓我疑心病超重的。

「所以，怎麼了？」她問我。「有新的任務？」

「感覺你好了解我喔。」

她笑起來。「全部告訴我。」

她肯定一直都很擔心。過去十七年來，我害她承受了滿載一輛古代戰車的壓力，但她很善於保持輕鬆和支持的語氣。坦白說，我不確定她是怎麼辦到的。只有一種工作比身爲半神半人更困難，就是身爲半神半人的媽媽。

我告訴她，剛才我去女神／校長的辦公室報到。我省略了一些需要知道的細節，像是黑卡蒂的三頭恐怖秀，還有我後來跑去換內褲。我才剛講完，讓她了解最新發展，這時芭蕾舞伶先生把我們點的東西端過來：我的藍莓果昔、格羅佛的雙份拿鐵和草莓馬芬。

我對格羅佛使了個眼色。有兩種東西會讓他過度亢奮、理智斷線。一種是咖啡，另一種

⓫ 伊麗絲（Iris），彩虹女神，也是眾神的使者，她沿著彩虹降臨人間，幫眾神向人類傳遞消息。

⓬ 查爾斯．明格斯（Charles Mingus, 1922~1979）是美國著名爵士樂手和作曲家，主要彈奏貝斯和鋼琴。

就是草莓口味的所有東西。

「沒問題的啦。」看到我的質疑眼神，他連忙打包票。「吃完這個我會去公園慢跑一下，幫今天晚上挑選一些補給品。我會把多餘的力氣消耗掉！」

我很疑惑他能在中央公園挑選到什麼樣的補給品。我想像他出現在黑卡蒂家，帶著一整籃的松鼠。

「那麼這個地方，所謂的『公館』，」我媽說：「到底在哪裡？」

我拿出那張用鮮血印字的名片，遞給她。

她讀著地址，臉上的微笑消失無蹤。「哦。」

「哦？」我問。

她凝視著睡在窗台上的貓，彷彿那隻貓有可能給她一點建議。「沒什麼。我已經有很久很久沒去過格拉梅西公園了。我有沒有對你說過……？」她略顯遲疑，多想了一下她要告訴我的事。「沒有。沒事。答應我，你會小心行事。」

「沒事」和「小心行事」並不是能夠好好並列在一起的兩個陳述。而且，她說起「格拉梅西公園」的語氣，就像我說到「塔耳塔洛斯」那樣。她這樣有所保留，我不確定是因爲有不好的回憶，還是因爲格羅佛跟我在一起，或者兩者都是。

說到格羅佛，她沒什麼好擔心的。他現在滿腦子都是馬芬和咖啡。他一旦進入了點心模式，唯一的危險是可能會把桌上所有東西全部吞進肚子裡，包括我的果昔、茶壺，還有我媽的筆電。

「我一直都很努力小心行事，」我保證說：「重點是『努力』。」

我等了一下，看看她是否會再說出其他事。

眼看她沒說話，我在心裡提醒自己以後要再追問。我和我媽有一種默契：假如我沒有準備好，她絕對不會催我把事情講出來。我試著給她同樣的尊重。

這時候，格羅佛把僅剩的瑪芬碎屑捏起來。我幾乎可以感覺到他要開始全身顫抖了。

「我們該出發了！」他說：「有好多事要做！我要去公園跑一圈，而你得打包今天晚上的東西！太陽下山的時候碰面，對吧？」

我點頭，依然緊盯著我媽。

「你要我在公寓等你回家嗎？」我問她。我心裡想的是，我可以跟她和保羅吃個晚餐，再給她一次機會可以對我說明格拉梅西公園爲何讓她這麼心煩意亂。

「不用，不用，沒事。」她努力重新擠出小心翼翼的微笑。「不管怎樣，這對你來說應該是難忘的萬聖節體驗。黑卡蒂是掌管鬼魂的女神，對吧？」

「還有魔法！」格羅佛自己插嘴說：「還有夜晚！還有操控『迷霧』！」

我皺起眉頭。黑卡蒂一邊展現她的整個生命歷程，一邊又用火焰和動物的頭把我嚇個半死，但她省略了操控迷霧那部分沒講。我不禁好奇爲何如此。現在我想起來了，我朋友海柔曾經講過某件事與這有關……女神怎麼鼓勵她學習那個技巧。

我媽伸手越過桌面，捏捏我的手。「我可能應該要再努力多寫一點。可以的話，隨時讓我了解狀況。而且記得要帶你的牙刷，好嗎？」

我們要在一位令人不寒而慄的女神家裡度過萬聖節週，而我媽只擔心我的牙齒健康。我想，她得把注意力放在能夠幫得上忙的事情吧。

「會啦，」我說：「嗯……祝你寫作順利。」

我這才發現幾乎沒喝到藍莓果昔。我把它帶出去喝，這時格羅佛在旁邊蹦蹦跳跳，囉哩吧唆講著他的策略是要和天神家裡的寵物交朋友。

我回頭看了媽媽最後一眼。她對著電腦螢幕皺眉頭，但我懷疑她今天下午還有辦法寫東西。她反而會上網查詢黑卡蒂吧。我也很好奇，格拉梅西公園到底有什麼事讓她那麼焦躁不安。我有種預感，很快就會找到答案了……

3 女朋友帶我去墓地

我在家裡抓起半神半人避難包（備齊了牙刷），前往下城找安娜貝斯。紐約市設計學校是一所私立住宿學校，距離格拉梅西公園不遠。與其嘗試發送伊麗絲通訊，我認爲親自去那裡找安娜貝斯會比較容易。半神半人不能用手機（因爲是怪物自動導向信標，會立刻死之類的）。伊麗絲通訊是很好的替代品，但需要事先安排。你總不希望自己顯現出閃閃發亮的彩虹影像，開始對你的朋友說話，卻有一大群凡人觀眾在旁邊看吧。（副作用包括恐慌症發作、集體歇斯底里，以及心理方面的誤診。要請教你的醫師，看看你適不適合使用伊麗絲通訊。）

紐約市設計學校位於包厘街，分布於一群連棟街屋和辦公大樓裡。要不是外面掛了一些橫幅旗幟，你絕對猜不到那裡有一所學校。我對整個校園不是很熟悉，但知道有三個地方最有可能找到安娜貝斯：她的宿舍、圖書館，以及「黑螞蟻」，那是路口的一間墨西哥餐廳。我認爲她喜歡在下午念書，於是前往圖書館。

嚴格來說，他們不該允許我進去。圖書館只給學生使用，但值班守衛弗蘿倫絲認識我也喜歡我，所以我走過去時，她只笑了笑並點個頭。看見沒？我沒有引發混亂時，也可以很有魅力的喔。有時候甚至在引發混亂的時候也很有魅力。

這個月的學生藝術展覽主題是「回收衣著」，這個企劃指的是用塑膠袋、糖果包裝紙和壓扁的鋁罐，做成一批女士晚禮服和男士燕尾服。我看不太懂，但猜想這就是我沒有念設計學校的原因。

我爬樓梯到三樓。安娜貝斯駐紮在平常的地點，那是布置在建築書區的一張舒適沙發；還有她的讀書夥伴，大衛和哈娜，他們因爲安娜貝斯剛剛講的某件事輕聲笑著。她穿著寬鬆的加州大學柏克萊分校長袖運動衫、破牛仔褲，以及新的馬汀大夫鞋。她的頭髮編成荷蘭式髮辮，髮尾彎曲垂在肩膀上，很像猛禽的爪子。她的雙眼閃耀著笑意。

我不知道你有沒有這種經驗：從遠處看著你認得的人，有那麼一瞬間，你覺得不認識他們。你的大腦就是有種印象：「啊，那個人看起來好厲害！」接著才發現那是你認得好幾年的人（事實上，她是你的女朋友），於是有一陣幸福的悸動傳遍你全身。

對啦，或許我也因爲內心不安而隱隱作痛，因爲她坐在那裡跟別人有說有笑，在這一刻我是局外人。可是呢，我不會說這是吃醋，比較像是焦慮的刺激。安娜貝斯天生善於交際，每個人都想跟她出去玩、得到她的認可；無論我在不在身邊，她總是把事情做得很好。這也讓我更加決心要畢業，跟她一起去上大學，即使這就表示要做一些很痛苦的事，像是上課或讀書。

哇，她擁有的力量影響了我的想法……這有點可怕。身爲波塞頓之子，我能做的就只有讓飲水機爆炸，還有對海象講話。

「嗨。」我說。

大衛在沙發上挪個位置給我。「波西，怎麼樣啊？」

哈娜對我擠出微笑。我覺得她沒有很喜歡我，或許因為她覺得我配不上安娜貝斯……這個嘛，嘿，這顧慮還滿有道理的，但我一直很努力對她表達善意。

安娜貝斯牽起我的手。「我們剛剛聊到新的作業——重新設計大都會博物館。」

「噢，讚喔。」我努力讓自己不要發抖。我曾在紐約大都會藝術博物館有很不好的經驗，而所謂「很不好的經驗」指的是我的六年級老師差點殺了我，原來她是一位復仇女神⓭。

「我會完全走後現代主義路線，」大衛說：「例如，真的把空間打開，去掉那些古典柱子之類。那是上個世紀的風格。」

「我會做成前衛派風格，」哈娜說：「到處是埃歇爾⓮式的階梯。你知道吧？」她對我拋出這個問題，像是要挑戰我一下。我完全不知道她在說什麼，於是點點頭。

「波西，你會怎麼設計？」大衛問。

我一度驚慌起來。我努力不要脫口說出「主題是自由意志相對於命運安排」。要重新設計

⓭ 這裡指的是波西就讀楊西學校時的道斯老師，參《波西傑克森：神火之賊》。

⓮ 埃歇爾（Maurits Cornelis Escher, 1898~1972）是荷蘭版畫家，最著名的作品是以視錯覺為主題，像是無限循環的階梯、不可能的方塊等。

大都會博物館，我唯一想得到的方法會是到處都設置安全室和自動提劍機，那麼年輕的半神半人遇到怪物攻擊比較容易活下來。可是我實在無法與哈娜和大衛分享這種想法。

「沒有想法耶，」我坦白說：「我會把設計這種事交給專家。」我轉身看著安娜貝斯。「你的想法是什麼？」

大衛和哈娜又開始咯咯笑。

「我才剛告訴他們，」安娜貝斯說：「玻璃和棉花糖。」

「什麼？」

「玻璃和棉花糖。」

「天才。」大衛說。

「瘋子。」哈娜說。

「我不懂。」我說。

附近的圖書館員望向這邊，挑起一邊眉毛。不是「噓」，但我得到的是差不多的訊息。

安娜貝斯壓低聲音繼續說：「所以，你們知道大都會有好幾千件藝術品只放在倉庫裡嗎？我的計畫是把展示空間變成三倍大——改裝整棟建築物，用一個巨大的螺旋形圍繞著中央前廳，地板和牆壁都是玻璃。藝術品會用透明的玻璃保護起來，讓你能從背面、正面、上面、下面仔細欣賞。你會覺得自己漂浮在三度空間的藝術雲裡。」

「那麼棉花糖呢？」我問，因爲我往往特別注意美味的東西。

「很大很軟的白色懶骨頭沙發，」她說：「整個美術館到處都有。不再放那些不舒服的長椅。小孩子進來的時候，可以跳到他們想坐的懶骨頭上，輕鬆欣賞藝術品。」

「或者打瞌睡。」我提議說。

「那也可行喔！」安娜貝斯說：「那是公共空間。爲什麼不能在雅典娜雕像或芙烈達‧卡蘿⑮的自畫像旁邊打瞌睡呢？」

「舒服的棉花糖在一座玻璃聖殿裡，」我說：「好，我買單。」

她捏捏我的手。「所以，你有什麼事？」

「喔，只是……得到一份意想不到的作業。我想說不知道你能不能幫忙。」

安娜貝斯的神情變得比較嚴肅。她完全知道我在說什麼，即使大衛和哈娜不了解。

「老兄，她不能幫你做所有的作業啦。」哈娜說。

「對啊，她得做我們這邊的作業。」大衛說。

「呃，你們兩個。」安娜貝斯說，但她對兩人笑了笑。「好吧，傑克森，我可以爲你空出幾分鐘的時間。來吧。」她把我拉起來，帶我離開圖書館，大衛和哈娜在我們背後竊竊私語，可能很好奇安娜貝斯到底看上我哪一點，畢竟我對建築設計一無所知。

---

⑮芙烈達‧卡蘿（Frida Kahlo, 1907~1954）是墨西哥女畫家，作品深受墨西哥的大自然和文化的影響，充滿強烈的個人風格。

到了外面，我們走向安娜貝斯最喜歡的想事情地點——一棵楓樹下的公園長椅，在附近教堂的院子裡。她告訴我，有一位著名的建築師埋葬在那裡。彼得．斯泰弗森特[16]？對，就是那位老兄。這個社區大概有一半的事物都以他命名，所以他一定很適合搭配玻璃和棉花糖。

安娜貝斯說，她覺得在那裡很容易有靈感，我也覺得那是好地方。我們坐下來，看著第二大道的緩慢車潮，享受完美的天氣——涼爽清新，陽光普照，就是你會想要裝進瓶子裡，等到八月中旬曼哈頓像沼澤一樣潮溼的時候再打開。

「所以……」安娜貝斯轉過來看著我，「什麼樣的任務？」

我把和黑卡蒂見面的經過告訴她。

安娜貝斯認真聆聽的模樣，大多數人只有在聆聽自己最喜歡的一些歌才會這樣，就像是想要記住每一個字，分析每一句話的意義，以及有什麼樣的感受。她天生是解決問題的人。等我講完，讓她了解最新狀況，我預期她會皺眉頭，開始在心裡跑各種方程式，盤算著上學的週間跑去黑卡蒂家當保母，所有事情萬一出錯會變怎樣。

然而，她反倒笑了起來。

「那太棒了！」她親吻我的臉頰，活像是我送她一份大禮。

「真的嗎？」我問。「哪一方面——照顧惡魔寵物？還是萬一我們失敗了會被燒成灰？」

她伸手把我的疑慮揮開。「我們不會失敗。你看喔，如果我都可以跟色柏洛斯[17]玩你丟我撿的遊戲，當然可以照顧一隻地獄犬和一隻歐洲貂。」

我瞇起眼睛，還是覺得黑帝斯[18]那隻看門的三頭狗眞是可怕的惡夢。有時候我醒來，聞到色柏洛斯那種含硫的惡臭口氣噴到臉上，然後才發現我只是需要刷牙。但是對安娜貝斯來說，我們第一次遠征進入冥界時，認識色柏洛斯是最棒的事。對啦，這也沒能多說明什麼。

「更何況，」她說：「這表示我們有地方可以開派對啦！」

「噢……你不是要……等一下，眞的嗎？」

她看起來不像是在開玩笑。幾個星期前，安娜貝斯透露說，她一直很想設計一間鬼屋。她長大的多數時間都待在混血營，因此從來沒有參加過任何形式的萬聖節活動，像是不給糖就搗蛋、看恐怖片或化妝舞會等等。她的夢想是要爲我們所有的朋友創造一次嚇死人的經驗。對我來說，那似乎有點怪，畢竟我們一年到頭都有很多嚇死人的經驗，根本不必特別去設計。

這是我們就讀高中的最後一年，安娜貝斯決心要完成這個目標。唯一的問題是她住在宿舍，而我住在一間小公寓。我們也不能在混血營弄一間鬼屋，因爲我們的營長戴先生不會允許這種事。很難知道爲什麼不行，可能是因爲如果他不能有娛樂，就沒有人可以有娛樂，而

---

[16] 彼得·斯泰弗森特（Peter Stuyvesant, 1610~1672）是荷蘭派駐美洲殖民地「新尼德蘭」（New Netherland）的官員及末代總幹事。後來殖民地割讓給英國，首都新阿姆斯特丹改名為紐約。

[17] 色柏洛斯（Cerberus）是負責看守冥界大門的三頭犬，體型巨大，凶猛無比。

[18] 黑帝斯（Hades），冥界之王，掌管整個地底世界，是宙斯與海神波塞頓的兄弟。

戴先生心目中的娛樂是把我們全都變成亞馬遜河的江豚。我並不想測試他的底線。

我們原本有一搭沒一搭的規劃著，希望這個星期五在中央公園舉辦萬聖節派對，但是並沒有很理想。安娜貝斯不能在那裡建造一棟鬼屋。就連在樹上掛一些裝飾品都會有風險——警察有可能把我們趕出去。況且，以扮裝造型在公園裡跑來跑去，也太像眞人互動的角色扮演遊戲了。

「你是認眞的，」我意識到這點，「你想要在黑卡蒂的宅邸舉辦我們的派對？」

「嗯，她不會待在那裡，」安娜貝斯指出這點，「我們只要搞清楚她什麼時候會回來，在那之前結束並打掃乾淨就好。有何不可？」

我甚至不確定這些「有何不可」要從何著手。通常提出這種蠢主意的人，是我。安娜貝斯的工作則是要解釋這些事情爲何很蠢的所有理由。我很不習慣兩個人角色對調。

「呃，我提過燒成灰，對吧？而且，黑卡蒂是掌管迷霧和魔法的女神。如果我們在她家辦派對，你覺得她不會知道嗎？」

「黑卡蒂認爲萬聖節完全是爲她而舉辦，對吧？假如她發現了，有可能會把派對視爲一種敬神的形式。況且，我們會超級恭敬。」

「恭敬喔，」我說：「你見識過我們那些朋友吧？」

「我想要知道她家有沒有夠多的蜘蛛網，」安娜貝斯一邊思考，一邊說著：「還是我應該多買一些……」

「哇，我這位有蜘蛛恐懼症的女朋友，竟然說要去買蜘蛛網。你到底是誰啊？」

「不是蜘蛛，」她說：「只是蜘蛛網。只是要製造氣氛啦！聽好了，我要趕快去準備東西。我會請哈娜幫我找藉口，畢竟這個星期都不會睡在宿舍。喔我的天神哪，這樣好棒喔！一個小時內我會在『黑螞蟻』和你碰面。我們買了晚餐就出發！」

她親我一下，然後跑向她的學生宿舍。

所以……說也奇怪，格羅佛和安娜貝斯兩人都很興奮能迎接黑卡蒂的挑戰。於是在不久的未來，我會有很多蜘蛛網、一隻黃鼠狼和墨西哥食物。即使以我的標準來看，這都會是很奇怪的一週。

4 原來我是鮭魚風味

我沒有蝗蟲披薩也可以過得很好。

我們在「黑螞蟻」餐廳外帶晚餐時，安娜貝斯決定冒險一下。除了我們平常點的墨西哥玉米捲餅和塔可餅，她點了塔拉尤達餅——基本上是豆子、乳酪，以及香料蝗蟲，鋪在一大張玉米餅皮上面拿去烤。

「眞的很好吃，」她向我保證，「而且昆蟲蛋白質比其他肉類更能永續環保。」

「格羅佛吃素耶。」我提醒她。

「我幫他準備了蘑菇塔可餅。」

「我也考慮要開始吃素了。至少今天晚上。」

「喔，別這樣，」她說：「你需要嘗試新的事物！更何況，我們在黑卡蒂家的第一晚，應該要吃點特別的。」

我閉嘴不說話，決定往好處想，至少黑螞蟻沒有供應蠑螈眼睛玉米捲餅。我們把滿滿一袋的蘑菇和蝗蟲主菜擺放好，往上城方向前去格拉梅西公園。

我從來不曾在那個社區停留很久。那裡有點像是在尖叫著：「有錢人住在這裡。波西·

傑克森，快走吧。」一排排優雅的赤褐色砂岩宅邸和別緻的公寓建築，面對著一座樹木茂盛的長方形公園，周圍環繞著黑色的鍛鐵柵欄，把賤民擋在外面。

我以前聽說過，要進入那個公園，唯一的方法是擁有周圍的一戶住宅，那會保證你有鑰匙能打開大門。我猜正因如此，這個地區對億萬富翁很有吸引力。如果他們吹噓自己擁有運動球隊或私人飛機已經講膩了，大可吹噓自己擁有格拉梅西公園的鑰匙。就我個人來說，我不覺得那有什麼吸引力。曼哈頓有好幾百個完美舒適的公共公園，面積比這裡大很多而且免費。也許就是因爲這樣，我永遠不會變成億萬富翁。

我認爲黑卡蒂家會很容易找到。格拉梅西公園西街的長度只有一個街口。就算不知道她家是幾號，我們只需要沿著人行道往前走，找到一個夠詭異的地方能夠當女神的祕密藏身處。

我們經過那棟「公館」兩次，然後才看到它。

整個正面呈現一種視錯覺。如果你從左邊或右邊看，它的樣貌很模糊，與周圍的其他連棟房屋融合在一起。唯有完全從正面看著它，宅邸才會顯露出來。

儘管傍晚天氣晴朗，窄小的前院依然懸垂著一層霧氣。薄霧延伸出一條條捲鬚，纏繞著花園裡一些骷髏般的白色灌叢。有一條步道蜿蜒通往前廊，是用鵝卵石鋪設而成，也說不定那是人類的頭蓋骨。

這座連棟房屋本身有五層樓，拼貼著飽經風霜的花崗岩板——其實是墓碑，有些死者的人名和日期還看得出來。屋頂的山形牆兩側蹲著兩座滴水獸，怒目看著下方的我們。黑色的鑄鐵花邊裝飾著窗框，也連接到二樓陽台的欄杆，更延伸到下方大門的兩側，很像用金屬編織而成的喪服圍巾。如果黑卡蒂沒有出租這個地方作爲舉辦喪禮和哥德風格受戒禮的場所，那麼她錯失了賺大錢的機會。

「好吧，你說得對，」我對安娜貝斯說：「這已經是一棟完美的鬼屋。」

「看吧？」安娜貝斯後退一步，仔細端詳著屋頂的輪廓線。「我敢打賭，那些滴水獸會活起來。」

「不要打這種賭啦。」

我的手指緊張抽動，忍不住想要抓住口袋裡的筆劍，但是我覺得那樣對我不會有太多好處。假如黑卡蒂決定攻擊我們，用滴水獸、墓碑，或者邪惡的灌木……嗯，這也是她的前院，她大可做自己想做的事。

我想起之前提起格拉梅西公園時，我媽露出不安的神情。她是極少數可以看穿「迷霧」的凡人。我不免心想，要是她曾經在南邊這裡碰到什麼事，會不會與這棟若隱若現的宅邸有什麼關係……？

「你還好嗎？」安娜貝斯問。「嘿，你沒有一定要吃那個蝗蟲塔拉尤達餅啦……」

「不是因爲那件事，」我說：「只是……」

我幾乎快想不下去。我有一種不好的預感，不確定是爲什麼。像平常一樣，面對不好的預感，我能夠回答的比例嚴重失衡。

我還來不及找到適當的字句，就聽到路上傳來噠噠噠的足蹄聲。要不是有某輛馬車從中央公園改變路線跑來這裡，就是我們友善的鄰家羊男跑來會合了。

「嗨！」格羅佛氣喘吁吁地說。

他身上除了早先的服裝（扣掉鱷魚鞋），一邊肩膀多揹了一個大型的帆布背包，拿著一根手杖，還戴了一頂螢光橘色的棒球帽，上面繡著小小的跳舞羊男圖案。我本來以爲他要去露營行程，不過既然格羅佛生活在大自然裡，我猜這就是他準備在城市住上一星期、好好探索「大室內」的裝備。

「我帶了幾個鋪蓋捲、一盞煤油燈、一些點心……」

「等等，」我說：「全都是你在中央公園撿的？」

「是老鼠！」他說。

「老鼠喔。」我瞥了安娜貝斯一眼想要確認，但她只是聳聳肩。

「很棒吧！」格羅佛拍拍胸脯說：「那些傢伙收集所有的東西。你也知道，減量、重複利用、回收……」

看來他準備要發表一場演講，探討去找嚙齒類以物易物的優點。接著他的目光飄向屋頂的那些滴水獸。「哦，哇喔。」

「對啊，很陰森吧。」安娜貝斯附和道。

格羅佛搔搔他的山羊鬍。「我是要說，左邊那個看起來很像我的海倫娜阿姨。不過我想，兩件事是一樣的。」他對我們眉開眼笑。「那麼，我們準備好了嗎？」

「沒有。」我說。

「好了。」安娜貝斯說。

我們沿著頭蓋骨磚步道前往門廊。站在鍛鐵格狀裝飾的下方，讓我覺得好像要爬進一個酷刑籠子，把我和我的兩位好友關在裡面。也許這就是黑卡蒂的建築師想要訴求的效果。

大門分割成三塊木頭門板，很像摺疊式的螢幕——每一塊光亮的黑色門板中央都有一個銀色的門環。每一個門環都是一個動物的頭部：一個馬頭、一個獅頭、一個狗頭——這讓我聯想到黑卡蒂，以及我換內褲的事。

安娜貝斯仔細查看那些門板。「這也許是一種測試。我們得選一個。」

「也說不定黑卡蒂一次全部打開，」我說：「而且用三部合聲唱首曲子。」

格羅佛渾身發抖。「你的想像力好黑暗。我們把三個同時敲敲看怎麼樣？」

「不行！」三個門環同時一起尖聲大叫。

我很想對你說我好驚訝喔，但是會說話的門環，並不是我這輩子看過最詭異的場面。至少它們小小的，而且固定在門上。除了咬掉我們的手指，它們可能不會造成更嚴重的後果。

「我們有一個永遠說實話！」馬頭說。

「我們有一個永遠說謊話！」獅頭說。

我正準備說：「等一下，我知道這個謎語！」

接著狗頭以悅耳的聲音說：「而且我們有一個永遠完全亂講話！魯他巴嘎啦！」

馬頭和獅頭瞥了狗頭一眼。

「老兄啊。」馬頭說。

「我們聊過他的狀況了。」獅頭說。

「卡布列托啦！」狗頭吼叫著說。

就連安娜貝斯好像也說不出話來。「呃……」

「你們現在必須面對我們的挑戰！」馬頭大叫說：「否則……」

幸好，有人救了我們，免於那個「否則」。大門自己打開，三塊門板全都折疊在一起，只聽到那些門環大喊：「哎喲！停下來！船尾甲板啦！」

站在門口的，是一隻龐大無比的地獄犬。

看著一隻體型像犀牛那麼大的黑色拉布拉多犬，有雙血紅眼睛，流著口水的血盆大口，以及形狀像匕首的犬牙，我最初的直覺是上前給她一個大大的擁抱。我實在忍不住。她看起來好像我的老朋友歐萊麗女士。

接著我提醒自己，歐萊麗女士是地獄犬之中的例外。大部分的地獄犬只把半神半人視爲開胃菜。

格羅佛最先反應過來，可能比我給那隻狗來個驚喜擁抱要好一些。

「嗨，我是格羅佛！」他說：「呃，我們需要先完成門環大挑戰嗎？還是……？」

地獄犬吠叫的力量那麼強大，害我的頭髮變成中分頭。

「我懂了。」格羅佛轉身對我們翻譯意思。「這位是赫卡柏[19]。她說別管那些門環了。自從學校關閉之後，它們一直沒有發揮正確的功能。」

安娜貝斯皺起眉頭。「學校？」

「我想她就是這樣說的。」格羅佛停頓了一下。「雖然那麼特別的吼叫聲可以代表很多種意思。學校啦。狗舍啦。尿尿地點啦。」

眞慶幸我在學校的必修外國語不必學習動物語。我連用西班牙語都幾乎沒辦法熟練講出數字和顏色，即使有我的朋友里歐．華德茲當家教。

「汪汪汪汪汪！」赫卡柏又吠叫起來，她的目光盯著我。

格羅佛顯得很爲難。「呃，我是不覺得啦……」他面對我。「你不是鮭魚風味，對吧？她說你聞起來很像鮭魚味。」

安娜貝斯摀住嘴巴，拚命憋笑。

我在心裡再多加一件事要感謝我爸。對地獄犬來說，我聞起來顯然很像普瑞納寵物食品的「每日現撈」系列。我不禁心想，是不是應該重新考慮歐萊麗女士爲何會這麼喜歡我。

「不是，我只是波西，」我對那隻狗說：「這是我的名字。不是我的風味。」

「也算是你的風味啦。」安娜貝斯補上一句。接著她對那隻狗說：「我是安娜貝斯。黑卡蒂請我們這個星期來照顧你？」

赫卡柏歪著頭，每次狗狗聽到「走吧」或「零食」或「波塞頓之子當晚餐」的時候就會這樣。她吠叫第三次，我才發現她的口氣聞起來確實很像鮭魚。眞好奇那種氣味是不是來自黑卡蒂上一次邀請的半神半人。

「太好了，感謝！」格羅佛說：「她說『進來吧』。」

我們跟著地獄犬進入屋內，留下那些門環模模糊糊的叫聲。「等一下！我們的功能很正常！豬皮啦！」

屋內有個黑色大理石門廳，通往一個大房間，讓我聯想到中世紀的教堂。並不是說我曾經待過中世紀的教堂，但我看過一次「火腿騎士」[20]，所以覺得自己是專家。

雕刻精美的木頭橫梁撐起高聳的天花板，天花板漆成黑色，點綴著銀色的星座圖案。兩側的牆壁排列著彩繪玻璃，不過事實上這座連棟房屋塞在其他連棟房屋之間，所以那裡不應該有側窗才對。在房間的各個角落裡，有更多的石雕滴水獸蹲踞在柱子上。一盞巨大的枝狀吊燈懸掛在中間的斜梁上，是一個鐵輪上面有燃燒的蠟燭，如果最後掉在我身上，看起來眞的會很痛。（我已經發現，愈有可能造成嚴重傷害的事情就愈容易發生，而不會的，我不會沉浸於這種讓人沮喪的事。）

---

[19] 赫卡柏曾隨黑卡蒂在《混血營英雄：冥王之府》登場。

[20] 火腿騎士（Spamalot）是英國喜劇劇團「蒙提・派松」（Monty Python）的作品，以惡搞的手法改編亞瑟王尋找聖杯的故事。

灰色的石材地板鋪著波斯地毯，編織的圖案全都是靈魂遭受酷刑的景象。有四張椅背挺直的桃花心木長椅面對房間的遠端，那裡有一座講台，設置一個誦經台和一架平台式鋼琴。在那上方，在一道環繞式樓梯的欄杆上，有一對沒有點燃的火把，兩相交叉固定在那裡。

天神就是會設計這樣的房間：宏偉浮誇，不切實際，也不舒適，活像是黑卡蒂曾經這樣想：「人類可能就是這樣過生活，對吧？當然！」我無法想像在這裡度過四個晚上，到最後卻不會產生焦慮症狀。可惜這就是我的任務。真倒楣。

地獄犬踏著輕盈的腳步走向講台，一路吠叫。

一隻較小的動物本來在誦經台上蜷縮身子睡覺，這時抬起頭來。根據那長型的身體、三角形的臉孔、珠子般眼睛和周圍的黑色毛皮面具，我猜牠是歐洲貂。

牠打個呵欠，伸展身子，然後放屁，很像把氣球裡的氣體用力擠出來的聲音。

「嗨！」格羅佛慢慢走向那隻惡獸，完全不顧有毒的氣體。「我是格羅佛。你好嗎？」

我絕對不會向歐洲貂伸出手。牠的牙齒很尖耶。然而，歐洲貂突然用後腿站起，伸出一隻嬌小可愛的腳掌，對格羅佛很有禮貌地揮手。接著，基於禮儀，牠再次放屁。

「蓋兒㉑？」格羅佛問道。（認真說，我希望他不是在翻譯歐洲貂的胃脹氣。）「好可愛的名字。他們是我的朋友，安娜貝斯和波西。」

我還來不及說些像是「哈囉」或「天神啊，你剛才到底吃什麼？」，那個氣味就擊中我。我的眼睛淚流不止。如果要花一週的上課時間陪伴蓋兒，我得去買一大堆除臭劑。也許可以在她的尾巴綁上那種模仿新車氣味的空氣芳香劑。

接著，從我們上方傳來一個聲音說：「啊，你們在這裡！」

站在樓梯頂端陽台上的，正是女神黑卡蒂。

爲了回應你們熱烈提出的問題：「天神在家穿什麼？」我現在可以證實，是瑜珈褲和一件寬鬆的睡衣。黑卡蒂的頭髮在腦後綁成鬆鬆的髮髻，臉上和衣服滿是深色的髒汙，很像我媽在清理烤箱的時候。（老媽，抱歉啦。）她絕對不是準備要迎接訪客的樣子。

「我們太早到嗎？」我問。「可以等一下再回來……」

「沒有，沒有！」黑卡蒂對我笑了笑，溫暖和歡迎的程度與她家的裝潢風格差不多。「剛好準時。我可以提供三枚德拉克馬金幣的住家開箱行程給你們。」

「酷喔！」格羅佛說。

黑卡蒂以期盼的眼神盯著我們。

我不禁納悶，現在到底是該要鞠躬、準備握手，還是熱烈放屁。

「噢，」安娜貝斯終於說：「你說三枚德拉克馬金幣不是開玩笑的吧？」

女神眼神閃爍。「親愛的，我從來不開德拉克馬金幣的玩笑。」

安娜貝斯在口袋裡翻找一下。她拿出三枚金幣。就像平常一樣，我很感激她準備得這麼

㉑蓋兒曾隨黑卡蒂在《混血營英雄：冥王之府》登場。

充分，否則呢，我就得展開那種超尷尬的對話，試探一下黑卡蒂收不收欠錢的借據。

「就放在鋼琴上吧。」黑卡蒂說。

等到安娜貝斯把她捐獻的金幣放上去，黑卡蒂的微笑變得稍微溫暖一點點。「那好吧。上來！電鰻可不會自己進食！」

5 進入禁忌冰淇淋的實驗室

是的，電鰻。

在黑卡蒂家的二樓門廳裡，放置了一個巨大的獨立式鹽水玻璃圓柱，裡面裝滿了電鰻，因爲呢，她告訴我們，牠們的黏液有毒，很適合拿來做魔藥。這個資訊量遠遠超過我需要知道的程度。

四隻長長的黃色怪物滑過水缸，扭動環繞著珊瑚，用牠們沒有靈魂的藍色眼睛盯著我。黑卡蒂示範給我們看，如何從旁邊一個裝滿死魚的冷凍櫃餵牠們東西吃，但她不需要這麼麻煩。那些電鰻透過心電感應把所有事情都告訴我了。牠們的思緒像冰鑽一樣，鑿進我的頭骨裡面。

「她一天餵我們六次。」其中一隻說，牠認爲自己叫賴瑞。

「一天只要餵牠們一次。」黑卡蒂說。

「我們每隻吃二十隻魚。」另一隻電鰻說，他叫佛圖納托。

「每隻餵一隻魚。」黑卡蒂指示。

「而歐洲貂看起來也很好吃，」名叫大人物的電鰻這樣說：「我們可以吃歐洲貂。」

「我們會把餵法搞清楚，」我對女神說：「我對海洋生物還滿有一套的。」

「把所有東西餵給我們吃，」第四隻電鰻，珍妮特，這樣警告著，「否則我們會咬你。」

我們的開場好棒啊。

有六條小走道從電鰻廳分岔出去，每一條都有一整排門塗著黑色的亮漆，上面印著裝飾藝術風格的骷髏圖案，令人毛骨悚然。「骨悚藝術」？

「這些是臥房，」黑卡蒂說著，指向其中一條走廊，「不過只有接受我的魔法訓練的幸運助手才能使用。」

安娜貝斯顯得很感興趣。「你經常有那樣的訓練嗎？」

「很多年沒有了。」黑卡蒂嘆口氣。「曾經呢，這棟宅邸是一所魔法學校……」

「想到就覺得很怪。」我嘀咕著說，我有時候會脫口說出一些不該脫口而出的話。我只是很難想像有些學生在房子裡跑來跑去，用魔杖互相施展魔法，還用電鰻的黏液製作魔藥。

搶在黑卡蒂懲罰我之前，安娜貝斯趕緊插話。「赫卡柏提到學校收掉了。為什麼呢？」

黑卡蒂對她的地獄犬露出凌厲的眼神。「如果我們想要維持一個快樂的家庭，就不要談學校的事。」

那隻狗把尾巴夾在雙腿之間。歐洲貂在黑卡蒂的肩膀上吱吱叫著，可能是取笑地獄犬。

格羅佛清清喉嚨。「那麼，所以我們在哪裡睡覺？」他的語氣聽起來有點擔心，畢竟睡覺是他很喜歡的事。

黑卡蒂遲疑了一下。假如我愛打賭，我會賭說她從來沒想過要怎麼安排我們睡覺的問題。

「你們可以……在客廳紮營。」她提議說。

「太棒了！」格羅佛得意洋洋咧嘴大笑。「眞高興我多帶了幾個鋪蓋捲！」

我想像自己睡在鐵製的巨大吊燈下面，等著它掉下來把我壓成糖霜餅乾的形狀。也說不定我會直挺挺躺在平台鋼琴上，旁邊有那隻叫蓋兒的放屁歐洲貂。選項好多喔。

「浴室呢？」我問。

黑卡蒂皺起眉頭。又是一種她可能好多年都沒想過的凡人必需品：沖洗的需求。她含糊指著另一條走廊。「你們會找到一些房間是用來……洗澡……在那邊。」

「你才剛弄出幾間新的，對吧？」我問。

「才不是！」她厲聲說道：「好，這邊過去，你們會找到圖書室……」

「也是禁止進入？」我猜測說。

黑卡蒂挑起眉毛。「波西．傑克森，我對接觸書本沒有設限。我並不是怪物。如果你自認可以在我的圖書室裡駕馭知識，那麼請便。但如果知識把你變成一隻燃燒的紫色犰狳，不要之後才來向我哭訴。」

我記下她指的是哪一條走廊。我可不想在晚上到處找不到路，想要找一間廁所，卻發現自己闖入一個房間，裡面滿是危險的魔法教科書。此外，關於犰狳的警告聽起來好針對喔，感覺以前眞的發生過。

然而，安娜貝斯眼神發亮。知識令她難以抗拒。即使有燃燒的紫色什麼東西，讓我憂慮不安的東西。

格羅佛舉起手。「那麼有廚房嗎……？」他指著安娜貝斯那袋墨西哥食物。「我們的塔可餅和玉米捲餅可能要冷掉了。」

現在他的語氣聽起來眞的很擔心。他喜歡吃東西更甚於睡覺。他眞的很喜歡吃墨西哥玉米捲餅，他說那實在太重要了，絕對應該從「食物」的類別獨立出來。

黑卡蒂冷笑一聲。「我當然有廚房，不過我們稱之爲實驗室。那在地下室。跟我來。」

她帶我們從另一道樓梯往下走。到底有幾道樓梯啊？我有種感覺，這棟房子比外表看起來的樣子大很多，彷彿屋內也像屋外一樣，與周圍的建築物模模糊糊融合在一起。我希望不會不小心遊蕩到鄰居的房子裡，嚇到正在洗澡的人。

地獄犬赫卡柏在後面啪嗒啪嗒輕聲走著，依然因爲她媽媽的責罵而一臉陰鬱。她在地板留下一條口水痕跡，我猜想，這樣就很容易追蹤她的來來去去。

歐洲貂蓋兒依然趴在黑卡蒂肩膀上。她的本領是很有耐心，會等到我位於她的正後方，然後瞬間噴出臭屁。

結果地下室是整棟房子最明亮、最寬敞的地方。白色的石材地板像冰牛奶一樣發亮。毛玻璃窗戶讓明亮的光線照進來，這點還滿詭異的，畢竟夕陽已經漸漸西下。也許每一排窗戶都位於不同時區，剛好在每一天最適合的時間捕捉到最完美的光線。

房間中央設立了一排不鏽鋼工作台，讓我聯想到停屍間的桌子。沿著牆壁有很多白色花崗岩流理台、調理碗、攪拌機、砧板、烤箱和爐頭，足以讓一整群廚師非常忙碌。櫥櫃的玻璃門內展示著數百個廣口瓶、小瓶子和燒杯，裝滿了色彩繽紛的溶液。其中一些漂浮著黏糊的物體，我真的不想知道那是什麼。在最靠近的爐子上，好幾個鍋子蓋著鍋蓋燉煮東西，冒出蒸汽。

黑卡蒂伸展雙臂，顯得很得意。「我知道你們在想什麼。這看起來很像『女巫釀造大賽』㉒。你們猜對了。我們在這裡拍攝全部七季的節目。」

「噢！」格羅佛說：「我好愛生長靈藥那一集！就是亞歷杭德羅變成海坡柏里恩巨人㉓的時候……？」

「那很經典，」黑卡蒂表示同意，「第三季，第五集。」

我瞥了安娜貝斯一眼，她看起來像我一樣大惑不解。也許我們可以在黑卡蒂的電視上找到這個節目，趁這個星期瘋狂追完。她可能有訂閱「奧林帕斯＋」頻道，或者眾神最近愛看的隨便什麼頻道。

㉒女巫釀造大賽（The Great Witches' Brew Off）是諧擬「大英烘焙大賽」（The Great British Bake Off）這個競賽節目，在英國廣播公司播出前七季。

㉓海坡柏里恩人（Hyperborean），居住在極北方的巨人族。他們很長壽，而且總是盡情享受生活樂趣。參見《波西傑克森：終極天神》。

格羅佛嗅聞空氣。「那是什麼超棒的味道？」

他跟隨自己的鼻子，經過那些聞起來一點都不棒的燉鍋，前往最遠的流理台，那裡有個老式的冰淇淋機隆隆作響：一個銀色的金屬圓筒在木桶裡面攪來攪去，桶子裡裝滿碎冰。我已經有很多年沒看過那種東西了。

不管裡面是什麼，聞起來是新鮮草莓在夏日陽光下成熟的氣味，就像混血營的草莓園。一滴粉紅色液體從金屬圓筒的邊緣滴下來，格羅佛拚命克制自己不要渾身發抖。香氣那麼強烈，連我都好想把手指伸進去沾一點嘗嘗看。

「你們不能碰我『所有的』計畫，」黑卡蒂警告說：「必須讓它們全部像這樣在爐子上燉煮，直到我回來爲止。不過呢，我會允許一項例外，就是這個草莓奶昔實驗。」

格羅佛瞪大雙眼。「眞的嗎？」

「明天的十點整，它會達到合適的濃稠度。我允許你們拔掉馬達的電源，把金屬圓筒從冰塊裡面拿出來，要用安全手套喔，然後移動到那邊的冷凍櫃去。你們可以做的事就只有這樣。絕對不准試吃，否則會有非常可怕的結果。聽懂了嗎？」

格羅佛彷彿拚命把一團高爾夫球大小的失望吞下去。他鬱悶地點頭。

「很好，」黑卡蒂說：「除此之外，可以如你們所願，用廚房準備食物。好，你們凡人的需求講得夠多了。讓我示範給你們看，怎麼樣用適當的方法照顧我的寵物！」

6 生的雞屍，以及去哪裡找

黑卡蒂很喜歡規矩。她有很多餵食寵物的規矩、帶牠們散步的規矩、照料牠們的規矩，還有關於要怎麼遵守這些規矩的規矩有哪些規矩。

「這些是赫卡柏的維他命。」她說著，站在一個櫃子前，有很多寬口玻璃罐排列在裡面，每一個都裝滿了看似雞塊的東西，而且有各種不同的顏色：灰色、金色、綠色、藍色，還有粉紅和白色的圓點。「每天早上要從每個罐子各拿兩塊給她吃。」

「每個罐子？」我問。看起來也太多維他命了，即使對地獄犬那麼大的胃來說也一樣。

「對她的關節和毛皮非常重要，」黑卡蒂堅持說：「她不喜歡吃，但不要讓她拒絕吃。」

在這個狗窩的角落裡，赫卡柏蜷縮身子躺在她的狗床上，那張床簡直像小孩子玩的充氣城堡那麼巨大，而她把臉貼在腳掌上，用力嘆氣。我不怪她。我開始想像每天早上要花多少時間和工夫，才能哄她吃下四十顆「麥克雞塊藥」。

「她的早餐和晚餐可以吃兩杯狗食，」黑卡蒂繼續說：「我不在的時候不可以吃零食，否則她會認爲可以占你的便宜。」

她稱爲「狗食」的東西，在我看來很像裝滿石頭的垃圾桶。有個容量將近四公升的牛奶壺用來充當狗食的勺子。狗食像乾冰一樣冒著煙，散發的氣味很像熱烘烘的瀝青。

「很好吃的樣子。」我說。

「她很愛吃。」黑卡蒂堅持說，接著轉身看著她的地獄犬。「漂漂女孩，對吧？」

赫卡柏的大眼睛充血發紅，似乎傳送出「我痛恨我的犬生」的訊息。

「那是我的漂漂女孩，」黑卡蒂柔聲說道：「對了，她一天要散步兩次，早晚各一次。在這裡，你們會找到她的生活用品。」

她打開櫃子的一個門，裡面有一整箱容量一百五十公升、超級堅固的花園廢棄物袋子，已經重新貼了標籤，寫著「赫卡柏的便便袋」。牆壁上掛著各式各樣超巨大的牽繩，一條粉紅色、一條黃色、一條有小雛菊，還有一條是凱蒂貓圖案。

「千萬不要把她遛到比賓州更遠的地方。」黑卡蒂建議說。

「賓州？」格羅佛問道。

黑卡蒂轉身看著安娜貝斯。「你的兩位朋友是有點遲鈍嗎？或者只是聽力很差？」

安娜貝斯維持面無表情。「他們很好。只是有一點敬畏。畢竟你是女神。」

黑卡蒂顯然對答案很滿意。「嗯……那麼，我很高興有一位明智的年輕女子指揮他們。如果我那所學校還在……」她遲疑一下，然後嘆口氣。「沒事。有件事非常重要，動物在外面的時候，絕對不准沒有繫上牽繩。那些配件都施了魔法，確保我這些小搗蛋不能逃走，自己跑去胡搞瞎搞。如果你們有人打開門，讓牠們跑出去……」

「我們不會的。」我保證，因為我沒有心情再看一次黑卡蒂示範她暴躁的三顆頭說出死亡威脅。我也不希望她對我施展魔法。聽起來就很煩。

「很好！」黑卡蒂興高采烈說：「那麼來說明蓋兒的事。」

我對接下來的談話沒有心理準備……也完全沒想到會看見生雞肉。

蓋兒有她自己的歐洲貂遊戲室。那個地方林立著包裹地毯的柱子，也布滿了如同歐洲貂大小的洞，因此蓋兒有很多空間可以奔跑、躲藏，以及放屁。地上鋪了厚厚一層雪松刨片，稍微掩蓋了腸胃不適的氣味，但聞起來還是很像蓋兒把這裡當成自己的家。沿著後方牆壁站著一排戰鬥人偶，就是你會在防身術課程看到的那種假人，下面都有台座基礎，上半身裝填墊料，塑膠頭部呈現海軍式的平頭髮型。根據咬掉的鼻子、扯開的內臟，以及假人原本鼠蹊部遍布的爪痕，我看得出來，歐洲貂一直很努力攻擊那些人偶。

所有這些事我都能應付。一隻歐洲貂得要有自己的樂子。可是黑卡蒂讓我們看蓋兒的食物庫存時，我差點就無法應付。

打開紅色琺瑯冰箱，映入眼簾的是一整排雞的屍體掛在肉鉤上。蓋兒一看到它們，就從黑卡蒂的肩膀跳下去，開始興奮地吱吱叫，在黑卡蒂的腳邊繞著圈子跑來跑去。

「笨女孩。」女神輕聲笑著。「等我把它擺好啦。」

黑卡蒂從冰箱取下一副雞屍，走向一個巨大的肉鉤，那個肉鉤掛在一條鐵鍊上，從天花板懸垂下來。她用肉鉤刺穿那隻雞，任憑它搖來晃去。

等我意識到歐洲貂可能會跳到那上面，內心升起一股恐懼……但它在空中足足有一百八十公分高。蓋兒絕對不可能……

那隻歐洲貂像一枚毛茸茸的火箭往上竄去，將她的尖牙咬進雞的左大腿。她以爪子抓住搖搖晃晃的家禽爬上去，接著消失在它的，呃，體腔之內。咆哮、撕扯和啜食的聲音從雞胸裡面傳出來。然後，伴隨一陣「嘶—嘶—嘶撒」的恐怖聲響，蓋兒的頭從雞的胸口撞穿出來。她的雙眼散發愉悅的光彩。她的牙齒血淋淋，毛皮上滿是雞的血肉和脂肪。

「噢，」格羅佛以微弱的男性高亢假音說著：「我還希望她吃的是小鼠口味的餅乾或之類的東西，可是，嗯……」

可是取而代之的是，我們得到來自電影「異形」的怪物。

就連安娜貝斯看起來也快要瘋掉，她還是我們三人之中最不會瘋掉的人。

「呃……」她說，聽起來很像你的午餐快吐出來之前的聲音。「她有多常這樣吃？」

「早餐和晚餐，」黑卡蒂帶著快樂媽媽的微笑說：「她顯然沒有把整個東西都吃掉。」

我看著那隻歐洲貂，她又鑽回屍體裡面，使之搖晃起來，只見血肉和脂肪從雞的底部滴下來。「哇喔。」

黑卡蒂對我皺起眉頭。「波西．傑克森，吃一頓飯最棒的部分呢，就是玩弄你的食物。你肯定很了解這點。」

我想起自己小時候，經常用馬鈴薯泥和豌豆泥堆起城堡。接著又想到，所有的怪物企圖把我當晚餐吃掉之前，也是會玩弄我一番。

「真的，」我說：「所以我們讓她咀嚼一會兒，然後……」

蓋兒從雞的身上掉下來，對我吱吱喳喳幾次，只是要露出她的尖牙，然後開始像貓一樣舔舐自己的身子。我突然懂了，她的毛皮爲什麼看起來那麼光滑——雞油是很好的保養品。

「然後你們要清理乾淨！」黑卡蒂彈彈手指，讓那副屍體消散成一團塵埃。「很簡單！」我注意到她留下地板上超噁的食物碎屑，要讓我們著手處理。

格羅佛試著彈彈手指。他從來不曾眞正精通這種招數。就算他很精通，我也懷疑他眞能用魔法把死雞變不見。我們免不了要開開心心清理蓋兒的剩菜。

「聽好了，」黑卡蒂說：「你們對蓋兒說話的時候，有件事很重要，就是要用適當的專門用語。如果把她叫成其他鼬科動物，她會非常傷心。不管怎樣，千萬不要叫她黃鼠狼。」

蓋兒跳起來吱吱叫，活像是有人拿大頭針去刺她的屁股。她的雙眼變成亮紅色。兩隻耳朵開始冒煙。我相當確定大部分的歐洲貂不會來這招。

「當……當然，」格羅佛結結巴巴說：「每個人都知道歐洲貂比黃鼠狼的體型大多了。而且，歐洲貂有黑色的毛皮面具，從鼻子往四周延伸出去！」

「每個人都知道啊。」我附和說。

「她也不是雪貂，」黑卡蒂說：「不是水鼬。不是田鼠。而且絕對不是臭鼬。」

蓋兒氣得發出嘶嘶聲。

「乖乖歐洲貂，」安娜貝斯說：「絕對是歐洲貂。」

蓋兒氣呼呼地嗅聞一番，然後開始跟最靠近她的戰鬥人偶玩起來。而我說的「玩」，意思是跳到那個人偶的頭上，開始在它臉上咬出一個洞。

「好可愛。」我說。

「我知道。」黑卡蒂滿意地嘆口氣。「我不喜歡離開牠們，即使只離開幾天也一樣！不過我相信牠們會受到妥善的照顧。」她看著我，皺起眉頭，接著用比較充滿希望的眼神看著安娜貝斯。「蓋兒的胸背帶在那邊牆上。你們帶赫卡柏去散步的時候，她可以跟著一起去。」

胸背帶的材質是黑色皮革，附有許多不銹鋼尖釘。因爲蓋兒走金屬風。

黑卡蒂指出歐洲貂洞穴裡一些其他重要部分給我們看：蓋兒喜歡睡的紙板箱，旁邊是昂貴歐洲貂遊戲屋，但蓋兒連看都不看一眼，依然裝在盒子裡。有一盤額外的雪松刨片，需要時可以鋪在地上；一套長柄鏟屎器、一組梳洗用具和一支歐洲貂牙刷，搭配兔子口味牙膏。

最後，黑卡蒂帶我們回到大房間。

「還有什麼嗎……？」她沉思著說：「啊，對了，我的力量象徵！」

她指著那組交叉的火炬，掛在陽台的欄杆上。「我把這組留給你們，但是應該只能用在極度緊急的事件。這樣清楚嗎？」

完全不清楚。我們到底要拿一對火炬來做什麼呢？如果有一位海坡柏里恩巨人路過這裡，向我們要個火，那樣算不算緊急事件？

既然黑卡蒂已經認定我是白痴，我想最安全的做法就是點頭。「了解。」

「很好……」黑卡蒂瞥了彩繪玻璃一眼，那裡因爲太陽下山而變暗了。「我得離開了。東京迪士尼樂園很快就會開門，他們爲了向我致敬，準備舉辦一場『幽靈花車』遊行。還有沒有什麼問題？沒有？很好！」

她再次彈彈手指。她的長版襯衫睡衣和瑜珈褲轉變成精緻的黑色晚禮服，搭配黑色絲質手套、一串鑽石項鍊，濃密的黑髮還戴了一頂黃金冠冕。她看起來很像暗黑灰姑娘，準備去虐待兩位邪惡的繼姊妹、王子，還有神仙教母，因爲沒有幫她叫到比較好的四輪馬車。

「房子的鑰匙掛在大門旁邊，鑰匙圈上面有小小的交叉火炬，」她說：「你們離開的時候永遠要鎖門。我會在星期五的午夜來看你們。如果一切情況良好，波西．傑克森，你就會得到你的推薦信。假如一切情況不好……」

「我就不會需要推薦信，」我猜測說：「因爲我不會有未來了。」

她用絲質手套拍拍我的臉頰。「我就知道你比外表看起來要聰明一點。掰掰！」

在一團旋轉的黑色煤灰中，女神消失了。

我看著安娜貝斯和格羅佛，試著想要說些鼓勵的話。接著我注意到赫卡柏和蓋兒從各自的房間門口盯著我們看。牠們的雙眼閃閃發亮。牠們都咧嘴笑著，露出尖牙，彷彿想著：「媽咪走了。現在好玩的要開始了。」

7 讓狗拖著滑水

「好玩的」就從收拾狗食和雞肉大屠殺展開序幕。我們眞的盡力了，不過我希望能夠配備隔離防護衣，也許再來一條消防水管。

等到踏著蹣跚的步伐走回大房間，我實在沒有什麼心情吃自己的晚餐。這樣也是剛好而已。赫卡柏和蓋兒另有盤算。牠們都站在大門口，嘴裡咬著各自的牽繩。

「好啦，」我對牠們說：「可是我們沒有要一路去賓州喔。我和安娜貝斯明天要上學。」

我預期兩隻動物會面露不悅，但牠們反倒興奮到發狂。蓋兒吱喳大叫且繞圈圈跑，她那副重金屬胸背帶拖在後面。如果房裡有一副雞屍，我想她會在狂喜狀態下挖出雞內臟。

赫卡柏用後腳站著，活像在星期日的布道會感受到聖靈。接著她做出邀請玩耍的動作，用強大的力道吠叫起來，連頭上的吊燈都喀啦作響。

安娜貝斯協助我幫赫卡柏套上頸圈。無論是什麼狗，安娜貝斯全都很愛——愈大、愈可怕的愈好。對象如果是我的地獄犬夥伴，歐萊麗女士，我覺得此舉很溫暖。但看到安娜貝斯在赫卡柏的身邊表現得這麼隨意，我只覺得擔心。

格羅佛花了幾分鐘對蓋兒甜言蜜語一番，試著讓她冷靜下來，以便套上她的胸背帶。「歐洲貂好棒棒！比臭鼬或田鼠漂亮多了！好可愛的鼬科動物！」

蓋兒放了一個屁，我猜那是他們正在建立關係的跡象。

到最後，我們兩隻動物的牽繩都固定好了。安娜貝斯握住赫卡柏的牽繩，末端有個棒狀握把，很像滑水繩的把手。格羅佛負責蓋兒，她繞著他的足蹄跑，準備瘋狂搖滾一下，結果牽繩纏繞在格羅佛的腿上好像木乃伊。

「可以走了嗎？」等到格羅佛讓自己解脫束縛，我問大家。

「可以走了。」安娜貝斯附和道。

我們絕對不是可以走了。我一打開大門，赫卡柏就沿著人行道狂奔，把安娜貝斯拖在後面。蓋兒盡力跟上腳步，迫使格羅佛必須踏著輕快的小跑步。我準備要狂奔追上他們，接著那些門環大喊：「鎖門！不行，讓門打開！橙香火焰可麗餅啦！」

我衝回屋內，抓起鑰匙，然後鎖上門，再追著我的朋友後面跑，他們這時快要消失在萊辛頓大道上了。

安娜貝斯之所以沒有遭到拉扯至死，只因她自己有一雙快腿，還有事實上赫卡柏是短跑選手，不是馬拉松選手。特大號的拉布拉多犬跑過一個街口，停下來聞聞一個垃圾桶，跑過另一個街口，回頭看看安娜貝斯有沒有被車子撞死，聞聞另一個垃圾桶，然後繼續跑。因爲生命很短暫啊。你必須把握時間停下來聞聞垃圾桶。

我在第三十街和萊辛頓大道的交叉口追上他們，那裡位於公館的北邊已經有九個街口。這時，蓋兒正在「羊男快遞」上面休息。她開心窩在格羅佛的頭上，啃咬左邊的山羊角，只見格羅佛拚命想哄她下來，但運氣不太好。我眞想知道路過的凡人能不能看到那隻歐洲貂，或者以爲格羅佛只是在自言自語，度過非常不如意的一天。安娜貝斯的髮辮散開了，活像是剛剛通過一個風洞。她的襯衫沾了新的汙痕，牛仔褲有新的裂口，左膝蓋的皮膚也擦破了。

「要換手給我嗎？」我作勢指著牽繩。

她遞過來。

「跑步鞋，」她喘著氣，朝向她的平底鞋點點頭，「明天，我要帶跑步鞋來。」

「吼吼吼！」赫卡柏一定很喜歡「跑步」這個詞。我只來得及抓住滑水把手，她就扯著我展開一趟全速衝刺。

等到我們抵達東八十街，我汗流浹背、喘不過氣，完全同意安娜貝斯提到跑步鞋的事。

赫卡柏忙著在街道中央的人孔蓋灑下尿尿的尼加拉瓜瀑布時，格羅佛小跑步趕上我，他的歐洲貂朋友在他頭上開心地吱吱喳喳。「還可以嗎？」他問我。

我想要發表意見，表示並非我們所有人都有山羊蹄可以跑步，但我的肺裡空氣不夠。我只對他豎起一根大拇指。接著赫卡柏再度出發。

隨著我的肌肉變得像是軟趴趴的油灰，腦袋也開始胡思亂想。我這才想到以前從來沒有眞正遛過歐萊麗女士。我們玩在一起，到處嬉鬧，但遇到需要長途移動的時候，都是透過她的影子傳送力量，因此她是很能派上用場的朋友。我不禁好奇赫卡柏有沒有這種能力，或者黑卡蒂有沒有透過影子切除術剝奪她的力量。

歐萊麗女士會怎麼看待赫卡柏呢？我有預感她們不會有一場美好的相遇。說到歐萊麗女士，我從不懷疑她有一隻狗的靈魂——她是來自冥界的古代超自然巨犬，但依然是一隻狗。

至於赫卡柏……嗯，我盡量不要盯著她的眼睛看太久。看著她的眼睛時，我看到令人擔心的事——那反映出人類的性格。我的朋友海柔曾經告訴我，回溯到非常古老的時代，蓋兒和赫卡柏都曾是人類。我想不起她說的細節，但顯然即使經過數千年，赫卡柏依然有很多密謀和計畫在腦中打轉。我不知道該怎麼面對這件事，只能把她的牽繩抓得更緊，希望她不會突然衝到一〇一號公車前面，決定把我暗殺掉。

在九十五街附近，歐洲貂終於對我們表現憐憫心。蓋兒吱喳嘎嘎叫著，以她的鼻子指向南方。赫卡柏發出呼呼聲，顯得很憤怒，但似乎也同意可能該回家了。

「你想要遛她嗎？」我問安娜貝斯。

「不要，你遛得很棒啊！」她在幾個街口前就把鞋子脫掉了。一般來說，在曼哈頓走路是不推薦這樣啦，但她的腳已經磨出一些水泡，看起來很慘，於是赫卡柏沿著萊辛頓大道把我拖回去時，我決定不要抱怨了。

我們到達格拉梅西公園時，我覺得自己好像一直用肩膀扛著整個天空的重量。我這番話並不是一種比喻——我還眞的扛過天空。安娜貝斯也扛過。那是最慘的事。我要是又長出白頭髮，就像以前接手阿特拉斯[24]的工作那樣，我一點都不會感到驚訝。我不免好奇，那種狀況是否經常發生在希臘的半神半人身上，而事後他們是否得把頭髮的顏色染回原狀。也許就是因爲如此，才有一種染髮劑叫做「希臘配方」[25]……

我可能因爲缺氧而胡言亂語了……

事實上，在格拉梅西公園的角落，我產生一種幻覺。在街區的另一端，在街燈之間的陰影裡，我覺得看到一個發亮的藍色幽靈，是一個小孩子的人形騎在腳踏車上，踩著踏板倉皇地遠離我們。我眨眨眼，它不見了。

我又踏出一步。有個東西在我的鞋子底下發出吱嘎聲。我低頭看。是一副小孩子戴的眼鏡，躺在人行道上破掉了……接著眼鏡也化爲霧氣，消失不見。

「你還好嗎？」安娜貝斯問。

「你有沒有看到那個？」

「什麼？」

我不確定該怎麼回答。「黑卡蒂是掌管鬼魂的女神，對吧？」

安娜貝斯皺起眉頭。「你覺得看到鬼魂？」

「我不確定……」

「兩位，快點！」格羅佛從前方叫道，一副幸福無憂的樣子。「終於輪到我們吃晚餐了！」

我打開大門門鎖，努力不去理會那些門環。它們語帶威脅，說如果不配合玩猜謎遊戲就要對我們施魔法。我們奮力讓兩隻動物脫下牠們的牽繩，接著前往地下室廚房準備餐點：格羅佛帶的一些綠色蔬菜和什錦果仁，搭配安娜貝斯從「黑螞蟻」餐廳買的美味蟲子餐。

我忙著尋找微波爐加熱墨西哥食物時，注意到格羅佛在黑卡蒂的冰淇淋機旁晃來晃去。

「記得吧，不能碰。」我警告他。

「當然不行！」他的語氣顯得惱火，也許因爲他就是一直想要碰。「直到明天早上十點都不行，要戴安全手套，巴拉巴拉巴拉。我想我找到微波爐了。喔，等一下，上面寫說是『輕鬆詛咒烤箱㉖』。不要理我。」

等到食物都加熱好，我們在大房間裡紮營。沒想到格羅佛的鋪蓋捲這麼舒適，只有稍微遭到老鼠咬過，聞起來完全沒有嚙齒類的氣味——比較像是松針和野薄荷的香氣。在昏暗的燭光下，我幾乎要相信天花板的銀色小點眞的是鄉下黑暗天空的一個個星座。

要是有一堆營火就好了……不過我想那會違反城市的法規。我不禁好奇黑卡蒂有沒有煙霧偵測器。如果警鈴大響，會不會引來紐約市消防局或什麼天神灌救隊？那種工作聽起來很

㉔阿特拉斯（Atlas），希臘神話中的擎天神，屬於泰坦巨神。奧林帕斯天神打敗泰坦巨神後，宙斯懲罰阿特拉斯永遠扛著天空。波西和安娜貝斯曾經接手阿特拉斯扛起天空的任務，參《波西傑克森：泰坦魔咒》。

㉕希臘配方（Grecian Formula）是美國生產的男士染髮產品。

㉖輕鬆詛咒烤箱（Easy Curse Oven）是在諧擬孩之寶玩具公司極受歡迎的玩具烤箱「輕鬆烘焙烤箱」（Easy Bake Oven）。

適合波塞頓的子女去做。萬一我的升大學之路行不通，說不定那是我可以深入研究的另一種職涯規劃。

赫卡柏和蓋兒沒有去牠們的房間，沒有像乖寵物一樣立刻去睡覺。牠們反而坐在我們想像中的營火周圍，看著我們的眼神彷彿以前從來沒看過人類吃晚餐。赫卡柏的眼神很憂傷，緊盯著我們吃下的每一口食物。我好想把我的蝗蟲塔拉尤達餅扔給她，但黑卡蒂說不能亂餵食，於是我只能小口吃著盤子裡的東西，發出貌似好吃的「唔唔」聲，依靠昏暗的光線掩飾我避開蟲肉的事實。

「這好好吃。」安娜貝斯吃完她的餐點之後說。

「我羨慕你的正能量。」我說。

她推推我的膝蓋。「誒，拜託，海藻腦袋，沒那麼糟啦。就任務來說，這樣很奢侈耶！我們有暖氣和自來水。說到這個，我要去找淋浴的地方……」

她站起來去找，我和格羅佛則去洗盤子。

安娜貝斯回來時，頭髮包著毛巾，換了有貓頭鷹圖案的灰色法蘭絨睡衣。她把腳上的水泡包紮好，臉上帶著奇怪的詭異笑容。「你們兩個得去看看那些浴室。」

後面跟著赫卡柏和蓋兒，我們到樓上查看那些令人驚奇的設備。我顯然說對了，黑卡蒂是在我問的那一刻，才用魔法把它們變出來。那位女神既不是管線工人，也不是人類，根本不記得沐浴設備是怎麼運作的，於是她創造出各式各樣的房間，沒有一個算是合理的配置。

我們參觀的第一間浴室，蓮蓬頭正常運作，但馬桶在天花板上，水則違反重力留在馬桶裡。

「如果你沖水會怎樣？」我好奇問道。

安娜貝斯笑起來。「波西，我看過你把馬桶搞得一團亂的時候是怎樣。如果你想嘗試看看，等我出去房間外面再說。」

她在浴室門上貼一張自黏紙條寫著「可以淋浴」，標示出我們可以用的一間。接著她帶我們去下一個新奇發現。這間浴室貼了黑色皮革，鍍鉻的設備滿是釘子。

蓋兒吱吱喳喳表示贊同。

格羅佛嘀咕一聲。「你說對了。金屬。」

蓮蓬頭流出的水只有一種溫度：冰冷。毛巾是鐵鍊盔甲。

「不，謝了，」我決定了，「那麼……」

「小心。」安娜貝斯警告說。她用一支通水吸把打開馬桶蓋。蒸氣一湧而出。馬桶裡的水像燉鍋一樣沸騰冒泡。

「這是『沸桶』。」我說。

我大笑，對自己感到很滿意。赫卡柏嚎叫起來。她顯然不欣賞我的幽默感。安娜貝斯經常對我說，我會是一個好爸爸，因爲我已經想好一些笑話，愚蠢、老派，而且愚蠢。

我們又多花一些時間探索黑卡蒂的神奇浴室，努力找出三個不會讓我們死於非命的可用馬桶，還有兩座可用的蓮蓬頭，加上一個當作鯉魚池的浴缸。格羅佛向我們保證那個能滿足他的需求，只要鯉魚不介意。

等一切就緒可以睡覺了，我們又在大房間集合。歐洲貂和地獄犬蜷縮在平台鋼琴旁，如果能忽略赫卡柏睡覺時露出獠牙的模樣及蓋兒的排氣問題，你幾乎會覺得牠們很可愛。

「順利的第一天，」格羅佛嘆氣說：「接下來會變得比較簡單，對吧？」

三秒後，他開始打呼。

我希望這樣會讓我有點時間跟安娜貝斯談一談。我很擔心剛才在建築物前面看到的奇怪幽靈——逃走的孩子，破損的眼鏡。我很擔心明天我們去上學時，把格羅佛單獨留在魔法草莓冰淇淋那裡。而且我很擔心地獄犬和歐洲貂在睡覺的時候咬我的臉。

但安娜貝斯一定也累壞了。她舒舒服服窩在老鼠回收的鋪蓋捲裡，像火炬一樣熄滅了。

而我呢，我保持清醒一會兒，盯著天花板上斑斑點點的星座。我想著格羅佛的意見：「事情一定會變得比較簡單。」問題是，在波西的世界裡，事情永遠不會變得比較簡單，只會更加離奇。

8 你猜有什麼？黃鼠狼的屁股

我們有點太早起床。

這一切都要感謝地獄犬和歐洲貂的肚子大聲咕嚕叫。我們餵牠們吃早餐，丟一些死魚給電鰻，再哄著赫卡柏吞下她的七百萬「麥克維他命塊」。接著我們好好享受黑卡蒂那些神奇的反重力蓮蓬頭和魔法馬桶，然後前往廚房，在那裡我的柳橙汁有狗毛，麥片碗裡也有黃鼠狼的屁股（還是歐洲貂的屁股，隨便啦）。

格羅佛建議幫寵物制定每日散步時間表。

他認爲每次應該至少有兩個人執行遛狗勤務。每天早上，他和我可以護送安娜貝斯去南邊的紐約市設計學校。然後，到了下午，他和安娜貝斯會帶著寵物來替代中學找我，然後我們從阿斯托里亞社區一起走回公館。我的學校比安娜貝斯的學校遠得多，但如果她不介意，我也無所謂。反正我很樂意多花一點時間跟她和格羅佛在一起，即使包括要讓毛茸茸的超自然新主人拖著我們越過大半個城市。

「格羅佛，那你呢？」安娜貝斯問。「那就表示所有的散步行程你都會參加。」

「喔，我不介意啊。空氣很清新！」

你在「貓途鷹」旅遊網站㉗不會看到很多人把曼哈頓評論為「空氣很清新」，但我感激格羅佛的熱心。

我們打包上學的東西，讓兩隻寵物套上牠們的重金屬和凱蒂貓裝備，接著出門護送安娜貝斯去紐約市設計學校。鎖門時，那些門環告訴我們：一、祝福有美好的一天；二、我們會極度痛苦而死；三、五花肉啦！坦白說，我參加過更奇怪的複選題考試。

這一次，我們對赫卡柏和蓋兒的散步習慣有更多心理準備，因此看到赫卡柏帶我們以一連串超高速、超駭人的衝刺奔跑穿行於車陣之間，停下來嗅聞所有的東西然後在那上面尿尿，也就見怪不怪了。安娜貝斯甚至在黑卡蒂的一個櫥櫃裡找到一雙運動鞋，看來很有用。我只希望那雙鞋最後沒有遭到詛咒。我不希望安娜貝斯意外飄到月球去，或者突然開始跳起一陣愛爾蘭排舞。

至於蓋兒，我們發現藥房對她有種奇怪的吸引力。每一次經過藥房，歐洲貂就會試圖把格羅佛拉進去。也許她終於發現自己非常需要消除脹氣的藥物。或者說不定杜安里德藥妝店㉘正在舉辦雞屍的大特價活動。

等我們到達紐約市設計學校時，我幾乎要樂觀起來，覺得有機會順利挺過萬聖節而存活下來。我們開懷大笑玩得開心，我很樂意學期中任何一個星期二的早上都可以這樣。

感覺真好。幾乎有家的感覺。就是三位超級好朋友和他們出租魔法寵物的美好生活。我沒有說出口，因為一說出來可能會倒楣，但我們絕對可以延續到星期五晚上……對吧？

「親愛的，祝你在學校有美好的一天。」我對安娜貝斯說。

「謝啦，老媽！」她給我一個大大的熱情之吻。

「你們兩個這樣公開放閃喔。」格羅佛嘀咕著說。

就這麼巧，我和安娜貝斯跑到他的左右兩側緊緊抱住他，對他的左右臉頰「唔唔啵！」來個大大的吻。

「好多了。」他咕噥著說，臉頰變得好紅。

「今天下午見。」安娜貝斯對我們說，把赫卡柏的牽繩遞給我。我希望她借來的運動鞋有魔法，可以變大而符合我的腳，但沒有這樣的好運。然後她離開了。

我和格羅佛回頭走向公館。我們在第三大道遇上一點麻煩，那時赫卡柏決定攻擊一台「小宙斯」希臘菜餐車，但我拚命把她拉走，免得她咬死廚師或吃光他的肉類存貨。廚師老兄不太高興。他用希臘語對我吼了一些話，也許是「拜託管管你的犀牛」，但我無法對赫卡柏太生氣。一個原因是，食物聞起來很香；另一個原因則是，所有標示著「宙斯」的事物，也會讓我轉換成攻擊模式。

回到格拉梅西公園，我才發現大概只剩二十分鐘，而前往學校的路程要花四十分鐘。幸

㉗貓途鷹（Tripadvisor）是國際旅遊資訊網站，提供旅館、餐廳和景點等各種資訊和評論平台。

㉘杜安里德（Duane Reade）是紐約市和紐澤西州的連鎖藥妝店。

好第一節課的老師對於有沒有出席還滿寬鬆的。

「你確定可以應付？」等到寵物都安全回到屋內，我在大門口問格羅佛。

「噢，對啊！」他的眼睛抽搐著。「我有一大堆事要做。出去發送星期五派對的邀請函啦，陪動物玩一玩啦，也許烤個蛋糕。我們會去替代中學接你，然後可以越過皇后區大橋開心散步回家！」

「好吧，」我說：「別忘了把冰淇淋魔藥放進……」

「冷凍庫，我知道！我不會有事，好嗎？謝啦，掰！」他關上大門。

「他會處理得很好！」一個門環向我保證。

「他會把所有事情都搞砸！」另一個門環說。

「熱帶雨林咖啡廳啦！」第三個說。

唔……可能沒什麼好擔心的吧。直到抵達地鐵站，我才想到剛才不確定是哪一個門環說格羅佛會把所有事情都搞砸，是說實話那個，還是說謊話的？我盡量不去想那件事。格羅佛很聰明。他很有責任感。多年來他一直是我的守護者，這段時間以來，我們都變得更有智慧了。我知道可以信任他會做正確的事。

我趕到學校已經很晚了，連祕書都對我失望嘆氣，但還沒有太晚到引來一陣痛罵。我認爲這樣就算贏了。

走向教室途中，又看到我的輔導老師，歐朵拉。她正躡手躡腳沿著走廊前進。等她看到我，整個人呆立原地，很像汽車頭燈照到的歐洲貂。

「她走了嗎？」她自言自語輕聲說道。

「呃……你是指黑卡蒂嗎？」

「她不能看到我！」她躲進最近的房間，立刻鎖上門。我等著看她會不會回到外面來，畢竟她把自己鎖在工友的儲藏室。她沒出來。我已經遲到了，於是決定繼續往前走。走了幾步後，我覺得還是必須找出海精靈這麼害怕黑卡蒂的原因。我的意思是說，除了女神非常駭人這種顯而易見的原因之外。

我的課上得還好。我還沒寫作業，但這不是什麼稀奇的事。

回想起八月的時候，我的繼父保羅曾經嘗試幫忙規劃我的學習狀況，他發現光靠我自己實在很難辦到。他建議我把回家作業想成是進行檢傷分類。「把你的功課看成受傷的病人，」他說：「根據傷重程度來處理它們。『好，你需要立刻治療，否則會死掉。你可以等一下。你沒有那麼糟，回家吧，吃幾顆阿斯匹靈，明天再打電話給我。』」

我給自己的回家作業吃了很多阿斯匹靈。

保羅的系統大部分時候都行得通。我通常可以判斷哪些作業很重要，哪些又是老師出作業只因他們覺得非出不可，而他們不想打分數的程度就跟我不想做作業是一樣的。有家人在當老師還滿有用的。

那天快要放學時，我的感覺還不錯。我沒有搞砸什麼測驗。我沒有睡著。神奇的是，我回答歷史老師的問題時，她說：「傑克森同學，非常好。」這可能表示她其實是某種怪物，但我不打算這樣斷定，除非她對我發動攻擊。我有些最要好的朋友也是怪物。

游泳練習結束後，我在替代中學前面等待，頭髮還有氯氣的味道。我很期待看到兩位朋友，甚至期待看到赫卡柏和蓋兒。

我想，這就是寵物很詭異的地方。即使牠們讓人超頭痛，依然用某種方法鑽進你的心底深處。我不斷看著第三十七大道，期待一隻巨大的地獄犬從遠處衝過來，後面可能拖著腳踩輪式溜冰鞋的安娜貝斯。

二十分鐘過去了。對於像我這樣有注意力不足及過動症的人來說，二十分鐘相當於大約四十個波西小時。也許格羅佛和安娜貝斯受困於交通阻塞……於是走路過河前來皇后區。也許寵物拉著他們離開預定的路程，前往紐澤西州的哈肯薩克。可能沒什麼大不了的。

我已經習慣沒有手機可用。對啦，這樣實在爛透了，不能很快看一些東西、滑一些有趣的影片，也不能傳訊息給朋友問問看他們在哪裡。不過我所有的朋友也都不能有手機，所以這也沒什麼。此外，看一些貓騎著掃地機器人或兄弟會成員不能後空翻的影片，確實滿酷的，但不值得因爲這樣而被怪物吃掉。

每隔一年左右，我會向凡人借手機，試試看魔法有沒有失效或變弱——說不定我現在可以用手機了，不會引發「怪物大遷徙」及「殺死波西大賽」。每一年，這項實驗都失敗了。從我一碰觸到手機螢幕，到某隻怪物現身爲止，平均時間是三十六秒。

長話短說：我沒辦法得知格羅佛和安娜貝斯在哪裡。就像我以前說過的，伊麗絲通訊只在特定情況下才能運作；如果你嘗試聯繫的人正在移動，舉例來說，有一隻地獄犬拖著那個人跨越「三州都會區」㉙，伊麗絲通訊經常會連接不上。

於是我等。一個小時後，我開始恐慌起來。假如安娜貝斯和格羅佛發生什麼事，而我只是站在這裡沒能幫上忙……假如珍妮特和她那群電鰻把他們吞下肚，或者萬一公館因爲累積太多歐洲貂的臭屁而爆炸……

我拿出波濤劍。利用劍刃的尖端，我在人行道刻下一則訊息：去格拉梅西。

這是我上個月剛學到的另一招。有一天我很無聊，坐在人行道上，那時我媽爲了她的第一場作者簽書會跑去買衣服，我發現波濤劍可以在柏油路面劃出發亮的線條，一般的凡人是看不見的。那些記號持續了大約三小時才消失；如果下雨，則持續的時間短一點。我不禁心想，爲何以前從來沒看過其他半神半人用神界青銅畫下的塗鴉呢？也許大家從來沒有無聊到嘗試這種事。也說不定他們的武器沒有一種副業是當作寫字工具。

我開始往回走向曼哈頓，沿著我認爲安娜貝斯和格羅佛會採取的路線，那麼如果他們還在前來的路上，我們就會碰到面。

我都走到上東城了，仍然沒有遇到他們。等到抵達東六十街，我好擔心，開始小跑步。

㉙三州都會區（Tri-State Area）是以紐約市為中心，包含紐約州、紐澤西州和康乃狄克州的部分地區。

我還要走很遠才能到格拉梅西公園，加上斑馬線的紅綠燈都不配合，還有一大堆車子和行人要通過。有人對我猛按喇叭、大聲咒罵、面露不悅，好幾次我差點遭到送快遞的電動腳踏車擊落，但我可是紐約本地人。那樣的妨礙很難讓我慢下來。

距離一個街口外，我看到安娜貝斯從反方向跑向公館。我的胃裡好像結了一大團冰塊。顯然格羅佛也還沒有去接她。

我們在房子前面會合。

「你還好嗎？」她問。

「很好，你呢？」

「是還好，可是……我猜我讀書讀到忘記時間。格羅佛一直沒出現。我想也許他睡著了，或者……」她的聲音發抖，這時她看著宅邸。「噢，天神啊。」

我心急如焚，不太能專心看透「迷霧」。

等到黑卡蒂家的正面終於顯露出來，我不敢相信自己眼前所見的景象。正面的窗子全都破了，碎玻璃散落於整個花園，像是玻璃從裡面往外炸開。好幾塊墓碑壁磚從牆上掉落。前廊湧出藍色的煙霧，巨大的三扇門向外爆開，彷彿有人從裡面拿攻城鎚猛力衝撞。

「格羅佛。」我們兩人同時說出。然後我們衝進災區。

9 世界末日聞起來像草莓

在大門殘骸底下某處，那些動物頭形的門環正在呻吟著……因爲很痛嗎？既然是用金屬做的，我想它們可以等吧。

到了屋內，我們的營地正在悶燒。藍色煙霧是從一些破裂的小瓶子冒出來，它們與如今破破爛爛的鋪蓋捲混在一起。長椅已淪爲引火的木材。鋼琴正面朝下翻倒在地。側邊牆上的彩繪玻璃已遭擊碎，顯露出背後什麼都沒有，只有磚牆。樓梯上棄置著一團團毛皮，而且噴濺成粉紅色，我眞心希望那不是血。

「有人來攻擊嗎？」我大聲疑惑地問。

我的心像船錨一樣沉重拉扯。如果我們留下格羅佛一個人，而他遭到一群仇恨黑卡蒂的怪物發動圍攻，我永遠都不會原諒自己。

「我想不是。」安娜貝斯聲音顫抖，同時以溼毛巾撲滅鋪蓋捲的餘火。「那些窗戶，還有門……每一樣東西看起來都像是從內部爆炸出去。」

我跪在樓梯上，撿起一撮毛髮。「這看起來像山羊毛。而這個粉紅色的東西……」

安娜貝斯走到我旁邊。她的胃比我堅強多了。

她用手指沾起黏黏的液體，嗅聞一下。「草莓。」

我們跑向廚房。

那個地方看起來像「鏈鋸烘焙大賽」某一季影集的最終回。黑卡蒂那個沸騰冒泡的燉鍋已經從爐上掃落在地，魔法燉菜灑得到處都是——潑上櫥櫃，裹住器具，連天花板也沾了一條條各種顏色的菜塊和黏液。聞起來就像聽起來一樣慘。

有些黏液一定是酸性的，侵蝕了地板磁磚而冒煙。冰箱看起來像是有人拿拆房子的大鐵球扔過去。烤箱門從鉸鍊處扯下。黑卡蒂的櫥櫃裡的小瓶子和燒杯也掉出來碎滿地。

而這一切混亂的正中央，躺著像山一般高的毛茸肉團，鼾聲如雷，兩隻長滿粗毛的巨大雙腿擱在廚房中島上，像麋鹿那麼大的足蹄指向天花板。

我慢慢向後退。「那是什麼？」

「那是……」安娜貝斯發出噎住的喊叫聲：「噢，天神哪，格羅佛！」

我一定是聽錯她說的話。格羅佛並不是特特特大號啊。他打呼的時候不會撼動房子，也從來不會對這種塞滿食物的廚房表現出不敬的態度。

但是等我站在那堆「毛皮山」的旁邊，才發現格羅佛的襯衫碎片掛在肩膀的地方。它的身軀超級龐大，幾乎完全呈現山羊的樣子，但如果我瞇起眼睛，運用想像力，幾乎就可以看出格羅佛的臉。那張臉腫大到難以置信的程度，活像是爆發了前所未有的嚴重大過敏。

「我……我們該怎麼辦？」我結結巴巴地說。

我希望安娜貝斯想好了計畫。雅典娜的孩子永遠都先想好計畫。但她看起來跟我的感覺一樣困惑。

「也許我們應該把他弄到營地去，」她說：「我從來沒看過像……」

「毛皮山」發出呻吟。他的肚子隆隆作響，雖然是平常聲音的十倍大，但我還是認得那種警告的聲響。

「就地掩蔽！」我蹲下並抱頭，就在這時，「毛皮山」噴射出「聲震全球的打嗝」㉚。一陣草莓氣味衝擊波席捲整個廚房，讓很多器具砰砰作響，也把少數還沒破掉的燒杯全部撞倒。等到我終於敢回頭往上看，格羅佛的身體已經洩了氣，變成接近正常大小。他的上半身又大致是人類了。他的臉彈回來的形狀像是凹陷的汽車蓋，但似乎依然陷入昏迷。

安娜貝斯跌跌撞撞走向最近的水槽，裝滿一杯水，將冰水倒到格羅佛臉上。

「吧啦啦啦啦啦！」格羅佛的眼睛倏然睜開。他試圖坐起來，痛到叫出來，然後又躺下。「我的頭。爲什麼所有東西都這麼亮？爲什麼……？」

他用雙手摀住嘴巴，兩隻眼睛睜得好大。「喔，不！」

接著他蜷縮成胎兒的姿勢，開始哭泣。

㉚ 這是模仿美國詩人愛默生（Ralph Waldo Emerson）的詩作〈康科德之歌〉（Concord Hymn），詩中描寫開啟美國獨立戰爭那一槍的詩句「聲震全球的一槍」（Shot heard round the world），成為傳世名句。

「嘿，老兄……」我拍拍他的肩膀。我無法對他說一切都很好。顯然並不好。但是我盡力。「我們在這裡陪你。你記得發生什麼事嗎？」

「那個奶昔。」他啜泣著說。

我定睛看著安娜貝斯。我算是猜到了吧，畢竟這個大災難現場帶著草莓的氣味。不過還是……我得拚命壓抑這樣大喊的衝動：「老兄，你就只有一件事要做啊！」首先，這樣說是不對的。我們把一整間鬼屋留給格羅佛負責，而我早就對最壞的狀況心裡有譜，知道奶昔實驗會是個問題。其次，格羅佛已經夠慘了。

「我不是故意的，」他哭著說：「我按照計畫，準備把它移到冷凍庫。接著蓋子突然打開，而那個香氣……我知道的下一件事……」

「來幫你清理一下吧。」安娜貝斯說，拉著他的手臂。

「不對，那些寵物！」格羅佛大喊：「去看那些寵物！」

安娜貝斯咒罵一聲。我也還沒想到那些寵物，但既然大門都爆開了……那樣算是放牠們出去嗎？我祈禱格羅佛沒有取下牽繩，於是牠們還能受到咒語的作用而待在房子裡。

我們拋下格羅佛，跑遍整棟宅邸，叫喚著蓋兒和赫卡柏。也許赫卡柏正在小睡片刻。也許蓋兒正在攻擊她的雞屍。但我還記得，黑卡蒂談到那些施了魔法的牽繩配件，目的是要讓牠們留在屋內時，牠們顯得多麼暴躁，而牠們又有多麼熱愛散步。

一樓沒有這種好運。我們衝上樓。二樓似乎沒有受到格羅佛「山羊浩克」大暴衝的太大損害，但也沒有兩隻寵物的半點跡象。

安娜貝斯跑去查看後面那些房間。

我在電鰻水槽旁停下。「牠們去哪裡？地獄犬和歐洲貂？」

「我吃了牠們。」珍妮特說。

「什麼?!」

「她開玩笑的啦。」佛圖納托說，因爲我猜電鰻就是這麼會講笑話。「大門一爆開，兩隻都跑出去。等你帶牠們回來，我們可以吃牠們嗎？」

「不行！」

「我們可以吃羊男嗎？」

「不行！」

我和安娜貝斯在圖書室門口會合。

「什麼都沒找到。」她報告說。

「電鰻說蓋兒和赫卡柏離開了。牠們在野外亂跑。」我胡亂指向紐約的中城，那裡跟野外差不多吧。

安娜貝斯深吸一口氣。我猜她正在心裡數到十，努力想找回她的雅典娜／禪學／邏輯／快樂的境界，讓她不至於放聲尖叫。「首先最重要的事。我們去看看格羅佛的狀況。」

回到廚房，羊男慢慢恢復正常。他左邊的山羊角依然太大，捲曲的樣子很像鸚鵡螺的殼。右邊的二頭肌像西瓜那麼大。黏答答的粉紅色黏液從頭頂潑灑到足蹄，但除此之外看起來像平常熟悉的格羅佛，現在有百分之九十五以上是草莓口味。

「有多糟？」他問。

我把情況告訴他。沒必要粉飾太平，特別是既然他身上也已經「粉飾」過了。

他把臉埋進雙手，發出呻吟。「我毀了一切。而現在才星期二！」

「我們會釐清整個狀況，」安娜貝斯說，雖然她的語氣不是很有自信。「格羅佛，我們得找出那些動物的下落。我們會需要你在這方面的才能。你可以站起來嗎？」

這一招很聰明——尋求格羅佛的協助，讓他覺得自己是解決問題的一員。我為什麼沒想到呢？可能因為我對他太生氣了。我一直告訴自己，已經發生的事情不該怪罪我最要好的朋友。畢竟，把他單獨留在房子裡的人是我。就連安娜貝斯也助長了這個情況，在學校待到忘記時間。然而，儘管有這些合理的解釋，我依然氣得發抖。

安娜貝斯一定看出來了。

「波西，你何不去拿那些牽繩，」她說：「我們在大門口集合。」

「好主意。」我說著，離開現場。

我的腦袋充滿滋滋雜音，雙手感覺麻木。我沒有意識到自己抓著蓋兒的胸背帶，直到上面的尖釘開始刺入掌心。我拎起赫卡柏的牽繩，接著前往大門口。

我想起黑卡蒂在校長辦公室顯現的三頭形體。過去這些年，曾經有很多天神威脅過我。

黑卡蒂的威脅方式不太一樣，不只是平常那種語帶恫嚇的「現在聽我的」。也許因為黑卡蒂擁有的力量超越「迷霧」吧。她有某方面讓我懷疑自己的神智是否正常。就好像說，也許所有的女神都應該同時有三張不同的臉；也許廁所都應該在天花板上；也許歐洲貂就是和黃鼠狼不一樣。

我覺得，如果她懲罰我是因為毀掉她的房子，甚至更糟的是，因為弄丟她摯愛的寵物，我不會只是死掉而已。我會遭到分解、改寫、從現實世界抹除掉。我會懷疑自己根本不曾存在。她可以控制凡人看到什麼和想些什麼，基本上這就等於控制他們是什麼樣的人。

這樣的想法讓我不寒而慄，讓我想要爬進電鰻的水槽躲起來。我猜這就是我覺得很生氣的原因。我不能任憑自己被分解成「迷霧」，我也絕對不能任憑格羅佛或安娜貝斯變成那樣。

「你看到的完全沒有錯。」黑卡蒂的聲音在我心裡輕聲說著，但我不確定那到底是眞的，還是一場夢，還是一段縈繞不去的記憶。

我站在殘破的門口，低頭看著通往格拉梅西公園的頭蓋骨磚步道。我一度又看到那個鬼魅的藍色人影騎著腳踏車，以小孩子能夠踩踏的最快速度逃離無蹤。

「你看看。那樣比較好。」黑卡蒂的笑聲迴盪在門廳。

面對這所有的混亂，我不禁心想，她怎麼笑得出來？她看不見嗎？

「波西？」

安娜貝斯碰碰我的肩膀，害我嚇得差點從運動鞋跳出去。

「好，」我說：「呃，我們準備好了？」

安娜貝斯指著格羅佛，他倚著牆壁，發抖的樣子就像剛才嘔吐過。

「我……我可以試試看，」他說：「我可以……」

他膝蓋一軟。我連忙抓住他，免得他面朝下倒在地毯上。

「哇，好吧，」我說：「山羊男，你哪裡都不會去。你需要休息。」

「不過，最初的二十四小時非常關鍵，」他喃喃說著：「以走失動物的例子來說。我們需要……呃。」

他倒在我身上，所有力氣都耗盡。他已經從「毛皮山」、「世界毀滅者」變成紙片般的羊男，在我懷裡幾乎沒有重量。

「我先讓你坐下。」我說。

接著我才想起，大房間裡所有的家具都壞了。我們的鋪蓋捲也因爲魔法化學物質的關係而焚毀了一半。

我和安娜貝斯用我們多帶的衣物堆出一個舒適的地方，小心地讓格羅佛躺在地板上。

「我一下子就好了，」他說：「我只是……」

他翻身側躺，開始打呼。

我和安娜貝斯站著低頭看他。房子很安靜，只有遭到掩埋的那些門環大呼小叫，以及電鰻在牠們的水槽裡，以四部合聲的方式唱著關於魚的咕嚕[31]之歌。

「我很確定格羅佛會恢復。」安娜貝斯鼓起勇氣說。

「他說二十四小時的事，你認爲是對的嗎？」我問。

她無精打采，聳起一邊肩膀。「我不知道。聽起來像是從《未破案謀殺事件》聽來的。不過我確實認爲需要出去找找。」

我低頭看著格羅佛，這個可憐兮兮、渾身草莓糖霜、痛苦傷心的笨拙傢伙，在睡夢中嗚咽哭泣。一種冷冰冰的確定感沉澱在我心裡，以前得到這種感覺，通常是我準備去做某件非做不可、有可能致命的事。先前把格羅佛單獨留下來，讓他置身於這種處境，是我的錯。我需要修正這一點。

「你留下來陪他，」我對安娜貝斯說：「我去把寵物追回來，從赫卡柏開始。」

安娜貝斯皺起眉頭。「你不需要幫手嗎？」

我盡量不要覺得她是在質疑我的能力，就像我質疑自己的能力。

「我會有幫手，」我向她保證，「這時候該用一隻地獄犬來抓另一隻地獄犬。我要呼叫歐萊麗女士來幫忙。」

㉛ 咕嚕（Gollum）是小說《魔戒》的一個角色。

10 我聽見一聲不要

我說出這句話時，聽起來實在很威。

然後就眞的非做不可了。

呼叫歐萊麗女士並不是永遠都有用。有時她距離太遠而感應不到我。有時她忙著做其他事，像是在冥界挖洞，或者嚼著多汁的古蛇龍骨頭。幾年前，代達羅斯[32]把她留給我照顧，但近來她很獨立自主。她做自己想做的事。

不過呢，如果我用力想著她，她有可能會現身。假使那樣不管用，我會需要一些激勵的東西。我從赫卡柏的儲藏室抓了一點零食。如果這些方法全都失敗，就得使出最後一招。我的鑰匙圈留著一個犬笛，是里歐．華德茲給我的。這不像我的第一個犬笛是用冥河冰做的，那個已經毀掉了[33]。這一個的材質是神界青銅，上面刻著「里歐＋波西 永誌不渝」，因爲里歐是蠢蛋。我盡量不吹這個犬笛，除非眞的非吹不可。

我會需要的第二種東西是很大的開放空間。歐萊麗女士看到我，通常會很興奮。我們不需要把宅邸破壞得更嚴重，現在已經很慘了。我抓起黑卡蒂的鑰匙，走到街道對面，打開格拉梅西公園的一個門鎖。

打開門時，我預期有一群億萬富翁天使開始合唱，但唯一的聲音是生鏽鉸鏈的吱嘎聲。公園裡面（警告：以下有劇透）有很多樹，也有灌叢、碎石步道，以及長椅，與紐約的很多社區公園差不多。沒有什麼東西鍍上二十四K金。沒有用鑽石或紅寶石裝飾花圃。我希望步道上會有一塊牌子歡迎新來的訪客，寫著：「你沒有留下深刻印象嗎？」

公園中央豎立了一座雕像，是個看似悲傷的老派仁兄，腳上雕刻的名字是「埃德溫．布斯[34]」。不知道埃德溫爲何看起來如此憂傷，也許是失去他的地獄犬吧。總之，我獨享這個公園，因此覺得若要呼叫歐萊麗女士，這會是比較安全的地方，比第三大道的路口安全多了，她在那裡可能會踩爛某輛計程車。

我閉上雙眼，深吸一口氣，讓內心深怕黑卡蒂會把我消滅掉的焦慮感盡量冷靜下來。我專心想著歐萊麗女士。「女孩，到這裡來！」

安靜無聲。陰影裡沒有沙沙騷動，沒有神祕力量的擾動，只有我和埃德溫．布斯孤單站著，看起來很悲傷。

---

[32] 代達羅斯（Daedalus）是希臘神話著名的發明家和建築師。他把歐萊麗女士託給波西照顧的經過，參《波西傑克森：迷宮戰場》。

[33] 波西用來呼叫歐萊麗女士的第一個犬笛，是原本主人昆特斯給他的，用冥河冰做成，只能吹一次，然後就毀壞。參見《波西傑克森：迷宮戰場》。

[34] 埃德溫．布斯（Edwin Booth）是十九世紀美國舞台劇演員和劇場經理，主要演出莎士比亞戲劇。

我舉起手上的狗食袋，再試一次。有好吃的零食喔！

還是什麼都沒有。

眞想知道歐萊麗女士會不會在加州的朱比特營，近來她常在那裡逗留。要是如此，她有可能在馬爾斯競賽場跑來跑去，與她的好夥伴大象漢尼拔一起玩。像這樣呼叫她，期待她透過影子旅行大老遠跨越全國而來，讓我感到很抱歉。這會耗費她大量的能量。假使她眞的到這裡，也有可能太過疲累而無法幫我，於是最後我得到的會是睡覺打呼的巨型小可愛。

但我眞的很需要她助一臂之力。百般不情願，我拿出犬笛，將它吹響。我聽不見半點聲音，因爲是頻率很高的聲波之類，但是犬笛上的刻字閃耀著彩虹色澤——「里歐＋波西 永誌不渝」。就像我提過的，里歐是蠢蛋。

我以爲自己對接下來會發生的狀況做好了心理準備。但無論如何，我還是大吃一驚。一陣狂風颳過公園，將葉子席捲成漏斗雲的模樣。樹枝搖擺，影子在碎石步道上彼此交織，轉變成一灘黑暗。而歐萊麗女士就從那灘黑暗蹦了出來。

毛茸茸的黑狗宛如一道牆壁衝撞過來，把我撞倒在地。她對我又親又舔，像是一個砂紙質感的溼答答睡袋把我包裹起來。我發出一個聲音，既像笑聲又像壓扁的呼嚕聲。

「好啦，女孩，」我說：「我也想你。」

謝天謝地，她永遠都知道何時該停下來才不會讓我窒息，或者害我肋骨塌陷而掛掉。等我站起來，全身都是狗的口水和狗毛，不過我笑得好開心。

我好想念我的狗。

是的，我想跟安娜貝斯一起去新羅馬大學，這點毫無疑問。不過我也覺得自己有一部分的心思早已飛去那裡。我有很多羅馬的半神半人好朋友。我的同父異母弟弟泰森住在那裡。而且歐萊麗女士大部分時間都待在朱比特營。她喜歡那裡餐廳的食物。她喜歡大象。她喜歡那裡所有的一切。

也許我應該以這點爲主題來寫申請學校的文章。「我想去你們大學，因爲我的狗住在那裡。」也許不要好了。

歐萊麗女士又給我一個溼答答的吻，親遍整個臉頰；接著她開始聞我的氣味，把上一次見面至今我累積的每一種氣味都嗅聞進去。她似乎對我生活中的一些選擇不太高興。

她往後退，氣憤搖頭，大聲吠叫：「汪汪！」

可能翻譯成：「你是不是見過其他的地獄犬？」

「是赫卡柏，」我解釋說：「黑卡蒂的狗。我們只是當狗保母，而她跑掉了。」

我打開背包，拿出赫卡柏的牽繩。

那氣味一碰到歐萊麗女士的鼻子，她立刻往後退縮，以受傷的眼神凝視我。

「我知道，」我說：「她一點都不像你那麼好。可是我眞的需要你幫忙找她。」

歐萊麗女士高聲嚎叫。

「我爲什麼會想要找她？」我翻譯她的話。「嗯……如果找不到，黑卡蒂會殺了我。還有格羅佛。還有安娜貝斯。」

歐萊麗女士哼了一聲。我把它解讀成：「波西，你眞是蠢到令人吃驚。不過好啦，我會幫你。」

她嗅聞那條牽繩，嗅聞空氣，接著蹦蹦跳跳穿越公園。

我希望不會追著她跑太遠。也許歐萊麗女士會帶我到公園最近的角落，我們會發現赫卡柏在一棵灌木後面睡覺。

當然沒有那麼簡單。

歐萊麗女士跳過柵欄。她沿著東二十街往前衝，踩著一輛又一輛的車頂跳過去，活像那些汽車是方便過河的踏腳石。我沒有那麼擅長通過障礙物，但是盡全力跟上前去，因爲我眞的不想在同一天傍晚搞丟兩隻地獄犬。

歐萊麗女士與赫卡柏不一樣，她極度專注。她不會在垃圾桶停下來尿尿，也不會攻擊餐車小販。她就是一路狂奔，停下來的時間只足以聞一聞地面，確定她走在正確的路途上。

好耶！我心想，這樣會行得通！

通常我說出這句話之後，事情就行不通。

我跟著歐萊麗女士往西邊走了幾個街口，接著往南邊，然後又往西邊。最後，她鑽進一間刺青店和一間喬氏超市之間的巷子。等到我追上，歐萊麗女士正在嗅聞一堆垃圾袋、壓扁的紙盒，以及空的水果木板箱。

她搖著尾巴，這似乎有點怪。考量到她第一次聞到赫卡柏的氣味有什麼樣的反應，要是眞的找到赫卡柏，我不認爲歐萊麗女士會表現得這麼高興。況且，她嗅聞的垃圾堆根本不夠大，藏不住一隻成年的地獄犬。

我試著正面思考。「女孩，你在那裡找到什麼？」

我緩步靠近。她終究彎進岔路，也許是受到某種食物廚餘香味的吸引。她確實很愛喬氏超市的南瓜口味狗狗零食——可能因爲在朱比特營的餐廳吃不到，而黑帝斯又不在冥界開一間喬氏超市（還沒開）。

我伸手移開一些水果木板箱。從那堆東西裡面某處，有個微弱的聲音喊道：「不要！」

我跌撞退後，摔進一箱腐爛的香蕉裡。

然而，歐萊麗女士並沒有顯得很擔心。無論聞到什麼氣味，她都很好奇，而且很興奮。

那堆垃圾裡面的東西又喊：「不要！」而我這時才發現聲音聽起來好微弱、好害怕……我的心揪成一團，突然有種難以抗拒的衝動，想幫助那個喊著不要的對象。我開始移開箱子和袋子。歐萊麗女士引導我，聞遍那些垃圾，直到我們挖出喊叫聲的來源。

是一隻小狗。一隻地獄犬小狗。

黏黏的東西讓他的黑色毛皮糾纏打結。蒼蠅在他櫻桃紅色的眼睛周圍嗡嗡飛。他的耳朵往後貼著腦袋，害怕得直發抖。他的背部有一道彎彎曲曲的嚴重割傷，似乎有某種東西伸出利爪攻擊他。

我不常哭，但是我得告訴你，我真的淚眼模糊。

「嗨，你好，」我盡可能輕聲說著：「嗨，老弟。我們不會傷害你。」

我蹲下身子，於是不會看起來那麼巨大，不過我想這沒什麼意義，畢竟歐萊麗女士就在我旁邊探頭探腦。「一切都會很好喔。」

我希望自己的語氣會有安慰效果，但我哽咽得太厲害，幾乎說不出話。我還記得泰森對我說過，年輕的獨眼巨人如何在街頭長大，遭到怪物反覆襲擊，躲在小巷裡，永遠都覺得孤單又害怕。我不知道小地獄犬是否同樣如此，也不知道這個小傢伙到底怎麼來到這裡。我只知道自己必須救他。

歐萊麗女士必定也有同樣的直覺。她一聞到小傢伙的氣味，就把整個「搜索赫卡柏任務」拋到九霄雲外去了。我一點也不怪她。

我翻找自己的背包，拿出赫卡柏的一塊零食。我把零食遞給小狗，但一伸出手，他就往後退。我把零食剝成兩半，其中一半放在地上，另一半給歐萊麗女士，只是要示範給小狗看，那是安全可以吃的東西。

歐萊麗女士似乎了解眼前狀況。她趴在地上，於是看起來沒那麼兇惡。

我一直輕聲說話並留在原地，過了幾分鐘，小狗慢慢向前移動。他聞聞零食，接著狼吞虎嚥。然後他用那雙紅色大眼看著我，像是說：「還有嗎？」

我們在那裡坐了很長一段時間，直到小狗變得夠自在，從我手中吃東西。可憐的小東西身上有跳蚤和蝨子，蟎蟲也把眼睛周圍的毛吃掉了，因此他好像戴著淺色面具，有點像歐洲貂的相反。他聞起來也相當臭，不過在垃圾和尿液的惡臭底下，我還是能聞到「剛出生小狗」的微弱氣息。他可能還沒有六週大。

「你想吃另一塊零食嗎？」我問他。

「不要！」他叫著，但意思顯然是「要，拜託，我要吃一整袋」。

我忍不住笑起來。「那是你的名字嗎？不要？」

他歪著頭，也許想了一下。「不要！」

「好吧，那麼我會這樣叫你。」

他直直爬到我腿上。他很重，可能有二十公斤，而且很鬆軟，有著不可思議的巨大腳掌，讓我得知他總有一天會變成像犀牛那麼大的地獄犬。我搔搔他的耳後，繼續餵他吃零食，讓他習慣我的聲音。

在這同時，歐萊麗女士的眼皮開始下垂。影子旅行消耗她大量精力。追蹤小狗呢？也是辛苦的差事。此時此刻安靜躺在這裡，聆聽我撫慰心緒的聲音，我的超強狗狗開始想睡覺了。

「沒關係喔，女孩，」我對她說：「你表現得很棒。休息一下吧。」

歐萊麗女士發出呼嚕聲。她抬起巨大的身軀，繞個圈子，在壓扁的紙板箱上舒舒服服窩下來。她一躺下，立刻消散成影子，什麼都沒留下，只剩一個地獄犬形狀的凹痕。

這讓我有點悲傷。她才陪伴我，大概，三十秒吧，現在她又走了。但就像我之前說的，她很獨立自主。如果她想要消散成影子，回到朱比特營重新現身，在平常巨大的狗狗床上躺得舒服又愜意，我憑什麼阻止她呢？

「不要？」小狗問。

「我不是在哭啦。」我說著，抹抹眼睛。

「不要」的背部割傷看起來像是受到感染了。我可以摸到他毛皮底下的肋骨。但願格羅佛會知道地獄犬的一些急救方法。

「你想離開這裡嗎？」我問「不要」。「你可以見見我的朋友，有個溫暖的好地方可以睡覺。我們會讓你一切都好起來。」

小狗心不在焉舔著我的手。他還在發抖，但不像剛才那麼嚴重了。

我把這樣的意思當作是「好」。

我知道這不會解決我們的問題。赫卡柏和蓋兒還在外面遊蕩。公館依然是一片廢墟。黑卡蒂仍舊會把我們燒成灰。事實上，我在注意力不足及過動症生涯做過的舉動之中，這是最注意力不足及過動的舉動了。我原本是出來尋找兩隻走失的寵物，結果反倒帶了另一隻狗回家。不過只要有機會救一隻小狗，你都應該要救。我盡可能輕輕抱起「不要」，把他像嬰兒一樣靠在肩膀上，開始往回走向格拉梅西公園。

11 我們的披薩有加料的眼淚

「不要。」我說著，捧起小狗給安娜貝斯和格羅佛瞧瞧。

「不要」很興奮，尿尿在我的鞋子上。安娜貝斯往後退，遠離噴尿區。她看起來累壞了。她手中握著拖把，頭髮裡面有碎石，而且全身衣服都有草莓冰淇淋的汙漬。格羅佛現在至少站起來了，但看起來還是很像有人一次又一次痛毆他的肚子。

「可愛的小狗，」安娜貝斯說：「但我不覺得可以用他來假冒赫卡柏。你在哪裡找到他？」

我把來龍去脈告訴他們，而安娜貝斯一邊用拖把擦掉尿尿。我想，隨時做好準備也是有缺點的。如果你剛好是握著拖把的人，就得要拖地。

我沒有找到赫卡柏和蓋兒，安娜貝斯和格羅佛都沒有責怪我。他們或許只是太疲憊，也說不定認爲我們反正死定了，於是跟一隻可愛小狗一起死定了也無所謂。

「可憐的小傢伙，」格羅佛說：「他背上的傷口好嚴重。」

「不要！」不要吠叫一聲。

「對啊，」格羅佛附和道：「沒關係。」

「他說什麼？」我問。

「嗯，他只是一隻小狗，」格羅佛解釋說：「還不會吠叫出完整的句子。基本上，他是說：『我尿尿在男孩身上，男孩是我的。』」

「很合理，」我說：「呃，還有人想要抱他嗎？」

安娜貝斯讓她的拖把靠著牆壁，走過來要抱小狗。他扭動身子，把自己從我胸口推開，顯然急著要去找他的新媽媽。我不怪他啦。

「來吧，」安娜貝斯說著，擁抱那團黑黑的地獄毛球，「誰是乖乖的『不要』啊？」

小狗舔她的臉頰，又多尿了一點。

「好，我們要來訓練控制膀胱，」安娜貝斯說：「不過你太可愛了，捨不得對你生氣。」

「不要！」小狗表示贊成。

安娜貝斯把小狗放下，讓他走出去探索這個新窩。每次他的鼻子碰到某種東西而嚇到，像是椅子，或看似險惡的咖啡桌，他就向後跳開，對著那東西吠叫，直到確定它臣服於小狗的優勢之下。

「格羅佛，你可以把他治好嗎？」我問。「我想他只能指望你了。」

格羅佛不太敢迎上我的目光。這些年來，我們的情緒一直彼此相通，自從七年級開始，他與我形成一種共感連結。他很清楚早些時候我有多生氣。我看得出來，他的心頭依然重重壓著一團草莓口味的罪惡感。不過，他似乎發現我正在尋求和解。

「當然可以，」他說：「一點大自然的魔法，再洗個熱水澡，他就會像新的一樣。不要，來吧。」

「不要！」他乖乖跟著格羅佛去廚房，對著羊男的足蹄又是吠叫又是猛撲。

我轉身看著安娜貝斯。「那麼，現在怎麼辦？」

只要有問題無法解決，這種情形大概，每六十秒發生一次吧，我的對策就是這樣。我問安娜貝斯該怎麼辦。

她低頭看著我腳上尿溼的鞋子，以及她自己噴到尿的衣服。「首先，我們去清洗乾淨。三十分鐘後我會回到這裡跟你碰面。」

我一定非常疲倦，因爲我搖搖晃晃走進一間以前沒看過的浴室，那裡的蓮蓬頭往側邊噴向馬桶。我不想再去找另一間浴室了，於是就用意志力讓水柱沿著螺旋形灑向我，沖了個龍捲風澡。運作得還不錯，但是我害自己的頭髮大打結，無論怎麼努力都梳不開。

我們在大房間的廢墟裡再次集合。我不會說自己覺得煥然一新或比較有希望。我看著赫卡柏的空狗窩、蓋兒的重金屬胸背帶，以及碎裂的彩繪玻璃，感覺自己的體內深處打開一個排水口，呑沒了我想要活著度過這個星期的所有期盼。但至少全身乾乾淨淨的，而且有朋友陪伴左右。

不知怎麼辦到的，安娜貝斯已經設法訂到披薩。沒有手機應用程式可用，她是怎麼讓披薩送到一棟看不見的宅邸，我眞是搞不懂。不過呢，聞起來眞棒啊。

她正盤著腿，坐在自己那個半焚毀的破爛鋪蓋捲上，嚼著一片蘑菇黑橄欖披薩。三個門環躺在她旁邊的地板上，她從大門殘骸裡把它們搶救出來。它們沉默不語，可能還很震驚，因爲一隻暴衝的巨大山羊怪物使它們失去生活目標。

至於格羅佛，他正在吃一些大蒜麵包脆棒。根據過往經驗，我知道這會讓他好幾天都有可怕的口臭，但這傢伙今天下午過得很慘，因此我不打算提出異議。

「不要」在安娜貝斯和格羅佛之間來回奔跑，蹭蹭鼻子討東西吃，而且尾巴搖得好用力，全身都跟著搖晃。格羅佛很厲害，幫他梳洗乾淨且做了包紮。小狗的毛皮變得好蓬鬆，看起來像是一朵冥界的黑色蒲公英。

「不要」一看到我就開心吠叫，兩隻前掌用力壓低，做出邀請玩耍的動作。我不需要羊男就能了解他要說的話：「男孩給我披薩，否則我再尿到男孩身上！」

我拿了一片披薩，挑出幾片義式辣味香腸給他，只見他以那雙大大的、悲傷的、來自地獄的眼睛盯著我。

「那麼，呃……」我不確定該怎麼接續這麼棒的開場。我希望能提出一個驚人的妙計，把我們所有問題都解決掉，只不過我連一個都想不出來。「我想，我可以回到外面，整個晚上努力搜索。」

安娜貝斯搖搖頭。「我們不能只是胡亂搜查整個城市。赫卡柏和蓋兒是魔法動物。她們可以出現在任何地方。她們有可能自己決定要回家，或者……」

這個「或者」的範圍還滿大的。

「或者」她們可以威嚇紐約的五個行政區，爲無辜的居民帶來死亡、毀滅，以及歐洲貂的臭屁。「或者」她們可以消失遁入冥界，根本拒絕別人找到她們。或者，或者，或者。

我的目光往上飄向陽台，黑卡蒂那對交叉的火炬依然固定在欄杆上。「也許我們可以用那個，」我說：「這似乎像是一種緊急狀態。那個有可能……我不知耶，幫寵物照亮回家的路。」

安娜貝斯皺起眉頭，於是我知道她已經想過這點，而且否決了這個主意。「只是一種直覺吧？我不會去用那些火炬。那絕對是最後一種手段。那甚至有可能警告黑卡蒂，說我們有麻煩了。首先，我們應該試著想出辦法，靠自己解決問題。」

「很多問題，複數，」我說：「搞丟地獄犬。搞丟歐洲貂。摧毀房子。」

格羅佛用一根麵包棒的末端沾掉他的眼淚。「兩位……」

「山羊男，別說了，」我對他說：「別道歉。安娜貝斯說得對。我們要好好想出辦法。」

他重重嘆了一口氣，可能是因爲「不要」趁他沒注意的時候偷走麵包棒。有了鹹鹹的羊男眼淚調味，說不定更好吃。

「我們全都會犯錯，」安娜貝斯安慰他，「還記得波西曾把梅杜莎[35]的頭送去奧林帕斯山嗎？或者他流鼻血而吵醒大地之母蓋婭？還有一次……」

[35] 梅杜莎（Medusa）是三位蛇髮女怪（Gorgon）之一，任何人只要看到她的臉就會變成石頭。參《波西傑克森：神火之賊》。

「你就是要一一列出我到底搞砸多少次嗎？」

安娜貝斯聳聳肩。「你搞砸的時候很可愛啊。」

這樣似乎沒有讓格羅佛的心情比較好。他無精打采看著「不要」咬他的左蹄。

「我們全都會死掉！」他啜泣著說：「我們會跟一隻小狗一起死掉，我一直希望死掉的時候可以這樣，不過還是……」

「沒有人會死掉，」安娜貝斯保證說：「黑卡蒂回來之前，我們還有三天的時間。」

格羅佛哀嘆一聲。「你說得對。然後我們會在萬聖節那天死掉，我們所有的朋友都在現場見證！」

我花了一秒鐘思考這句話。「等一下……你已經把派對邀請函送出去了？」

「當然！」他說：「今天早上，在每一樣東西都變成草莓之前。我把那些邀請函交給風精靈了。」

我想像有幾十位風精靈帶著格羅佛的信去混血營和其他地方，漂亮的信封飄進我們認識的每一位半神半人的手中。「星期五在黑卡蒂家，來參加我們的派對！來看我們痛苦死掉！服裝自選！」

我嘆口氣。「格羅佛……」

「沒關係。」安娜貝斯的語氣像是試圖說服她自己，而不只是我們兩人。「那就更加鞭策我們把每一件事都搞定。我們知道期限是什麼時候。有很多事要忙。」

她在褲子上擦擦雙手，然後站起來。「明天早上，我打電話去請病假。」

我精神一振。「酷喔，我也要。」

「不，你不行，」她說：「我學業進度超前。你需要去上課。」

「哎喲。」我抱怨說。

「你看喔，」她說：「地獄犬通常只在晚上出來遊蕩，對吧？」

「我猜是。不過黑卡蒂說，我們應該要帶她們散步兩次，在白……」

「而歐洲貂天生也是夜行性的，對吧？」她轉身看著格羅佛。

「呃，我想是吧。」他說。

「那麼，明天，」安娜貝斯總結說：「我們可以假設兩隻寵物會在白天睡得很香，她們不會惹麻煩，那就表示我會有時間去黑卡蒂的圖書室，把赫卡柏和蓋兒相關的所有事情都研究一下。我知道她們都曾是人類。赫卡柏是特洛伊王后。蓋兒呢……我想，她是一名女巫？總之，希望我會找到一些線索，指出她們去了哪裡。然後到了晚上，波西從學校回來的時候，我們可以繼續找。」

格羅佛吸吸鼻子。「而我會在白天打掃清理。」他環顧毀掉的傢俱和破碎的玻璃。「雖然好像沒什麼希望……」

「一次解決一個問題，」安娜貝斯說：「我們會理出頭緒。」

我不確定她是否眞的相信，但我想，我們都感受到格羅佛現在的心理狀態就像一層薄冰，支撐不了太多重量。

「不要」繼續咬格羅佛的足蹄。或許這是他想要幫忙的方式，也說不定只是在磨牙。格羅佛似乎不在意，但我有點擔心，到了明天早上起床時，這位朋友會發現他的左腳不見了。

「那好吧，」我說：「我明天會去學校。到了晚上，我們去找那兩隻寵物。」

「不要」咬累了。他打個呵欠，蜷縮在格羅佛身邊，閉上雙眼。

「小狗的想法可能是對的喔，」格羅佛說：「我想……」

只見他側身一躺，開始打呼。眞希望我可以像羊男和小狗一樣，那麼容易就睡著。我想像格羅佛夢見很多草莓園，而「不要」則夢見美味的山羊蹄。

我瞥了安娜貝斯一眼。我可以在她臉上看出疲憊和焦慮。以前我們年紀小一點的時候，她比較善於隱藏，也說不定當時我只是沒這麼了解她。

「我們會挺過去的。」我說。

她顯得很驚訝，因爲是我安慰她，有點角色顚倒。

「對呀，」她說：「我們克服過更困難的事，對吧？」

「肯定是。」我不想說出我們兩人可能都在想的事：「到最後，我們的運氣一定會用完。你拋擲硬幣那麼多次，總有一次會拋出背面，你輸了。」

不過一直沉緬於這種事是沒有意義的。我還不如把披薩一掃而空，對電鰻道聲晚安，準備去睡覺。

星期三，我要做很有英雄氣概的事，就是好好去上學。在學校的時候，說不定可以多做點什麼，不只是趕上課業進度而已。也許可以嘗試一點以前很少在學校環境嘗試的事：學習有用的資訊——眞的有可能幫助我們活下來的資訊。

12 我得到一位老朋友的教育

首先，我試著去找歐朵拉，我的超自然輔導老師。

既然她是海精靈，負責管理來自大海的禮物，我心想，或許她能提供一隻魔法魚給我，用來吸引地獄犬；或者一根海盜的腿骨，像貓薄荷一樣給歐洲貂……不知道啦。什麼都好。

但是歐朵拉居然擅離職守。她的辦公室空盪盪的。桌上的糖果罐裡沒有「快樂牧場牌」糖果。這樣不行喔。我瞥了「生病青蛙」一眼，那幅紫色的卡通壁畫是以前留下的，當時這個房間本來是一所小學的保健室。

「我有種感覺，歐朵拉刻意躲著我。」我對他說。

生病青蛙看起來很悲慘。

「她為何那麼怕黑卡蒂啊？」我問。

生病青蛙沒有回答。

「聊得很愉快，」我說：「希望你趕快好起來。」

第二個計畫：我在歷史老師的教室停下腳步。我上英文課的這時候是莎爾瑪老師的備課時間。既然這天英文課的內容是看電影，我想可以晚個幾分鐘再去。

莎爾瑪老師還滿酷的——不只是因爲昨天她說了：「傑克森同學，非常好。」她非常了解各種古文明。

她一直來煩我，要我選一位受到忽略的歷史人物當作報告題目。我一直逃避這件事，畢竟我見過那麼多位受到忽略的歷史人物，還把他們全都殺了。不過呢，現在我或許可以問莎爾瑪老師知不知道赫卡柏，特洛伊王后。她或許能告訴我一些事，幫助我找到那隻地獄犬。如果這樣能夠讓我不必面對堆積如山的歷史書籍而想破腦袋，豈不是更好。

我走到她的教室，從打開的門口看到裡面的情形，整個人呆住。

在莎爾瑪老師的辦公桌上，到現在這麼晚還在吃早餐的男士，絕對不是莎爾瑪老師。

他的黑髮和鬍子摻雜著灰髮，穿著皺巴巴的花呢外套、領帶、正式襯衫，腿上蓋著一條法蘭絨毛毯。他的舊式輪椅是用手推動的鋼製輪子，扶手的黑色皮革磨損嚴重。他一隻手拿著咬到一半的貝果，另一隻手捧了一杯熱騰騰的茶。我對所有這些細節留下非常清晰的印象，但不知爲何，我依然沒有認出他是誰。

要描述這樣的感覺，最好的方法就是像高空彈跳。這一秒鐘，你站在峭壁的頂端。下一秒鐘，河流向你猛衝而來。你的感官高度警戒，發出尖銳的聲音。你看到水面了。接著，突然之間，水面又遠離你而去，你反彈回到空中，停在半路上，不確定自己究竟是同時在兩個地方，還是根本不在任何地方。

最後，我的頭腦追上來了。

「布……布魯納先生[36]？」我結結巴巴說道。

自從十二歲以後，我還沒有叫過他「布魯納先生」，但以前的習慣很難消失。經過這麼多年，看見他回到一張教師辦公桌後面……

他望過來，帶著微笑，一塊奶油乳酪黏在他的鬍子上。「波西！哈囉，孩子。」

我的腦袋轉個不停。我到底是幾年級？出於直覺，我開始擔心自己有沒有做完拉丁文作業，因爲回想起六年級的時候，只有這位老師讓我很在意自己有沒有表現良好。我又變得更加迷惘，因爲布魯納先生看起來完全就像以前一樣，暗中擁有永生不死之身。

「現在你在這裡教書？」我問。

「只是臨時當代課老師。」他笑得眼角瞇起皺紋。「你繼父推薦我來。」

「你認識保羅？」我努力回想他們兩人可能在什麼時候認識，也許是曼哈頓戰役？我當時太忙了，沒辦法掌握每一個人認識誰、打倒誰或殺掉誰。

布魯納先生笑了起來。「當然。保羅是個非常優秀的老師。他把我放進這個區域的代課老師名單。」

「所以，你在替代中學保護一個可能是半神半人的學生？」我不禁好奇那會是誰，他們又爲什麼到了高中還沒有顯現自己的力量。莫莉．萊里老是待在工程學實驗室，組裝「樂高殺手機器人」，派它們到走廊上嚇唬別人。她可能是赫菲斯托斯[37]的孩子？

「不，波西，不是，」布魯納先生向我保證，「我在替代中學認識的半人半神只有你。我只是喜歡不時教教書，讓我的教學技巧不要退步！」

他的語氣好像是認眞的……雖然我實在無法想像，怎麼會有人喜歡當代課老師。那就像是去射箭場自願當箭靶。

他把茶杯放在一疊紙上。「我以爲今天要晚一點才會見到你。莎爾瑪老師是上第四節課，對吧？古文明。我的最愛！」

我發現自己笑了起來。眞不敢相信自己運氣這麼好，這樣甚至比我找莎爾瑪老師聊一聊更好，因爲對象若是布魯納先生，我可以把所有事情都告訴他。

「我好高興看到你，」我說：「我需要……」

「孩子，等一下。」他在輪椅上移動身子的時候齜牙咧嘴。「今天早上我搭長島鐵路來這裡。我的後腿眞是要了我的命。既然你在這裡，介不介意幫我看門，讓我下來伸展一下？」

「喔，呃，當然好。」

因爲呢，讓情況變得更尷尬，有何不可？

我在門口把風，讓布魯納先生從輪椅下來。用毯子蓋住的人類假腿甩到旁邊，很像打開車門那樣。他抓住扶手，慢慢把自己拉到輪椅外面，那張輪椅是個魔法儲藏空間，大到能夠

㊱布魯納先生（Mr. Brunner）是波西就讀楊西學校六年級時的拉丁文老師，參《波西傑克森：神火之賊》。

㊲赫菲斯托斯（Hephaestus），希臘神話中的火神與工藝之神，是天神界的工匠與鐵匠，手藝超群。

容納他的眞實形體。首先伸出一匹馬的前腳，接著是一隻巨大公馬的全部身體，最後站在我面前的是半人馬奇戎㊳，混血營的活動主任，永生不死的英雄訓練師，他的頭幾乎要碰到日光燈裝置。

他踏著馬蹄噠噠噠環繞教室，尾巴輕輕揮動，甩甩後腿，把學生的桌子撞得歪七扭八。沒有人沿著走廊走來。假如眞的有人，我不確定自己會怎麼說。

「喔。嗨，只是在這間教室門口閒晃。那些噠噠噠的聲音嗎？我什麼都沒聽到耶。」

讓我更擔心的，則是奇戎的左後腿有點跛。

我是在去年夏天才第一次注意到，聽起來我的注意力超爛的，我知道。我的辯解是：一、每年夏天我參加混血營，其實有百分之九十的時間「沒有」待在營區，而是在全世界到處跑來跑去出任務，努力不要死掉。我從來沒有特別注意奇戎化身爲半人馬之時的走路狀況。二、我呢，事實上，注意力超爛的。

一旦注意到他走路會跛，就有點揮之不去。我漸漸發現，這傢伙使用輪椅並不只是作爲僞裝。對他來說，走路是會痛的。有時候他需要休息一下。有一次我看到他用腿部支架；另一次在阿波羅小屋偶遇，他用某種藥草乳液按摩膝蓋。

最後，我曾問安娜貝斯到底是怎麼回事。那時她看著我，活像是想要拿一塊寫著「廢話」的建築木板，狠狠敲我的頭頂。

「那是海克力士㊴的錯，」她說：「他用一支毒箭讓奇戎的腿受傷。」

「爲什麼？」

「那是意外啦。他本來瞄準另一位半人馬。」

「蠢蛋海克力士，」我咕噥著說：「等一下，你的意思是，這發生在好幾千年前，還沒有完全康復？」

「不可能康復，」安娜貝斯說：「而且我不敢相信你現在才注意到。奇戎終生的每一天都很痛苦。他隱藏得很好，但促使他堅持下去的主要原因是他很關心我們，就是他一手訓練的這些半神半人。」

哇喔。

在那之後，我感覺到超級內疚。我連一次都沒想過奇戎那麼痛苦。我從來沒問過他覺得怎麼樣。我從來沒有在「半人馬感謝日」送卡片給他。我對他說「謝謝你包容我」的次數實在太少了。而過了五年多之後，現在不管說什麼，感覺都很尷尬。

奇戎又一次伸展後腿。他皺起眉頭，齜牙咧嘴。「好。好多了，謝謝你。」

從他的語氣聽來，我猜根本沒有好多了。奇戎回到他的輪椅上，關上假腿蓋子，再度變

㊳奇戎（Chiron），是半人馬族的一員。半人馬族是半人半馬怪，個性粗野暴力，其中只有奇戎個性溫和，充滿智慧，是希臘神話中許多混血英雄的老師。

㊴海克力士（Hercules），宙斯與底比斯王后所生的兒子，是希臘神話中的大力士，曾完成十二項不可能的英雄任務。

成布魯納先生，溫文儒雅的代課老師，穿著毛呢外套，手上拿著吃到一半的燕麥貝果。

他把領帶拉直。「那麼，波西，有沒有什麼地方我可以幫你的忙？」

從一方面看來，把我的問題扔給他，感覺實在很差。另一方面，他看起來真的很有興趣聽那些事。奇戎永遠都是很好的聽眾。也許他欣然接受分散注意力。我如果不分散注意力就什麼也不是了。

我把黑卡蒂的事告訴他，還有我們面對的小狀況，包括她那棟毀損的宅邸，以及失蹤的寵物。

如果我的目的是讓奇戎看起來更痛苦，顯然非常成功。

「噢，親愛的。」他說。

「對呀。」

「黑卡蒂是星期五晚上回來？」

我點頭。「我們搞砸的程度有多糟？」

他的手指在扶手上砰砰敲打。「這個嘛……我看過更糟的。舉例來說，希農❹⓪說服特洛伊人，讓木馬進入他們的城門；或者薩爾摩紐斯❹①假裝是宙斯，害自己的整個城市遭到摧毀。」

「好極了。」

「至少黑卡蒂不會摧毀整個紐約。她在曼哈頓擁有資產，所以那個區可能很安全……」

我猜我的表情一定相當沮喪。

奇戎清清喉嚨。「我們不要陷在最糟的狀態。你說安娜貝斯和格羅佛在幫你。」

「對啊。」

「那麼，我很有信心。你們三人合體，是一個強大的團隊。你們有計畫嗎？」

「呃……我的第一個念頭是黑卡蒂的火炬。她說緊急狀況可以用。」

「不行！」奇戎喊得好大聲，害我差點摔倒。「不行，波西，黑卡蒂的火炬喚醒鬼魂服從她的命令。每年的這個時候，你們稱爲萬聖節，那些火炬甚至變得更強大。你們不能冒這種險，除非希望有一群憤怒的鬼魂把你們碎屍萬段。黑卡蒂爲什麼會叫你們用火炬，我實在無法想像……除非她是在考驗你們。」

聽到這番話，我想了一會兒。假如有一位天神打算考驗我，我會寧願有很多種選擇。然而，黑卡蒂就是代表很多種選擇。她站在十字路口，等著看你會選擇哪個方向。

她留下一個草莓口味的實驗，還讓蓋子鬆鬆的沒蓋緊，用來引誘格羅佛，也許不是巧合。或者她建議我用她的火炬。或者她提起那間很吸引人的危險圖書室……大概就是現在，安娜貝斯在那裡面努力研究。

㊵在特洛伊戰爭中，希臘人久攻不下特洛伊城，於是建造一隻巨大木馬，假意撤軍，實則讓士兵躲在木馬內，並派希農擔任間諜，刻意讓特洛伊人俘虜，說服特洛伊人讓木馬進城。

㊶薩爾摩紐斯（Salmoneus）是色薩利（Thessaly）王國的王子，建立新王國時自以為是，假扮成宙斯作威作福，結果宙斯大為憤怒，把整個城市摧毀殆盡。參《希臘天神報告》。

一種驚恐的感覺沿著我的背部往下竄。

但黑卡蒂爲何要故意讓我們失敗呢？談到她的寵物時，她是有史以來最早的直升機媽媽吧。她不會希望失去她們。至於任憑我們毀掉她的宅邸……如果要請她的保險公司支付改建的費用，這種方法也太迂迴複雜了。

「好吧，那麼不用火炬，」我說：「這輩子攻擊我的死人鬼魂也太多了。」

奇戎的臉色一沉。「啊，波西，但並非所有的鬼魂都是亡者的靈魂。有些最可怕的鬼魂是記憶，是悔恨……是我們做過的選擇，或者我們做過的錯事。」

好極了。

我想起那個小孩子騎腳踏車一閃而逝的藍色影像，不禁心想那究竟是亡者的靈魂，還是一段鮮活的記憶，或者那到底重不重要，因爲不管結果是哪一種，都快把我逼瘋了。

「所以，B計畫，」我說：「我去歐朵拉的辦公室要請她幫忙，但是自從黑卡蒂跑來之後，她就躲起來了。」

奇戎吃著貝果差點嗆到。「海精靈歐朵拉？她居然在這裡？」

我眞笨，我以爲在學校來來去去的所有永生不死之身彼此都認識。替代中學就像是古希臘的大中央車站吧。我向奇戎描述那位幫起忙來不大可靠的輔導老師，等到三個頭的不給糖就搗蛋女神一出現，她就幾乎不見蹤影。

奇戎喝口茶。「那對歐朵拉肯定是很大的衝擊。」

「她們兩位以前有什麼糾葛嗎？」

「不是我可以說的事，」奇戎說：「不過沒錯……是很複雜的糾葛。」

「跟選擇有關嗎？」我猜測：「還是悔恨？」

他看著剩下的早餐，彷彿讓他個人很失望。「大概像那樣吧。你有C計畫嗎？」

「我打算去問莎爾瑪老師對赫卡柏了解多少，也許能得到一點指引，看看她可能去哪裡。不過既然你在這裡……」

奇戎的肩膀放鬆下來。「那部分啊，我可以幫上忙。赫卡柏是特洛伊的最後一位王后。希臘人攻下那座城邦的時候，他們殺了她的孩子並俘虜她。赫卡柏非常絕望，讓自己投身於大海。她本來會死的，但女神黑卡蒂很同情她，把她變成一隻狗。」

我在心裡默默記住，千萬不要贏得黑卡蒂的同情。變成一隻狗，聽起來跟安慰獎好像差不多。

「那麼……她會回去海裡嗎？」我問。

「我想不會，」奇戎說：「對特洛伊人來說，壞事永遠都從海上來……」他眼睛一亮。「就像希臘人！赫卡柏痛恨希臘人。一直都很痛恨。她可能打算找機會報仇。」

「拜託別跟我說她跑去希臘。」

「不需要去，」奇戎說：「她會尋覓最靠近的氣味。附近有很多希臘移民的聚居區。哇，我們現在就在其中一區。」

「替代中學？」

奇戎展現巨大的耐心，沒有當著我的面笑起來。「不是的，孩子。是阿斯托里亞。皇后區的這個區域有個很大的希臘社區。」

「你的意思是說，赫卡柏現在有可能在這附近？」

不知為何，這件事似乎既合理又討厭——我正在追蹤的狗，有可能，像是，就在隔壁，津津有味嚼著某位帶有希臘血統的可憐傢伙。

「是有這種可能性，」奇戎說：「如果是這樣，她會在晚上出來搜索，尋找凡人，把他們嚇死。或施展一些惡作劇的魔咒，造成厄運。你一定要找到她。」

我不禁發抖。「我想，我可以回去宅邸拿她的零食，今天晚上搜索阿斯托里亞社區。」

「零食可能有用，」奇戎表示同意，「不過還有另一種可能的方法。你說你昨天晚上呼喚歐萊麗女士。她開始追蹤某種氣味，那種氣味帶她去哪裡？」

「直接去找最近的小地獄犬，」我說：「他還滿可愛的。不過也沒什麼用。」

「孩子啊，剛好相反。母地獄犬有很強烈的母性本能，歐萊麗女士證明了這點。即使赫卡柏不再是人類，她孩子的死去依然讓她魂牽夢縈。她會非常，啊，充滿母性，以她自己的方式。到頭來，你這隻小狗會很有用。」

有個計畫在我腦中逐漸成形。那是一種奇怪的感覺，真的有某種構想，而我準備去執行。

「這真的很有幫助，」我說：「謝啦，布……奇戎。」

老半人馬微笑起來。「波西，你可以叫我布魯納或奇戎，想怎麼叫都行，兩種身分我都很樂意。可惜就算找到赫卡柏，你還是得確定蓋兒在哪裡，更要修好宅邸。問題有這麼多，時間卻這麼少。」

「這就是我的人生課題啊，」我說：「不知道你能不能幫我寫一張紙條，讓我可以提早離開學校？」

奇戎皺起眉頭。「嘿，波西，你知道莎爾瑪老師的課堂有小考。我們不能讓你錯過那個考試，對吧？」

我猛然想起布魯納先生這位老師的壞處。他很相信我，這就表示他很相信我的成績。他總是堅持要我盡全力做到最好。

「對，老師，」我含糊說著：「我想，我會等到放學後。」

「太棒了，」他說：「快點跑步去教室。我知道你會考得很好！」

13 爭取到額外的時間和玉米糖

我做得不好。

不是指測驗。不是指這天接下來到放學之前。不是指游泳練習之後回到宅邸的路上。

地鐵上面有天神是怎樣啊？我搭W線地鐵到聯合廣場的半路上，黑卡蒂決定來驗收我的進度。幸好我這節車廂沒有很多人，似乎沒有別人注意到我對面的長排座椅變成黑色，很像一株枯萎的植物，接著車廂的整個側邊熔化成波浪狀、泡泡狀的幽暗鏡子。黑卡蒂的三張野獸臉孔從黑暗中冒出來——馬、獅、狗，全都以熾烈的眼睛盯著我。

「你有沒有嘗試呼喚？」黑卡蒂問道，她的聲音從馬的嘴巴嘶嘶叫出。

還是一樣，車廂裡的其他人都沒反應。我很不想回答女神的問題，畢竟可能會看起來像自言自語。但換個角度看，這不會是通勤的紐約人第一次看到地鐵上有人自言自語。我眞的很需要開始隨身攜帶一副假耳機，於是別人會認爲我只是在對朋友說話，而不是與一些超自然力量進行溝通。

「沒有，我沒有呼喚，」我說：「爲什麼問？」

「我聽到你講我的名字，」獅子說：「比平常更多次。一切都還好嗎？」

我早該知道才對，不要那麼常提起她的名字。那樣往往會引起天神的注意，等同於天神界的撥錯電話號碼。

現在我說話得小心一點。如果我說謊，她可能會察覺到。但我也不能對她說實話。實話讓我被踩扁的速度，會比一隻猛爆型草莓山羊怪物把我踩扁的速度更快。

「噢，抱歉，」我說：「我只是在古文明的課堂上講到你。」

她的六隻灼熱眼睛一路燒進我的靈魂深處。「是這樣啊，」狗頭咆哮著說：「嗯，大家認為我很古老，是嗎？」

「不是！我的意思是說……」

她的三個頭都笑起來，眞是超煩的。

「波西．傑克森，放輕鬆。」黑卡蒂漸漸轉變成身穿黑衣的中年女性，這是她預設的邪惡校長模樣。她坐在一張黑曜石王座上，位於幽暗開口的正中央，嘴裡津津有味嚼著一袋玉米糖[42]。「我只是逗你的。」

「我知道。」我勉強擠出微笑。「哈哈。」

「那麼，家裡的一切都還好吧？」她問。

[42] 玉米糖（candy corn）是小小圓錐狀的糖果，通常由尖端到底部有三個不同顏色，最常見是白橘黃三色，代表秋天玉米收成的色彩，北美的萬聖節會吃這種糖果。

做出迴避動作！我心想。我不能說謊話。也不能說實話。也許我應該要依照第三個門環的示範，隨便亂講一些話，像是「Fahrvergnügen[43]」！

「現在剛好要回去，」我說：「哇，赫卡柏和蓋兒確實很愛散步。她們第一天晚上眞的讓我們好驚訝。」

黑卡蒂輕聲笑著。「是的，我的小寶貝們。」她用銳利的白牙咬斷一顆玉米糖的尖端，讓我聯想到斷頭台。「希望她們沒有惹出太大的麻煩。」

「行程跑得怎麼樣？」我問，非常巧妙地轉移話題。「你今天在哪裡？」

覺得沒有把握時，我發現如果要轉移別人的注意力，最好的方法就是讓他們講自己的事。這似乎就是無所不在、無止無盡的自戀來源。

「愛爾蘭！」黑卡蒂說：「去幫忙他們準備普卡節[44]。他們有一整個晚上拿著火炬跳舞，顯然是要向我致敬，雖然過去一千年來有點混合了他們自己的民間傳統，祝他們好運啦。」

「是喔，」我說：「包括玉米糖嗎？」

「噢，沒有，這是我自己帶的，」黑卡蒂說：「我出門在外總是帶著一袋玉米糖。」

這太可怕了，但沒什麼好驚訝的。

「眞高興你覺得好玩，」我說：「嘿，只是好奇問一下，你絕對不會……」

我自己住口。我一直想著奇戎的意見，也許黑卡蒂是故意讓我們上當。此刻她就在這裡，在我面前，我實在心癢難搔，很想直接問她這件事。我幾乎要問：「你絕對不會希望我們失敗，弄丟你的寵物，摧毀你的房子，對吧？」那樣一來就會引發質問，問我們事實上是怎麼弄丟她的寵物、摧毀她的房子。

「我絕對不會怎樣？」黑卡蒂問。

我需要轉移焦點，把我的問題轉成能幫助我們的事，讓她比較不會那麼快把我們殺掉。

「呃，你絕對不會考慮延長你的行程，對吧？多個幾天？多一個星期？」

黑卡蒂瞇起眼睛。「你為什麼這樣問？」

我覺得爆汗流到長椅上，融進我自己的影子裡。「嗯，你玩得那麼開心啊。你沒有太多休假的機會。我想，有好多慶典你都沒有機會參加。」

一段緊張的時刻過去了。我等待黑卡蒂彈彈手指，以意念移動的方式前往她的宅邸，得知原來是怎麼回事，接著回到這裡，把我搭的W線地鐵直接扔進塔耳塔洛斯。

她笑起來。「所以，你真的很喜歡我的寵物。我知道你會愈來愈愛她們！波西・傑克森，別擔心，如果你這個星期順利完成任務，我會把你列在未來優先聘雇的保母名單上。」

「我要說，好耶。」

㊸ 這個字是德文，意思是「駕駛樂趣」。

㊹ 普卡節（Púca Festival）相傳是萬聖節的由來，愛爾蘭的凱爾特人把秋冬交替之際的十月三十一日視為類似除夕，準備食物給過世的親人亡魂，也舉行篝火大會，帶新的篝火回家點燃。移民到美國的愛爾蘭人將這個習俗帶過去，演變成萬聖節。

「不過，晚一點回家，我會感到內疚。」

「我了解。也許只是……目標是星期六早上？畢竟星期五晚上是萬聖節。行程縮成那麼短實在太可惜了。我們不介意。」

她一邊沉思，一邊小口咬著玉米糖。「嗯……我一直都想參加外西凡尼亞[45]的節慶。」

「外西凡尼亞！」我點頭。「我都要替你期待起來了。」

「活死人的殺戮儀式，你知道吧。」

「聽起來很好玩！」

「那裡的人很了解我的事。除此之外他們還有好吃的『煙囪捲』[46]。」

我以爲她說的意思是「七竅生煙」，但透過前後敘述的線索，看來這不可能是對的。除非黑卡蒂覺得外西凡尼亞的人們氣到七竅生煙很吸引人。

「好吃！」我說。

「那好吧，」黑卡蒂下定決心說：「我會在星期六早上回來。波西．傑克森，謝謝你。」

「別客氣。」

「而等我回來，如果一切不像我離開的時候那樣……」

「噢，別擔心！」我說：「擔心是我的工作啦。我超會擔心的。」

沒有偵測到說謊，顯然是這樣。

黑卡蒂笑起來。「那麼，繼續前進！」

只見那團黑暗一陣內爆，她消失了，留下一袋玉米糖，簡直像是需要再威脅我一次。等我回到格拉梅西公園，格羅佛的第一個反應是：「那是玉米糖嗎？」

「對啊。」我把袋子遞給他。「很噁。好好享受吧。」

格羅佛大嚼起來，我則跟他和安娜貝斯齊聚在大房間的地板上，把我這個恐怖駭人、毫無用處、非常糟糕、女神撥錯號碼的一天告訴他們。地獄小犬「不要」蜷縮在安娜貝斯的腿上，靜靜聆聽。

我講完後，安娜貝斯說：「好羨慕喔。奇戎從來沒有在設計學校代課過。你好幸運。」我想像那位半人馬跑去上「進階裁縫課」，身上的裝扮有閃亮領帶、水鑽眼鏡，連輪椅的輪框都有亮片。他可以完全達成這個目標。

「不要！」小狗提議說。

「我知道，」格羅佛對他說：「但是我覺得波西不會喜歡那個名字。」

「抱歉你說什麼？」我問。

格羅佛扭動身子，顯得很焦慮，像是有人會拿走他的糖果袋。「『不要』幫我們所有人取了名字。安娜貝斯是『媽咪』。」

㊺外西凡尼亞（Transylvania）位於羅馬尼亞中西部，相傳是一些神祕傳說的起源，例如吸血鬼。

㊻煙囪捲（kürt skalács）源於捷克，後來在匈牙利和羅馬尼亞也普遍，是把發酵麵團捲在烘焙管上，沾上糖粒和奶油，用炭火將表面烤成褐色，然後切成一段段食用。

安娜貝斯眉開眼笑。「乖狗狗！」

「我是『咀嚼仔』。」格羅佛說。我還來不及大笑，他緊接著補上這一句：「你是『小巷孩』。」

安娜貝斯故意扳著一張臉。「太棒了。」

「海藻腦袋已經夠糟了，」我咕噥著說：『小巷孩』聽起來像是超級英雄的某種低等小跟班。」

「《媽咪、咀嚼仔和小巷孩的大冒險》，」安娜貝斯沉思著說：「我們應該把這個推銷到好萊塢去。」

我不確定她是不是在開玩笑，這種狀況永遠都讓我很緊張。

「總之，」我說：「我想辦法幫我們多爭取到了幾個小時。黑卡蒂要到星期六早上才會回來。」

「那很好。」格羅佛環顧整棟受損的房子，顯得可憐兮兮。他已經盡力清理殘骸。大門掛著一塊塑膠的淋浴簾。那些門環用紙巾包裹起來，塞進紙箱裡。損壞的家具大部分已清除掉。但他實在沒辦法掩蓋那些破掉的彩繪玻璃窗，以及牆上巨大的山羊蹄凹洞。「也許如果我們找到一些寬膠帶……」

「一次解決一件事。」安娜貝斯提醒他。「今天晚上，我們的任務是找到赫卡柏。她是最巨大、最危險的寵物。假如奇戎說得對，等太陽一下山，她就會在外面獵捕希臘人。」

她轉過來看我。「我在圖書室待了一整天，而我發現……嗯，差不多就是奇戎告訴你的事。那還滿討厭的，大部分資料得從希臘文和拉丁文翻譯過來。」

「從樂觀的角度去想，」我說：「你沒有變成一團燃燒的紫色犰狳。」

「是還沒有。」她表示同意。「不過那個房間裡面有些書……」她不可置信地搖搖頭。「我敢發誓，它們呼喚著我，催促我去看。」

「我很慶幸你沒有去看，」我說：「我很怕黑卡蒂可能會誘惑我們去做一些不好的選擇。」

我告訴他們，我是怎麼看待草莓混合物、圖書室和火炬那些事。我不確定她是不是也把電鰻當成誘餌——除非是要引誘我把電鰻掐死。無論如何，黑卡蒂，這招厲害喔。

格羅佛吸吸鼻子。「波西，我很感激你說出這些事。不過這還是我的錯。我很懦弱！」

「嘿。」我拍拍他的膝蓋。「山羊男，一次解決一件事，就像安娜貝斯說的。我們去阿斯托里亞社區吧。赫卡柏可以在那裡嚇唬很多希臘人。也許我們運氣會不錯。」

安娜貝斯點點頭。「我們會帶著她的牽繩、很多零食，還有咀嚼玩具。」

「不要！」不要說。

「他的意思是要帶眞正的咀嚼玩具，不是我這個咀嚼仔。」格羅佛向他解釋。「不過我也會去啦。」

「不要！」

「而且我們會帶這隻小狗，」我說：「也許赫卡柏會感覺到母性。」

「不要」一定聽懂了。他搖尾巴搖得好興奮，還尿在安娜貝斯的腿上。

安娜貝斯的反應絕對比我好多了。她只是嘆口氣，把小狗放到地上。「讓我換條褲子，然後我們就去皇后區。」

「萬一零食沒有用呢？」格羅佛問。「或者咀嚼玩具甚至小狗都沒用？」

我試著想出一個樂觀的答案。我們三人在紐約搜索一隻地獄犬，我們打不過她，又得說服她回家，而她肯定會聞到我們來了，因爲三個人的身上全都散發出濃烈的地獄小犬尿味。

「我也不知道。」我坦白說。接下來我說的話，會以沒那麼好玩、不屬於萬聖節的方式，回過頭來糾纏著我。「『小巷孩』一定會把事情搞清楚。」

14 我們找到一些死傢伙

情況急轉直下，就在我們遇到雅典娜[47]的時候。

剛開始，我們帶著魔性小狗，傍晚時分散步穿越阿斯托里亞社區，感覺十分愜意（不過絕對需要訓練小狗繫著牽繩）。店面全都有萬聖節的裝飾。樹上轉黃的葉子逐漸飄落。空氣中充滿好多家不同餐廳烹煮食物的香氣。

阿斯托里亞或許是有名的希臘社區，不過在紐約，這只表示此地的希臘小餐館比一般地方多一點，與墨西哥餐廳、拉麵店和壽司吧比鄰而立。在這個城市，你絕對不會只看到單一種事物，總是隨時聞得到每一種香味。這正是我熱愛紐約的原因。

走著走著，我對這件事覺得有點感傷。我不禁心想，舊金山灣區是否也會有這麼像家的感覺……也不知道我會不會在那邊住得夠久而有所體會。

格羅佛打斷我的遐想。「在那邊。我聞到某種氣味。」

「不要！」小狗表示同意。他開始拉緊他的新牽繩（嗯，其實是赫卡柏用過的），似乎眞

---

[47] 雅典娜（Athena），希臘神話中的智慧與戰技女神。

的很想到對街去。

第三十大道的北側有個樹木林立的公園。它不像格拉梅西公園那麼大，只是一個小廣場，有雕像和長椅，其中一側有遊戲場，另一側則是籃球場。

自從上個月在華盛頓廣場公園與一位脾氣暴躁的天神比賽過摔角之後[48]，我再也不想去其他的遊戲場了。這一次，我可能會被迫與掌管失蹤小狗的天神玩個花式投籃比賽。那種比賽我也可能會輸。

安娜貝斯的手滑進我手中。「不會有事啦。我知道這個地方。走吧。」

公園前面有一塊告示牌寫著「雅典娜廣場」。

「不要」沒理會那個告示牌，但他覺得鐵柵欄眞的很有趣。他嗅聞其他的狗留下的所有尿訊息，然後抬起腿予以回應。

廣場很暗，空無一人。只要你正在自找麻煩，這永遠都是好兆頭。在入口處歡迎我們的，是智慧女神本尊的一座雕像——雅典娜穿著她的戰鬥盔甲。她伸出一隻手臂，掌心朝上，彷彿質問著：「對你來說，我很好笑嗎？」

「嗨，媽，」安娜貝斯說：「只是要找一隻地獄犬。」

我等待雕像用力巴我的頭，但它維持不動。此刻雅典娜身在奧林帕斯山上，可能覺得讓我心驚膽跳比較好玩。

「不要」更用力拉扯他的牽繩，拖著我深入那個廣場。等他完全長大，他會覺得散步有很多樂趣，但對於力量瘦弱的「小巷孩」來說可能太多了一點。

正中央的庭院鋪著灰色和白色的鑽石形石板，看久了覺得頭好暈。遠端豎立著三根希臘式柱子，非常符合氣氛，還有兩座身穿長袍的雕像，我認爲（亂猜）可能是古希臘人。列柱的前方有個圓形台座，上面貼的磁磚很像羅盤方位的圖案。本地人可能在這裡舉辦夏日活動，但對我來說，整個地方尖叫著「人類獻祭」。

別人把我當成活人祭品的經驗，這輩子已經有太多次了。我今年並不想用這種身分去參加「不給糖就搗蛋」啊。

「不要」拉著我前往台座。愈來愈靠近時，我看到有個很大的黑色汙痕潑灑在整個羅盤圖案上，像是有人把一桶墨汁倒在那上面。

「哇，小子，」我說著，把他往後拉，「也許我們不該去。」

「不要」不肯聽話，安娜貝斯也是。她跑上前去，查看那個邪惡的液體汙痕。

「不要」聞了那個汙痕顯得很吃驚。它沿著邊緣冒出泡泡嘶嘶作響，讓我聯想到黑卡蒂在W地鐵上的暗影入口。我很怕女神會蹦出來，要求外西凡尼亞的派皮點心。

格羅佛聞聞那個暗色的東西。「絕對是赫卡柏弄的。要不是影子拖曳過這裡，就是影子旅

㊽這裡指的是波西爭取第一封推薦信時，曾經與掌管老年的天神革剌斯（Geras）比賽摔角，參《波西傑克森：天神聖杯》。

行出來的地方。我不確定是哪一種。」

遠處有人尖叫。一種熟悉的嚎叫聲迴盪在社區裡，是某隻狗的戰鬥吶喊聲，但是遠比凡間的犬科動物更加低沉嘹亮。

「我會猜赫卡柏還在附近。」我說。

我們跑向那些可怕的聲音。

籃球場那側的對街有個烤肉小酒館，叫做「沙爾烤肉串」。在半個街口外，我們可以看到很多用餐的人湧到餐廳外面，一邊尖叫，一邊互相絆倒，手上握著尖尖的烤肉木籤，即使他們的媽媽可能叮嚀過，不要一邊跑一邊拿著尖銳的物品。

「大老鼠！」有個人跑過我們身邊大喊。「巨大的老鼠！」

「喔，好極了。」我喃喃說著。每當凡人透過「迷霧」看到老鼠，你可以相當確定那並不是真正的老鼠。「不要」拖著我前進時，我從口袋掏出自己的筆劍，因爲我太熱愛拿著尖銳的物品跑來跑去。

格羅佛小跑步到我旁邊。「假如赫卡柏在裡面，」他說：「也許我們可以把她哄出來，可以用……噢，不！」

他猛踩煞車（想像他的足蹄有煞車）。安娜貝斯也抓住我的手臂，把我往後拉，害我像是她和急躁小狗爭相拉扯的Y字形叉骨，差點就啪的一聲被拉斷。

「赫卡柏不在裡面，」安娜貝斯說：「你看。」

她指向五樓的屋頂。隱約出現在沙爾烤肉串餐廳的上方，看起來很像正派超級英雄，不是什麼躲在小巷裡的冒牌小咖的，正是赫卡柏本尊，她的前掌踩在屋簷的石材上，灼熱的眼神非常凶惡，露出滿嘴尖牙。她似乎嗅聞著空氣中的恐懼，一副非常享受的樣子。

「不要」一感受到她的存在，立刻發出低吠聲，躲到我的腿後，開始拚命發抖。他是聰明的小狗。

「那麼，如果赫卡柏在上面那裡，」我說：「餐廳裡面有什麼？」

我眞的需要好好學習不要問這樣的問題。等到最後幾位用餐顧客尖叫著跑進黑夜裡，餐廳的平板玻璃窗碎裂開來，六名不死戰士翻滾到人行道上。

它們是腐爛的屍體，身穿古代盔甲，手持鏽蝕的劍，灼熱的紅色眼睛就像赫卡柏一樣，彷彿全都插上同樣的電力來源。它們絕對不是老鼠。

「特洛伊士兵。」安娜貝斯咕噥著說。

「你知道赫卡柏可以召喚亡者嗎？」我問。

「不知道，但那只是我們運氣好。」她怒氣沖沖對著屋頂。「赫卡柏，壞狗狗！別再嚇唬這些可憐的凡人了！」

赫卡柏對著下方的我們咆哮吠叫。她的奴僕發動攻擊時，她則是轉過身，融入影子裡。

大家總說凡事都有第一次。我從來沒試過一邊牽著狗繩，一邊短兵相接肉搏戰，不推薦就是了。

我的神界青銅劍刃對付不死人只是剛好而已。沒什麼好抱怨的。我砍倒第一個復活屍骸（當然啦，同時與「不要」的狗繩打結了），接著再把另外兩個不死人劈得灰飛煙滅。同時，安娜貝斯衝向另一個死傢伙，將手中的匕首刺入他的臉。格羅佛則是使出山羊踹，把不死人踹進路邊一輛豐田汽車的擋風玻璃裡。

「抱歉啦！」他大喊，沒有特別針對誰。「我忍不住要大肆破壞！」

「不要」汪汪吠叫，奮力咬住一名特洛伊人的腳踝。那個死傢伙舉起手中的劍，我依然打結在狗繩裡，不過很困難地勉強轉個角度，率先刺中他。

可惜這樣一來，我的背後就暴露出來。另外兩個屍骸堆疊到我背上，活像是要我背著它們跑。它們大可輕易刺殺我，但似乎志不在此，反倒各自伸出一隻冰冷乾皺的手，環繞著我的脖子。

它們的皮肉一碰觸到我，一股情緒的洪流湧遍我全身。我雙膝一軟跪下去，抽抽噎噎哭到無法控制，然後陷入一場狂烈的夢境。

等到抬起頭，我再也不是身處於皇后區。我跪在一片荒蕪的山坡上，滿地都是戰鬥的傷痕遺跡。在我右邊，特洛伊城邦正在燃燒，城牆像蛋殼一樣崩裂，塔樓坍垮成煉獄。

在我下方的平原上，希臘人部隊正把他們俘虜到的特洛伊人拖向停泊在遠處的船隻。我心裡明白那也會是我的命運。我的腳踝和手腕套著鐵鍊枷鎖。但我不在乎自己的狀況。

躺在前方的是我小兒子的殘破身軀——我美麗的男孩啊，他遭到希臘人屠殺，我所有的其他孩子也一樣。他們奪走了我的一切：我的丈夫，我的家人，我的城邦，我的希望。

我的悲痛轉變成憤怒，對著俘虜我的人厲聲怒吼。我口吐白沫，雙眼開始燃燒，火焰燒焦我的眉毛。我的牙齒伸長成獠牙。鐵鍊枷鎖從手腕滑落，因爲我的雙手變細，成爲一隻黑色獵犬的腳掌。

我正準備撲向附近的士兵，這時安娜貝斯的聲音打破我的惡夢。「波西！」

「殺了希臘人！」我大喊，暈頭轉向坐起來。

夢中的場景消失了。安娜貝斯和格羅佛已經把最後一些不死戰士迅速解決掉。「不要」舔著我的臉，嘗試要幫忙，但憤怒和悲痛緊纏著我不放，很像經歷嚴重的動暈症。

「我……呃。」我爬到路邊，嘔吐出來，你身爲英雄就是會這樣。

就連「不要」也不想捲入。他躲到安娜貝斯的雙腿後面。

格羅佛伸手按著我的肩膀。「兄弟，你還好嗎？」

我渾身發抖。「我們把他們全都撂倒了嗎？」

「特洛伊人？對啊。不過赫卡柏跑掉了。」

「你怎麼了？」安娜貝斯問我。她的語氣沒有批評的意思，只是關心。

我把自己目睹和感受到的告訴他們。「我是赫卡柏，」我說：「我不認爲她有殺人的意圖。她只是想讓別人感受她的痛苦。」

安娜貝斯皺起眉頭。「好幾千年的悲痛，一直想著她的孩子們如何死去。可憐的赫卡柏……」

「她現在恐嚇著皇后區，」格羅佛說：「而且完全浪費掉美味的食物。」

「你吃素耶。」我提醒他。

他看起來很不高興。「那間餐廳有一大桶又一大桶無辜的小黃瓜酸優格醬！小黃瓜酸優格醬耶！」

我太過虛弱而無法辯解。安娜貝斯和格羅佛扶著我站起來。「不要」在我的鞋子上尿尿表達支持。

「所以我們失敗了，」我說：「甚至還沒試用我們的可愛小狗誘餌。」

「不要」低聲吠叫。我猜他不喜歡「誘餌」這種說法。

「晚上還沒結束，」安娜貝斯說：「我有預感赫卡柏不會停手，除非她累了，或者……」

就在這時候，從幾個路口外，一輪新的尖叫聲打破夜晚的寧靜。

「你可以走路嗎？」格羅佛問我。

我的回答是朝向尖叫聲跑去，你身爲英雄而且已經吐完的時候，就是會這樣。

15 狗狗外交策略失敗

「恐嚇希臘社區」大賽的下一位幸運優勝者是「爺爺酥皮點心店」。爺爺本人也在旁圍觀。至少，我猜他是老闆。他是祖父輩的人，頂著一頭白髮，腹部圍著一件髒兮兮的圍裙，肉肉的手臂甩動一把長柄刷，揮向一夥特洛伊死人，同時用希臘文對他們尖聲叫喊。

格羅佛跌跌撞撞停下來。「看來他把情況控制住了。」

「老鼠！」爺爺用英文對著我們吼叫，也許要尋求同情。「我的烘焙坊不能有老鼠！」他說得有道理。不死人來來去去，但紐約市衛生局永遠都在。老鼠會害他的廚房立刻關門大吉。

「先生，我們會處理。」安娜貝斯保證說。

她拿出匕首，開始在不死人之間揮舞，一個接一個刺中它們。真是令人驚嘆不已，但我很難助她一臂之力。我的劍比較擅長揮揮砍砍，不擅長戳戳刺刺，我也不想戳戳刺刺到安娜貝斯，那會讓她大抓狂。

格羅佛用毛茸茸的足蹄發動猛攻。「不要」對著不死人的腳踝又吠又咬。有了上一次的經驗，我不想再碰觸那些受到詛咒的肉體，但我用波濤劍的劍柄痛擊一些特洛伊人的鼻子（聽起來好像某個超爛龐克樂團的名字）。

安娜貝斯大喊一聲，因為有個不死人的手揮過她的脖子。她向前倒下，這樣足以讓我施展揮揮砍砍的模式。趁著格羅佛把安娜貝斯拖到安全的地方，我讓特洛伊人瞧瞧原子筆利刃的厲害……而且，哇，我真的需要準備一些比較有英雄氣概的表情。

等到所有的特洛伊人都化為塵埃，我衝到安娜貝斯身邊。

「我很好。」她說，不過她嘗試站起來時，兩條腿搖搖晃晃。

格羅佛定睛看著我，顯然很擔心，但安娜貝斯說她很好時，你必須給予尊重，至少直到她覺得準備好、可以談論為止。她確實好像恢復得比我快多了。

爺爺拿著他的掃把立正站好，對我們比劃著戰士的致敬禮。「你們是超厲害的老鼠殺手。」

「謝啦。」安娜貝斯說。

「你們想來點酥皮果仁蜜餅㊾嗎？我認為老鼠沒有染指過。」

「好！」格羅佛說。

「不要！」小狗「不要」這麼說。

「謝謝你，也許下一次吧。」安娜貝斯對他說。

爺爺皺起眉頭。「不過你們不會投訴到衛生局吧？」

「他們不會相信我們說的話。」我說。

爺爺點點頭，帶著紐約店老闆那種見多識廣的智慧。「眞的。牠們是非常大隻的老鼠。」

「來吧。」安娜貝斯對我們說；接著她飛奔繞過建築物的側邊。

我不確定她要去哪裡，但是，嘿，小巷子顯然是我的超能力。我和格羅佛追上她時，她正爬上一道防火逃生梯。

她竟然這麼快就恢復力氣，我實在搞不懂。那趟特洛伊的嘔吐之行之後，我到現在還覺得反胃想吐。我也不懂安娜貝斯有什麼盤算。赫卡柏肯定不會還在屋頂上閒晃。她一定早就已經移動到下一個目標……

無論如何，我抱起「不要」，讓他垂掛在我的肩膀上，像是一個膀胱控制不好的毛茸茸旅行枕頭，然後開始往上爬。

等我們到達屋頂，我發現（超震驚！）安娜貝斯是對的。赫卡柏還在「爺爺酥皮點心店」的樓頂控制場面，展現出毛髮濃密、雙眼血紅的強大氣場。

這隻地獄犬看起來很矛盾，如果地獄犬看起來可以像那樣的話。她來回踱步，一下子嚎叫，一下子哀鳴，用腳掌拍打屋頂，同時嗅聞空氣。

「她聞到『不要』了。」我猜測，把小狗移到懷中。

㊾酥皮果仁蜜餅（baklava）是東南歐、西亞、中亞和北非常見的一種甜點，多層酥皮之間放了厚厚的碎果仁，再淋上糖漿，然後可切成各種形狀。

在沙爾烤肉串餐廳時，赫卡柏一定是忙著周旋於烤羊肉、飽受驚嚇的凡人和特洛伊死人等等各種鮮明的氣味之間，沒有注意到小狗。現在她以狐疑的眼神盯著我們，略顯氣憤，略顯好奇，看著小小的「不要」在我懷裡扭動身子並尿尿。

「嗨，赫卡柏。」我試著冷靜說話，這並不容易，畢竟我現在渾身尿溼又頭暈作嘔。「這是『不要』。他需要地獄犬媽媽。」

「不要」嗚咽叫著，踹踢我的肚子，明確表示他真正需要的是趕快開溜。

我朝向赫卡柏再往前走一步。「你好厲害，嚇唬那些……那些討厭的希臘人。我想，他們真的感受到你的痛苦。我知道我感受到了。」

赫卡柏高聲咆哮。

格羅佛的神情告訴我，我不會想要把赫卡柏說的話翻譯出來。安娜貝斯對我點頭，示意繼續。她把赫卡柏的牽繩藏在背後，但我不希望有人嘗試把牽繩套在赫卡柏的脖子上，除非這隻地獄犬再冷靜一點……如果她能冷靜下來的話。

我努力回想以前怎麼對歐萊麗女士說話。與我自己的地獄犬朋友相處，一切似乎都很自然。面對赫卡柏則比較像是……嗯，像是對希拉說話，那位天后不是很喜歡我，大可把我暴打致死。

「我們在家裡真的很想你，」我說：「我敢說蓋兒很擔心你，無論她在哪裡。而等到黑卡蒂回家，你還沒有回去，她會非常傷心。」

更多嚎叫。我察覺到赫卡柏對她那些室友的感覺很複雜。

「我知道你可能很享受這樣的自由自在，」我說：「我能了解。不過我找到這隻可憐的小狗，在街頭遭到遺棄。而我想……我想到你。對自己小孩那麼好的媽媽。你經歷了那麼多的痛苦，那時候他們……你知道的，那時候他們過世了。我想，你很了解該怎麼照顧這隻可憐的小傢伙。」

「不要」低聲嗚咽。我心想，他尿溼我的褲子，對於把他的氣味散播出去非常有幫助。

格羅佛走到我旁邊。他對「不要」輕輕哀鳴幾聲，像是要說：「這隻巨大、邪惡、可怕的地獄犬不會殺你，可能啦！她或許會領養你喔！」

這番話可能不會讓我冷靜下來，但是對「不要」似乎有用。他不再掙扎得那麼厲害了。

赫卡柏對著空氣舔了舔舌頭，接著把鼻子舉高，彷彿是說：「帶他過來。看起來很好吃。」

「我來帶他過去。」安娜貝斯說。

「呃……」如果赫卡柏會把誰咬成兩半，我希望那人是我，而不是安娜貝斯，但她並沒有問我的意見。她把小狗捧過去，同一時間暗中把赫卡柏的牽繩交給我。「先等到她變得夠平靜，」她悄聲說道：「保持冷靜。」

「呃……」我說。

安娜貝斯在懷裡上下搖晃「不要」，柔聲叫他乖孩子。赫卡柏嗅聞幾下，高聲吠叫，觀察一番。

「安娜貝斯很聰明，」格羅佛喃喃說著：「她示範一位深情母親的模樣。那樣應該會讓赫卡柏很嫉妒。」

「那樣是好事嗎？」我問。

「看看吧。」格羅佛說。

安娜貝斯走近赫卡柏，讓她聞一聞小狗。「不要」的屁股？打勾。「不要」的臉？打勾。口水、尿尿、耳垢？一切似乎都情況良好。「不要」扭動身子，小心不要迎上赫卡柏的目光，但他似乎對這隻巨大的媽媽野獸逐漸做好準備。

「喏，你看。」安娜貝斯回頭看著我。「好棒的狗狗。」

喔，好啦。那是給我的暗號。

我和格羅佛移動得靠近一點。

我們一度全部站在一起，很像一個快樂、奇怪的大家庭。也許只是我那個惡夢的殘餘影響吧，不過我覺得自己的悲痛逐漸解開。我的胸口一直糾結著一團像地獄犬那麼大的悲傷，終於開始鬆解了。

我這才明白，這麼多個世紀以來，赫卡柏一直懷抱著多麼大的痛苦。她只能透過咆哮、嚎叫、偶爾召喚亡者來抒發自己的心情。而現在，她也許能回想起做爲母親一些好的部分……充滿喜悅，照顧幼小又可愛的某個人——一個兒子。

我瞥見格羅佛，他看著我眉開眼笑，像是說：「看見沒？安娜貝斯會是很棒的媽媽！」

「老兄啊，」我心想：「一次處理一件事就好。我還在拚命申請大學耶。」

但我無法否認這種感覺。聚集在幼小的「不要」身邊，保護他，表現出愛他，感覺真的很好，雖然我不打算聞他的屁屁。抱歉。我是有極限的。

最後，赫卡柏把她的口鼻湊近安娜貝斯的臉，推著她後退一步。傳遞的訊息似乎是：「假媽媽，退後。我來接手。」

「好啊，沒問題，」安娜貝斯說：「我就讓波西來……」

她把「不要」交還給我，同時給我一個眼神，示意「就是現在」。

我真的不知道她期望我做什麼。也許是手眼協調的動作？我想，我應該要一手抱著「不要」，同時巧妙靠近，把赫卡柏的牽繩套到她的脖子上，做這些事的同時還要發出輕柔的逗弄聲，不要透露出我別有用心。

她應該要更了解我才對啊。我甚至無法一邊嚼口香糖、一邊在水下呼吸。相信我，我試過，最後把口香糖和鹹海水一起吞下去。

我以左手臂捧著「不要」，再用右手摸索著牽繩的末端。我設法把它扣到赫卡柏的項圈上，但動作沒有非常細膩。

我的力道足以扯動赫卡柏的項圈，她向後一仰，意識到我在做什麼，於是以那雙血紅的大眼睛盯著我：「你剛才是不是……？」

「一切都很好。」安娜貝斯向那隻狗保證。

「咕咕！」格羅佛補充說。

一切才不好，也不咕咕。

赫卡柏再一次暴怒，像馬一樣用後腿站立起來。她狂奔越過屋頂。慘的是她那條牽繩的另一端纏繞在我的手腕上，於是我跟著遭到拉扯，只能拚命抱緊「不要」。

我摔倒在地。一個黑暗的開口在屋頂邊緣激烈旋轉，眼看赫卡柏跳進去，我和「不要」也被吸入暗影的世界。

16 地獄犬！在狄斯可舞廳

啊，是的，在一隻地獄犬後面，像滑水一般穿越惡夢般的景象，同時抱著一隻很容易尿尿的小狗……或者，就像我們在半神半人的日常中說的，只是另一個普通的星期三夜晚而已。

我以前經歷過影子旅行。歐萊麗女士曾帶我去一些有趣的地方，都是我再也不想看到的。我的朋友尼克．帝亞傑羅，黑帝斯之子，也有這種能力。有一次，他用這種方式帶我去弗羅倫斯進行耶誕節採購。（說來話長啊。）

不過赫卡柏把我一路拖在後面時，我開始覺得，歐萊麗女士和尼克帶我進行影子衝浪時，也許幫我擋掉了一些最嚴重的影響。

我不記得空氣有這麼冰冷，也不記得過程這麼顛簸。暗影圍繞著我，攀附於我的四肢，就像嘗試要把牽繩解開。我有種不好的預感，萬一真的解開，我就再也回不去紐約了。

我的耳裡充滿靜電噪音——是一種沙沙作響、尖銳刺耳的噪音大集合，聽起來幾乎像是要吸引我的注意：「看這裡。來這邊。你不是真的需要健全的心智，對吧？」

至少赫卡柏的牽繩緊緊繞在我的手腕上，否則呢，我可能同時在實際上和比喻上都無法掌控。萬一「不要」嘗試扭動掙脫，我也絕對無法繼續抱住他，但他似乎非常滿足和享受這趟行程。他嗅聞一番，對著暗影開心吠叫：「不要！不要！不要！」

我從來沒搞懂影子旅行是怎麼運作的。尼克曾對我說，世界上所有的影子都像海洋一樣彼此相連，但感覺並不像我待過的所有海洋。我的關節漸漸變成冰塊。空氣則是太過稀薄而吸不飽。

正當我很怕自己會昏過去時，我們突然回到現實世界——或至少是一間德國的夜店，但我不確定算不算是。這裡的閃光燈一明一滅，音樂聲砰砰敲打著節奏。漂亮的人們穿著布料很少的衣服，身上塗著七彩顏料，將舞池擠得水洩不通，頭上飄著濃密的煙霧。

赫卡柏一路推擠穿越這個空間時，我們引來許多德語的驚呼：「Huch! Ach! Was zum Teufel?」（哎呀！哎喲！那是什麼鬼東西？）但接著那些舞客開始歡呼拍手，有些人高舉手機捕捉這個時刻。我猜想，每當有地獄犬進入舞池，你就是會有這種反應。

赫卡柏停下來，也許這群新的粉絲讓她嚇一跳。我還來不及站起來，她顯然就認定自己不喜歡高科技流行電音，於是我們再度離開，進入影子裡。我真想知道夜店裡有沒有人對我下了很棒的標籤——#巨犬拉怪小子穿過夜店。

幾乎是立刻，我們再度從影子冒出來，這一次進入一片空曠荒蕪的大地，空氣乾燥炎熱，天空有一百萬顆星星，綿延起伏的沙丘延伸到地平線。景象絕美，也大概是海神之子最不會擁有任何力量的地方。

正當我們的地獄犬導遊把我和「不要」拖在後面，沿著一座沙丘的坡度往上爬時，我啞著嗓音喊道：「赫卡柏，等一下！」

她回頭看了一眼，露出的尖牙像水銀一樣發亮。

「我不是故意要騙你！」我說：「只是希望安安全全帶你回家。」

她高聲怒吼，混合了憤怒和悲傷，要不是我的心臟忙著從喉嚨爬出來，否則聽了一定會心碎。那個聲音與我在惡夢中聽到的聲音是一樣的，就在赫卡柏從人類變成巨犬的時候，悲痛把她整個人擊垮了。

「我懂，」我對她說：「可是黑卡蒂需要你。」

說錯話了。她猛力拉扯牽繩，我還來不及說「不，拜託，怎樣都可以就是不要那樣」，她就跳進另一個影子，拖著我下去，活像是筆直墜入礦場的豎井。

下一層樓：泳衣和女士睡衣。

不，是眞的。我們突然出現在一間空蕩蕩的百貨公司裡——我不知道這究竟在哪裡。我們衝過一排排衣物貨架，「不要」似乎覺得很興奮。飛奔經過比基尼時，他一邊尖叫一邊咬那些比基尼，我則是盡力讓路上的每一個衣架戳進我的眼睛。

我試圖說「停下來！」，但滿嘴的蕾絲內衣根本很難開口。接著我們又墜回影子裡。

最後，我們從一處鄉間山坡冒出來，附近點綴著有刺灌叢和彎曲糾結的樹木。黎明將至，這一次我可以聞到大海的氣息。一道破損的石牆延伸越過山頂。

赫卡柏停下來。我以爲她只是筋疲力盡。接著我看到她盯著那道牆的神情。不知爲何感覺很熟悉。

在另一個方向，山坡往下延伸，越過一條荒僻的道路，到達一處新月形的岩石海邊。海洋在月光下閃閃發亮，景色看起來跟我夢中看到的不一樣。經過這麼多個世紀，很多事物改變了，但我依然認得出來。

「特洛伊。」我說。或者以前是特洛伊的地方。我們在土耳其，在愛琴海邊。

赫卡柏的眼睛在黑暗中呈現橘色，讓她看起來很像一盞悲傷的萬聖節南瓜燈。看來她已經找到最終的目的地。

我判斷現在也許是表示友好的時機。「我要解開你的牽繩，好嗎？」

我搖搖晃晃走向她。我覺得頭暈想吐，要不是早就在酥皮果仁蜜餅店把胃清空了，否則這時可能會吐出來。在這方面我很聰明，總是預先就規劃好了。

赫卡柏沒有躲開。她只是凝望著大海。

我解開牽繩，把「不要」放下。他聞聞泥土，把原本纏住後腿的一件胸罩甩掉，接著跑去到處探索。讓兩隻地獄犬都自由漫步，我希望自己沒有犯了大錯，但這似乎是正確的決定。

「這裡是事情發生的地方，」我對赫卡柏說：「你失去孩子的地方。」

她沒有看我，但鼻孔微微顫抖。她舔舐嘴唇，吞嚥口水，胸口發出深沉的咕嚕聲。

我坐在她旁邊。我記得如果你的姿態比狗狗低，牠們會覺得比較不受威脅。就算我踮腳站著，我也無法想像赫卡柏這麼大型的地獄犬會受到我的威脅，但如果我看起來很弱，可能讓她比較自在吧。

況且，我是眞的很弱啊。歷經那所有的影子旅行，我既疲累又驚嚇，我的選擇只有坐下或昏倒。

「不要」到處嗅聞，穿梭於灌叢內外。他找到一件粉紅胸罩時嚇到自己，那是從百貨公司跟著我們一路拖來的。他對胸罩吠叫。接著，對那件內衣顯示誰才是老大之後，他又繼續到處探索。

「我媽快要生寶寶了。」我對赫卡柏說。

我不確定這件事爲何從我腦中冒出來，但吸引到赫卡柏的注意。她轉向我，雙眼低垂，很像加熱燈。

「我長大過程是獨生子，」我繼續說：「害我媽忙得團團轉。你知道是怎麼回事。半神半人嘛。」

地獄犬的雙眼讓我快要曬傷了。

「我無法想像她要有多大的勇氣才能再生一個小孩，」我說：「我很擔心那個寶寶。我是要說，那個小孩不會是半神半人，不過還是……我見識過這個世界有多危險。我失去了一些朋友。有一次還失去我媽，我以爲她永遠消失了。那是全世界最可怕的感覺。」

我亂聊一通，但赫卡柏還沒有把我的頭咬掉。我判斷也許有進展了。

「每一次失去某個人，」我說：「我實在好生氣……好想報仇。不過接下來，我想起我的朋友會有什麼樣的期望。我媽對我的期望也是一樣的，她希望我過得快樂，找到對我來說很重要的人，盡力與他們相處得愈久愈好。」

我撿起一顆光滑的圓形石頭。就我所知，這是來自特洛伊戰爭的石彈。

「我不能讓時光倒流，」我說：「我不能挽回自己失去的那些人。所以我必須專心對待還在身邊的家人。不只是我媽和繼父，或者新出生的寶寶，還有安娜貝斯、格羅佛、我在混血營的所有朋友。」

「不要」往赫卡柏走過去，聞聞她，噗通趴在她的兩隻前掌之間。

赫卡柏看著小狗，他正在做小狗最擅長的事——表現得惹人憐愛，全方位傳達一種訊息：我很可愛，照顧我吧。

「你已經有家人了，」我對赫卡柏說：「我知道黑卡蒂並不完美。她把你當成寵物，感覺一定很討厭。不過我也很清楚她是怎麼看待你。你對她有很重大的意義。還有蓋兒……我想，沒有你，她真的會很傷心。而現在有『不要』……」

赫卡柏聞聞小狗的頭。她的神態依然傷心悲痛，但似乎比較冷靜——對於摧毀希臘餐廳或橫掃迪斯可舞廳不再有那麼大的興趣了。

「特洛伊毀滅的時候，你經歷了什麼樣的事，我只能想像，」我坦白說：「你想要嚇唬多少希臘人都可以……可是那不會治好你的悲痛，只是在幫火堆添加更多柴火。我想，最好能找到你的包袱，好好保護它。」

赫卡柏嚎叫一聲。

「好吧，」我說：「也許『包袱』不是正確的字眼。我不知道黑卡蒂爲什麼把你變成一隻地獄犬。天神很奇怪吧。我有一位朋友，她爸爸曾經把她變成一棵樹[50]。也許黑卡蒂用她唯一知道的方法來救你。不完美，但仍然是愛。」

赫卡柏凝視著海洋，她以前是凡人的時候，這樣的景致可能看過數千次了。她曾看著希臘人的船隻停泊在那處海岸之外，準備開戰；她曾看著自己的孩子在戰鬥中死去，就在那處岩石海邊，在那座天數已盡的城邦城牆前方。

最後，她將鼻子抵著「不要」的頭頂。她吸著小狗的氣味，像是要把氣味交付給記憶，成爲她的一部分。接著，她看看我，歪著頭。

「準備好要回紐約的家了嗎？」我問。「你會讓很多人開心。而且容我自私地說，黑卡蒂就不會因爲我把你弄丟而殺了我，這會讓我很感激。」

她把腳掌放在牽繩上。

「有道理，」我說：「不要繫上牽繩。等到黑卡蒂回來，我會試著說服她，讓你有更多的自由。我們不會提起威嚇阿斯托里亞社區那整件事。」

赫卡柏哼了一聲。或許她是同意我說的話，也說不定她只是在說：「他們活該。」

[50] 這裡指的是泰麗雅，她是宙斯的半神半人女兒，宙斯曾把她變成一棵松樹，參《波西傑克森：泰坦魔咒》。

我想辦法站起來，把昏昏欲睡的小狗抱好。赫卡柏蹲低身子，讓我爬到她的背上。

「我們回家吧。」我說。

我不確定是怎麼回去的。才剛進入影子世界，我就失去知覺，但赫卡柏一定是小心確保我不要掉下去。我記得的下一件事，是盯著公館大房間的華麗天花板，以及安娜貝斯正拿一條毛毯緊緊裹住我。

「英雄，表現得很好喔，」她說：「我甚至不打算問你，爲什麼有一件比基尼的底褲纏在你的腳踝上。」

她親吻我的額頭，深深吸口氣，彷彿要記住我的氣味，就像赫卡柏記住「不要」的氣味那樣。我昏睡過去，夢見好多小狗，比平常的夢境美妙多了。

17 格羅佛跑去接地

各位同學，永遠記得影子旅行要量力而爲，如果做得太超過，影子旅行的後遺症是一大殺手。

隔天早上安娜貝斯和格羅佛把我叫醒時，已經是七點半了。這個時候我早該淋浴完畢、穿好衣服，並給我的回家作業吃點阿斯匹靈。

「你需要好好睡覺，」格羅佛說：「他們也是。」

他指著赫卡柏的狗窩。特洛伊王后蜷縮著身子發出鼾聲，「不要」則心滿意足地擠在她的腹部下面，一邊睡一邊發出快樂的細微咿呀聲。下次我見到歐萊麗女士的時候，應該給她一個大大的磨牙玩具感謝她。如果沒有她，我們絕對不會找到這隻小狗，再把赫卡柏帶回家。

「她沒有興致去早晨散步。」安娜貝斯指著大門，這時用一塊豎直的桌板擋住，以膠帶固定在鉸鏈上。對我們來說，沒辦法有更好的安全措施了。「她昨天晚上眞的讓自己累壞了。這裡，先來吃，告訴我們發生了什麼事。」

她幫我做了早餐：一片培根、蛋，還有乳酪貝果三明治。如果我不是已經愛上她，現在也會認定是她吧。格羅佛也墜入了愛河——愛上我的三明治，因爲我向他們描述「波西．傑克森的夜奔」[51]時，他一直偷咬三明治。

「噢，德國的夜店！」格羅佛猛點頭。「是貝格海[52]嗎？我一直很想去那裡。」

我皺著眉頭。「我都不知道你是夜店咖。」

「你在開玩笑吧？我可以用羊蹄和最厲害的夜店咖尬舞！我也還留著『妖魔之海』帶回來的那件婚紗[53]。」他嘆口氣。「也許改天吧。」

我決定了，在這種時候，我不想知道格羅佛的祕密夜店夢的更多細節。我們可能得取消明天的萬聖節派對，心情已經夠差了。除非想辦法解決所有的問題，否則今天到了一定的時間，我會需要提醒格羅佛，請他傳送警告通知給所有的朋友，除非想看我們燒成灰，否則就不要來。但我現在不忍心提起這件事。

「我想，蓋兒沒有自己出現吧？」我問。

安娜貝斯搖搖頭。「那是你今天的工作。你和格羅佛。」

我精神一振。「你的意思是……？」

「恐怕是喔，」她說：「我得去學校。我、大衛和哈娜有一場報告，不能不去。我已經用伊麗絲通訊聯絡你媽，她會打電話給替代中學。你請一天病假。」

「太棒了！」

「去找一隻歐洲貂。」

「我接受任務。」

「嗯，祝好運。」她親我一下。「我留了一些筆記在圖書室，與蓋兒有關。」接著她轉身看著格羅佛。「守護者先生，把他盯緊一點，好嗎？」

格羅佛把我的貝果三明治最後一點吞下肚。「隨時。」

安娜貝斯離開後，我和格羅佛爲今天做準備。他把早餐清理乾淨，方法是把剩下的所有東西吃光光。我去餵電鰻，在反重力浴室淋浴一下（不要問那是怎麼辦到的），穿好衣服，然後前往圖書室。

「危險知識圖書室」沒令人失望。它的形狀像三叉戟：三條寬闊的走廊，黑檀木書架從地板延伸到天花板，三條走廊相連的地方有黑卡蒂的雕像，因爲……噢，對，掌管十字路口的女神。我看出她的企圖。鐵製的枝狀吊燈懸掛在拱頂天花板上，以搖曳的火炬光線照亮房間。火焰和書本似乎是一種不好的組合，但我又知道什麼了？至少格羅佛的草莓大爆炸沒有波及到宅邸這麼內部的深處。

51「波西・傑克森的夜奔」（Midnight Ride of Percy Jackson），是在諧擬美國詩人朗費羅（Henry Wadsworth Longfellow）著名詩作〈里維爾的夜奔〉（Paul Revere's Ride）。詩作講述美國獨立戰爭時期，愛國人士保羅・里維爾在英軍即將到達時，夜間騎馬向軍民示警的故事。

52 貝格海（Berghain）位於德國柏林，是全世界最知名的夜店之一。

53 格羅佛曾經遭到獨眼巨人追逐，誤打誤撞穿上婚紗，假裝是獨眼巨人的新娘，藉此拖延時間。參《波西傑克森：妖魔之海》。

書本綿延到無限遠——皮革書背、燙金書名、別緻的絲質書籤帶。我有點期待會找到某個傢伙穿著禮服外套，坐在一張又厚又軟的椅子上，手裡拿著菸斗。不過圖書室裡就只有我和雕像。沒有一本書向我呼喊，用祕密的咒語或禁絕的知識來誘惑我。它們可能看看只不過是波西．傑克森，決定不要白費唇舌。

在最近的桌子上，一堆書本旁邊，安娜貝斯留下一本黃色拍紙簿，草草寫了些筆記。我永遠不懂，安娜貝斯像我一樣有閱讀障礙，怎麼還是能寫出清楚易讀的筆跡？我的字看起來很像喝醉的蘇美人雕刻出來的楔形文字，不過呢，我很感激她留下這麼有用的備忘錄給我。

根據這些筆記，回溯到古老的時代，蓋兒曾是一位凡人女巫（這我知道）。她有很嚴重的個人衛生和排氣問題（這我聞得出來）。她曾經販賣魔藥和魔法香水，不知為何惹到黑卡蒂，可能因為她是很不稱職的魔法代言人，還不時放屁什麼的（只是猜想啦）。黑卡蒂勃然大怒，把她變成一隻歐洲貂，但隨即又同情她，決定把她留在身邊。在一個頁面的邊緣，安娜貝斯草草寫下一些問題：魔藥？香水？消除脹氣的藥？雞？

我想，這些是她認為蓋兒現在獲得自由時，可能會去追尋的目標。我想，也許我和格羅佛應該要帶著一大包「脹氣X」這種消脹氣的藥，加上一隻死雞，在曼哈頓到處趴趴走，看看會怎麼樣。

我正盯著最靠近的書架，心裡想著我們的歐洲貂難題，這時有個東西吸引我的目光。在一個架子上，有個玻璃展示盒，裡面有一些紙張和閃亮的小東西。

我走過去查看。書本對我可能沒有太大的吸引力，但閃亮的小東西很容易讓我上勾。在展示盒裡，左邊有一些黃色的小冊子，書名都是古時候的用語，像是《實用武力》、《初學者的魔藥》等。盒子中間有一張傳單，宣傳的是「黑卡蒂魔法學校，一九一三到一四學年」，傳單曾經撕成碎片，然後放在墊子上再裝框，黑卡蒂似乎想要記住撕碎傳單當時的憤怒時刻。右邊的收藏品則是一些看起來老舊的物品：雙筒望遠鏡、單片眼鏡、一些隱形眼鏡保存在一瓶溶液裡，還有六副小孩子的眼鏡。對啊。一點都不毛骨悚然。在這些收藏品下方，有一塊黃銅牌子刻著字「原本可以如此」。

我把展示盒的蓋子抬起來。我拿起一副藍框眼鏡，中間鼻梁部分斷成兩半。我看過同樣的眼鏡，就是小孩子騎著腳踏車倉皇離開公館的情景。右邊的鏡腳有金色的壓花字體，寫著三個字的開頭字母「SEJ」。

我覺得自己好像用影子旅行的方式進入一大團冰塊。我沒辦法移動。我沒辦法呼吸。「SEJ」。我認得這組開頭字母。

奇戎曾試著警告我。似乎有很多鬼魂群聚在我周圍，不只是亡者的魂魄，還有埋葬在這個小展示盒裡的回憶和悔恨。我勉強把眼鏡放回去。我沒辦法立刻思考這件事的意義。已經是星期四的早上了。我們有一隻歐洲貂要找，有一棟宅邸要修復，而只剩四十八小時，黑卡蒂就要回家了……

我離開圖書館，拚命壓抑自己不要拔腿狂奔。

「怎麼了？」格羅佛問道，看到我回到大房間找他。「你看起來好像……」

「不要說『好像看到鬼』。」我懇求他。

他仔細觀察我的神情。我知道他可以感受我的恐懼和困惑，但他沒有追問。「好吧……你發現了什麼事嗎？蓋兒的事？」

我虛弱地點頭。我盡可能把那些無法回答的問題和焦慮放進自己內心深處的玻璃盒。我把剛才看到的安娜貝斯筆記告訴格羅佛。

格羅佛抓了抓他的山羊鬍。「香水或消脹氣的藥……我們需要縮小範圍，否則永遠都找不到她。」

我望著兩隻沉睡的地獄犬。我有種預感，他們不會參加我們這趟特別的尋獵行動。我也沒有太擔心赫卡柏又會嘗試逃走。如果我與歐萊麗女士的相處經驗可以當作參考，那麼赫卡柏和「不要」會睡一整天。我只希望能跟他們一起睡。

「所以，我們要帶著雞屍在城裡趴趴走嗎？」我問。

格羅佛顯得很不安，彷彿安娜貝斯建議他當守護者的那番話還在他的腦袋裡反覆播放。「不用。我有個……嗯，也許不是更好的主意，不過可能有用。來吧。」

他抓起房子的鑰匙。

「我們要去哪裡？」我問。

「我需要讓自己接地，」他說：「只要幾分鐘就好。」

他帶我去對街的格拉梅西公園。

我不確定格羅佛在想什麼。也許他只是需要在自然環境裡專心思考一下。在曼哈頓很難找到像那樣安靜的地點。

他說「讓自己接地」，我沒有意識到他指的是字面上的意思，用地上的東西把自己蓋住。他坐在一個花圃裡，開始把落葉和泥土堆在自己的腿上。

「呃……山羊男，你還好嗎？」

他閉上雙眼，彷彿想要與覆蓋根部的那些樹皮合而爲一。「很好，」他咕噥說著，有點恍惚，「爲松鼠做準備。需要安靜，拜託。」

把事情講得好清楚喔。

我坐在最近的長椅上等待。要是有人走過，我會很難解釋我的朋友爲何幫自己挖一座堡壘，但公園由我們兩人獨享。

早晨的空氣涼爽清新。樹葉由金色轉爲紅色。換成其他狀況，我會覺得很開心，享受我的「病假日」，與我最要好的朋友一起出門，但昨天的夜遊依然讓我肚子絞痛。我覺得好像把一些影子吞進肚子裡，外加幾件蕾絲內衣。剛才短暫造訪黑卡蒂的圖書室又讓狀況更糟。

幾分鐘後，格羅佛的腰部以下幾乎完全遭到掩埋。我愈來愈擔心了。我好想說些什麼話，像是：「我可以幫你拿什麼嗎？更多樹葉？更多泥土？」

接著松鼠開始出現。有三隻從最近的樹幹爬下來，跳到格羅佛的背上。另一隻從灌叢跑出來，跳到他的肩膀上。又有兩隻從葉子鑽出來，躍上格羅佛的大腿。短短一分鐘內就有數十隻，也許上百隻。坦白說，我根本不知道有幾隻。我以前從來不必計算這麼多隻松鼠。

格羅佛的身軀消失在宛如潮浪般的吱喳毛皮和扭動毛尾之下。混雜著褐色和灰色的某處，我看到一隻非常巨大的黑老鼠，快速消失在一大片松鼠夥伴底下。

「呃，格羅佛……？」

其中一隻松鼠轉過身，對我吼叫，像是要說：「安靜啦，人類！」

很顯然的，公園裡的植物想要加入一起玩。最靠近的樹根開始蛇行伸向格羅佛。藤蔓環繞他的胸口。樹枝彎曲搖晃，試著碰觸到他。

格羅佛的眼睛翻了個大白眼。他開始顫抖。我再也忍不住了。

「好，夠了。」我終於說。

我大步走去，準備以我平常的英雄氣概把一些松鼠踢到後面去，但派對自己結束了。那些松鼠的陣式瓦解開來，往四面八方散去。最後從下陷的羊男身上離開的是老鼠，牠搖搖晃晃進入灌叢，還回頭對我望了最後一眼，顯得很不滿。

「格羅佛？」我跪在他旁邊。藤蔓和樹枝往後撤開。我撥開葉子和泥土，大吃一驚，發現格羅佛在土裡下陷了十五公分，彷佛土地曾經嘗試把他吞進去。

「嗨，兄弟。」我輕輕搖晃他的肩膀。

他的雙眼突然打開。

「噢。嗨。」他無力地眨眨眼。「我還在這裡。很好。」

「等一下，什麼？」

他坐起來。「沒事。只是……哇。很多耶。」

「剛才是怎樣？」

他沒有看著我的眼睛。「我告訴你了。我要接地。嘗試找到蓋兒，連接到……嗯，曼哈頓的每一個生命。除了人類以外。你們全都不算數。沒有冒犯的意思。」

「你有這種能力？」

「我是要說，對啦……」

這裡的資訊量好大。例如，格羅佛以前爲什麼從來沒有告訴過我？他爲什麼這樣守口如瓶？他是不是發現了什麼事？不過既然我有注意力不足及過動症，我脫口而出的第一個問題是：「老鼠是怎麼回事？你有，大概，一百萬隻松鼠，以及一隻老鼠。」

「噢，那只是尤斯提斯，」格羅佛說：「牠是收養的。」

波西，別問了，我對自己說。

「所以，你還好嗎？」我問。「看起來很痛苦。」

「我很好。」他說謊。你與一個人有共感連結，有某種事情傷害他的時候，你不可能不知道。「我得到一些資訊。原來在曼哈頓沒有很多歐洲貂。臭鼬，有，但沒有歐洲貂。如果有一隻歐洲貂到處亂跑，其他動物往往會注意到。上一次有歐洲貂的目擊報告是在星期二，在拉法葉街。」

我試著想像他是在說哪裡。「像是中國城？」

「我不知道往下城方向要走多遠，」他坦白說：「不過拉法葉街是從大約第九街開始的，對吧？我們可以去那裡，就開始往南走。」

聽起來像是個好計畫。我也有點感謝這個計畫的隨機性質。安娜貝斯的計畫會比較有效率，比較有目標，也比較有條理。不過呢，「就開始往南走」是我可以支持的想法。

我扶他站起來。我們去查看地獄犬的狀況，發現他們還在睡覺。把他們留下來並不是最理想的，但這個星期沒有一件事是最理想的。我們放好新鮮食物，對電鰻說我們會回來，然後前往下城。

紐約市設計學校在我們行經的路上，我停下來，留下訊息給安娜貝斯的宿舍管理員，於是等到安娜貝斯下課，她會對我們去的地方有點概念。

我們繼續走。每隔一陣子我查看格羅佛的狀況，他發抖的樣子似乎比我歷經影子旅行之後更嚴重。他絆倒了幾次，有一次我還抓住他的手臂。

「你確定……？」

「我很好。」他堅持說。

「等到比較靠近的時候，你不會還得要，呃，再讓自己接地一次，對吧？」

他虛弱地笑一笑。「不用。那樣會……不用啦。」

我停下腳步，扶著他的肩膀，讓他看著我的雙眼。「格羅佛，你有什麼事情瞞著我？爲什麼我以前從來沒看過你這樣做，松鼠和那一大堆事？」

他顯得遲疑。我有種預感，他快要昏過去了。

「來。」我扶他坐在最靠近的長椅上，剛好在一間麵包店外面。那不是「爺爺酥皮點心店」，不過裡面的東西聞起來相當棒。「在這裡等一下。」

我走進去，買了一片草莓乳酪蛋糕給格羅佛，外加兩杯冰茶。我覺得食物會幫助他恢復精力。

他小口咬著蛋糕時，我說：「好。告訴我吧。」

他聳聳肩，顯得很疲倦。「只是……像那樣讓我自己接地？那是相當強大的魔法。我可以那樣做，只因爲我是偶蹄長老。」

格羅佛太謙虛了。他很少談論這方面的事，不過在曼哈頓戰役之後，他獲得晉升，進入長老會議，是全世界最重要的三位羊男之一，在我的心目中，他是菁英領袖。

「很危險嗎？」我猜測說。

「噢……我沒什麼好擔心的啦，」他說：「沒什麼大不了。只是我進行的時候，我與大自然連接到那種程度的時候，永遠都有很小的機會……」

「怎樣？」

他又咬了一小口乳酪蛋糕。「我可能會分解成什麼都不剩。」

18 我聞到名叫「麻煩」的男性香水

說我大驚小怪吧，不過想到我的朋友要分解成什麼都不剩，對我來說似乎是件相當不得了的事。

我以平常的冷靜態度表達這點。

「什麼？」我大吼著，結果害附近的消防栓大爆炸（這是意外，提醒你一下）。消防栓的頂蓋射入空中，很像某位億萬富翁發射的火箭，翻筋斗好幾次，然後掉落在第八街的正中央。

「格羅佛……」

「我知道。」

「你知道？」我來回踱步，努力控制自己的驚恐。我腳邊的人孔蓋爆開來。「你怎麼可以？為什麼？」

「你可不可以坐下，免得毀掉紐約市更多財產？」

我來回踱步了好幾次，然後才覺得比較鎮定，跟他一起坐在長椅上。這時他已經吃完乳酪蛋糕，也喝完兩杯冰茶，因為他緊張的時候會吃東西，或者不緊張的時候也會吃，或只是食物伸手可得的時候更會吃。

「嘿，波西……」他開始咬自己的手指。他的指甲凹凸不平，比我一陣子之前注意到的時候更嚴重了。他的山羊鬍微微發抖。「黑卡蒂的地方，我覺得很難過……我要負起責任。」

「老兄，不用啦。」

他用悲傷的眼神看著我，下唇顫抖。我們好像回到六年級的時候，當時他在楊西學校遭到其他同學霸凌，常常躲在餐廳的後排桌子底下。

「只不過……也許我要負責，」他說：「星期一晚上，一切都搞砸之前，我在想……如果你得到這封推薦信，就只剩下一封要努力了。然後你會準備去上大學。你和安娜貝斯會離開。而我會……我會還待在這裡。」

這些話像一顆快速球擊中我的肚子，把所有的憤怒都撞飛出去，留下的只剩內疚。

「格羅佛。啊，老兄，我們絕對不會離開你。你隨時可以去那邊住。而且我們會回來啊。」

他吸吸鼻子。「我知道。只是……我討厭這樣。我會很想念你們兩個。而這樣很自私，所以我什麼都沒說。我想要幫忙。是眞的。可是又有點懷疑……也許就是因爲這樣，我喝了那個草莓魔藥。出於潛意識，也許吧，不過還是……就是要破壞一下。萬一我做了會怎樣？我沒辦法原諒我自己。」

我在心裡數到五。我不想太快就介入，因爲我有種預感，再否認一次是沒有用的，我也只是又掀翻更多人孔蓋而已。

「我們應該在這之前就談一談，」我說：「都怪我。老兄，我應該要意識到這件事對你來說有多難熬。」

他抹掉臉頰的一滴淚水。「這不是你的錯。」

「別這樣說，」我說，語氣盡可能輕柔，「不要把它撇開。」

「撇開眼淚嗎？」

「不是，兄弟，是你告訴我的這些話的重要性。嘿，我不知道草莓魔藥發生什麼事，我不知道黑卡蒂是不是故意讓你搞砸還是怎樣，不過我眞的知道，絕對沒有什麼事情值得失去我最要好的朋友。我們會解決這個難題。只是拜託啦，不要再拿你自己去接地了。我才是應該要道歉的人。我早就該想到你有什麼樣的感受，而不是一直擔心上大學的事。」

他吸吸鼻子。「嗯……上大學的事，你還是應該要擔心一點點啦。」

「老兄，謝囉。」

「因爲我看過你的學科成績平均積點。」

「過來這裡。」我緊緊抱住他。他聞起來像泥土、乾枯葉子，可能也像松鼠，以及一隻名叫尤斯提斯的收養老鼠，但幸好我的鼻子沒有那麼靈敏。「答應我，不要再接地了。」

他點頭。「不過……那還滿酷的，對吧？」

「印象非常深刻，」我說：「而且嚇死人。」

「好吧。安娜貝斯會殺了我，對吧？」

我們甚至沒有討論要不要告訴她，因爲那是引發大災難的處方。

「她可能會殺我一點點，」我同意說：「不過是以關愛和關心的角度。而且她對你說的話也會像我說的一樣。沒有什麼事情值得失去你，你永遠都會與我們同在，就算我們要暫時住在不同的兩岸。」

他的微笑漸漸消失。我好怕又害他傷心，但接著他眼睛一亮，像是終於明白了某件重要的事。

「不同的兩岸！」他說：「松鼠說了某件事是關於海岸……」

「像是，松鼠是從加州來的嗎？」

「不是。牠們說……很難翻譯啦。牠們說最後目擊到歐洲貂的時候，牠跟來自海岸之外的四個精靈在一起。大概像那樣。」

「你只記得這樣喔？」

他皺起眉頭。我很高興看到他覺得我很煩，因爲比起他一直傷心、想要分解成泥土，這樣絕對好多了。「不是，波西，但我以前從來沒有接地過。在曼哈頓，要同時聽見每一種生命的聲音實在有點困難。我居然可以辨認出『拉法葉街』這樣的概念，我還滿驚訝的。」

「有道理。所以，那四個精靈……有什麼頭緒嗎？」

「那……那不是完全說得通。通常呢，對一隻松鼠來說，來自海岸之外的精靈，意思會是『水精靈』，但我們沒有要去什麼靠近天然水域的地方啊。」

我稍微坐直一點。「嗯，我的學校沒有非常靠近水域，不過我就有一位輔導老師是來自深海的海精靈。至少她消失之前是這樣啦。如果有水精靈牽涉其中，那很好啊，對吧？水算是我的專業。」

「我是說，對耶，這我還沒想到。」

我拍拍他的肩膀。「偶蹄長老，來吧。你剛剛可能反敗為勝了。」

我們又開始沿著拉法葉街往前走，這時我的心情好多了。我的朋友沒有變成土。我們尋找蓋兒的下落有了實際的指引。而且格羅佛似乎很樂意別人稱呼他「偶蹄長老」（Cloven Elder）。我的腦袋開始胡思亂想。我不禁心想，是否應該要用縮寫叫他「CE」，這也是「公元」的意思。那就表示成為偶蹄長老之前，他是「公元前」的格羅佛？

我的腦袋就是這樣運作的。歡迎來到混沌的世界。

我們走得很慢，一部分原因是格羅佛與大自然密切交流之後，走路還有點搖搖晃晃。此外，我努力提高警覺，看看附近有沒有什麼水精靈之類。我什麼都沒發現，只隱約覺得膀胱滿了，而這沒什麼幫助。

我們越過豪斯頓街。一路穿越諾利塔區時，我出現平常那種焦慮的刺痛感，每次前往下城的這個區域就會這樣。建築太低矮，天空太開闊，街道再也不是整齊簡單的棋盤格狀。曼哈頓我最熟悉的區域——上城和中城，感覺好像跑去躲了起來，很像蠻荒時代美國西部城鎮的居民，遇到正中午的大型槍戰就爭相走避。

在澤西街的轉角處，我們第一次經過香水店。氣味飄蕩出來，害我眼淚直流，彷彿好幾百萬束花朵全部一起嚇得大哭。下一個街區又有三家香水店。連路上行人的身上也聞得到香水味，似乎他們剛在店裡逛一逛，用免費的樣品試噴一輪。

格羅佛打個噴嚏。

「對。」我表示同意。「那麼多強烈的氣味是怎麼回事？」

「這一區有著全世界密度最高的香水店，」他說：「我盡量避免來這裡，因爲會害我的鼻子超慘。」

我停下腳步。「香水。」

格羅佛瞪大雙眼。「而我們正在找蓋兒，全世界氣味最強烈的歐洲貂。這不可能是巧合。你覺得她躲在這裡掩飾她的氣味？」

「我不知道，」我說：「也許吧。不過水精靈跟這個又有什麼關係？」

格羅佛沒有答案，而我可不打算讓他召喚一大群松鼠來找出答案。我們繼續走，更加注意各間香水店。

一旦注意到香水店，你就不可能無視於它們的存在。它們無所不在，就像沿著東七十四街的金飾店和珠寶店那麼多。我永遠都搞不懂，爲什麼同一類商品的所有店家會像這樣擠在一起。同時看到這麼多珠寶店，你不會產生黃金疲勞嗎？如果一趟下來嘗試聞過所有這些不同的香水，你的鼻子難道不會疲乏嗎？另一方面，我永遠也搞不懂，大家是怎麼在曼哈頓經營任何一種事業而不會破產。我在心裡把「未來可能的職業」名單上的「開一間衝浪店」默默劃掉。

下一個街區，我整個人呆住。馬路對面還有另一間香水店。這一家有鍍金大門，裝飾著希臘式的鎖飾圖案，這似乎是一種線索，裡面可能正在進行魔法和希臘相關的事。窗戶擠滿了各種大小形狀的彩色小瓶，還有一個大型的液體裝置，冒著氣泡的液體流過輸送管。一個大鍋裡面有乾冰冒著煙。或許那是他們的萬聖節裝飾？也說不定一直都布置成那樣。珍珠白色的店名在大門上方閃閃發亮寫著「埃厄」。我猜他們把所有經費用來裝飾門面，結果無法把招牌做成同樣的風格。

「那是什麼？」格羅佛問。

「不確定，」我說：「那個店名有沒有讓你想到什麼？」

格羅佛嘗試唸出來。「看起來很像赫菲斯托斯的鐵鎚掉到他腳上時，他會尖叫這種聲音。」我真的很希望赫菲斯托斯沒有聽到格羅佛的意見，因爲我們不需要另一位天神對我們大抓狂。

「感覺有點……不對勁。」我說。

接著我注意到結帳櫃台後面的女子，她正在對一位顧客說話。她看起來很像典型的精品店店員，身穿一件優雅的深藍色洋裝，戴著金色的垂墜耳環。她的黑髮剪成類似埃及豔后風格的髮型，對顧客露出冷淡的微笑，非常厭世又時髦，彷彿正在傳達這樣的訊息：「買我的產品，也許你看起來會像我一樣美麗。」

她有某種方面感覺非常熟悉……就好像我們站在同一條河裡，河水從她那邊直接流向我而來。

「她是水精靈。」我說。

格羅佛點頭。「你是對的。我現在可以感受到。哇，你厲害喔。」

「我們現在怎麼辦？走過去很客氣地問她，有沒有看到一隻放臭屁的歐洲貂？」

「如果你可以感受到她，」格羅佛說著往後退，「你覺得她可以感受到你嗎？」

眞希望他沒有說這番話。我想，這害我傳送出額外的「海神之子」輻射之類。那位女士轉過身，望向窗外，彷彿聽到某人叫她的名字。

我們四目相對。她的神情變成蒙上一層純粹的仇恨。她對顧客說了一些話，可能是「抱歉，我得去殺某個人」，接著拿起幾個香水樣品，邁開大步，直直朝我們走來。

19 哎喲！……我又殺你一次

水精靈突然衝出她的店，越過馬路，無視於按著喇叭的計程車和突然轉彎的送貨卡車。我不喜歡她兩隻手拿了很多小瓶子，也不喜歡她臉上的肅殺神情。她絕對是衝著我而來，不是格羅佛。

「也許離我遠一點，」我對他說：「如果她開始拿那東西到處亂潑……」

「不會那樣。」格羅佛站穩腳步，雙手握拳，彷彿今天是他當面嘲笑死亡、松鼠及香水的日子。

我慎重思考是否要拔出自己的劍。我不想把事情鬧大。況且，用劍不是很能對付噁心的液體。我有其他方法能應付。

那位女子停在路邊，距離我們大約一公尺。

她咆哮著說：「你不能通過！[54]」

「等一下，我知道這句台詞，」我說：「出自《魔戒》的巫師那傢伙。」

她一時之間失去肅殺的神情，滿臉困惑。「什麼？」

「什麼？」我跟著說一次。

「也許是其他巫師啦，」格羅佛提議說：「出自另一部電影。」

「不對，我很確定是……」

「波西．傑克森！」女子大吼：「你膽敢在這裡露臉！」

「噢，好耶，你認識我，」我說：「這個嘛，嗯，唉呃女士……」

「什麼？」她又質問一次。

「什麼？」我問。「那不是你的名字嗎？」

我的計畫是把她搞糊塗，讓她腦袋爆掉，看來進行得很順利。她看著我，然後回頭看她店面的招牌，再看著格羅佛，似乎感到很納悶，一位看似講理的羊男，怎麼會跟這麼愚蠢的某個人出來趴趴走。

「我的名字叫菲洛墨拉，」她咬牙切齒說著：「埃厄是我的家鄉島嶼。但是你根本不記得了，對吧？」

「噢。呃……」

「他完全記得！」格羅佛趕忙說：「他從來不會忘記友善的臉孔！你所有的事情，他都對我說過。你對他伸出援手，在……埃厄島！他在埃厄島上的時候，就是你來的地方。」

---

❺❹「你不能通過！」（You shall not pass!）出自電影《魔戒》，巫師甘道夫在橋上阻止炎魔時，大聲喊出這句台詞，成為經典的一幕，很多人將之做成網路迷因。

他點頭點得那麼用力，我好擔心他的山羊角會掉下來。也許格羅佛覺得透過十足的熱情就可以讓她相信。

「我從來沒有幫過他，」她厲聲吼道：「我根本不是他的朋友。」

「噢，他也從來不會忘記敵人的臉！」格羅佛說：「我要說的是這個意思啦。」

菲洛墨拉對我搖搖手指，看她捧著一大堆瓶子，要這樣搖肯定不太容易。「我和姊妹們不會容忍你來搗亂。如果你認爲你會讓我喪失了輪到我和黃鼠狼……」

「輪到你？」我問。「姊妹們？」

「那不是黃鼠狼。」格羅佛嘀咕著說，不過我用手肘頂他，要他安靜。

「蓋兒在哪裡？」我問。

「你覺得我會告訴你嗎？」她尖叫說。

「這……有點像是我剛才說的吧。抱歉，你是怎麼認識我的啊？我看得出來，我在某個時候得罪過你，關於這方面我道歉，但是我得罪過那麼多人……」

「呸！」她丟了一把瓶子到我的腳邊。

我的第一個直覺是擋在格羅佛和危險之間。格羅佛的第一個直覺是擋在我和同樣的危險之間。結果我們撞成一團，而且兩人都直接位於噴濺區之內。我們的腰部以下潑灑到五種不同的香水。一種有毒的紫色煙霧開始在我們周圍往上飄起。我回過神來，大喊「唉呃！」（因爲我心心念念都是這個），然後把魔藥煙霧往菲洛墨拉那邊轟回去。

「哎喲！」她埋怨大叫，這時她從頭到腳都沾上那個魔法什麼東西。「你竟敢如此！」她整個爆開，變成一團玫瑰氣味的細密薄霧。剩下的瓶子叮呤咚嚨摔在柏油路上，滾進最近的排水溝。

我和格羅佛面面相覷。我們的雙腿開始冒煙。

我咒罵一聲，接著盡可能專心移除我朋友身上的每一滴魔藥。一滴滴藥水從他的工裝短褲和毛皮飄出來，很像一大群蜜蜂。我一定是太用力了，因為連汗水都從他的毛孔冒出，雙眼也盈滿淚水。我把那一大團溼氣拋向路面。

我的血液開始嗡嗡作響，皮膚燒灼起來。我閉上雙眼，運用僅存的最後一絲力氣，把液體排出我的體外。

我所知道的下一件事，就是在人行道上昏過去。格羅佛拚命搖晃我。

「嘿，嘿，醒一醒啊！」他說。

我的眼睛猛然睜開。「什麼……？我們還活著嗎？」

「多虧有你，」他說：「你覺得怎麼樣？」

「超級口渴。」

「對啊。我覺得你讓我們脫水了。這裡。」他遞給我一瓶開特力運動飲料。

「你從哪裡拿到這個？」我咕噥說著：「我昏過去多久？」

「大概一小時。」

「什麼?!」

光是說這句話，我的嘴唇就裂開了。我的頭陣陣抽痛，於是決定趕快啜飲開特力。

格羅佛幫我補充眼藥水和一點唇膏。「我一直努力補充水分，」他說：「謝天謝地，你在一間藥房旁邊讓我們脫水。」

我嘀咕一聲。在曼哈頓要找到藥房不是難事，大部分的街區都有一間。我和格羅佛一起坐在人行道上，努力讓我們的水分從薩哈拉沙漠的等級恢復過來。

「那個菲洛墨拉……?我有沒有把她蒸發掉?」我問。

那位水精靈實在不太友善，但是一想到會不小心把她送去「天空中的大水龍頭」或水精靈要投胎轉世的任何地方，還是覺得不太好。

格羅佛聳聳肩。「要是你的動作沒有那麼快，她本來會把我們蒸發掉。」

我把整瓶生理食鹽水倒進眼睛，感覺好像前一個小時一直盯著烤箱。

「我們需要搞清楚她到底在講什麼。她說她有姊妹們。她提到蓋兒。你覺得……?」我指著香水店。

「沒有其他人走出來要殺掉我們，」格羅佛說：「不過如果蓋兒在裡面，我們應該要查看一下。我們應不應該先買點，像是，防護裝備?雨衣?雨傘?」

他扶著我站起來。

「不用啦，」我說：「如果有其他人準備扔魔藥過來，我會讓整個颶風吹到他們身上。」

這些話聽起來好像很挑釁。那麼，我大步走過馬路，進入「埃厄」香水店準備大戰一場，卻發現整個地方空無一人，只有一名大學生店員頂著一頭綠髮在手機上打字，同時跟著〈愛情過去式〉（So Yesterday）的小提琴演奏版本哼哼唱唱，這樣，我覺得自己有多英勇呢？

有喔，我覺得還滿英勇的。

「嘿，我愛這首歌！」格羅佛說。

「噓，」我說：「我要裝得很嚇人啦。」

我向綠髮男孩走過去，他抬頭看著我，嘆口氣，然後瞄了門口一眼，像是可能有更好玩的人從我後面進來。「我以爲你是我老闆。她離開了大概有一小時吧，而我本來應該要去午休吃飯。」他又打字打了幾秒鐘，接著顯然想起他應該要工作。他抬頭看，說：「要幫你嗎？」態度不太友善。比較像是在說：「小子，你顯然不會買很貴的香水；可以不要再來煩我嗎？」

「你的老闆是菲洛墨拉。」我猜測說。

「恐怕是喔。」他嘆口氣。「噢，拜託告訴我，你不是她的什麼朋友。」

他這樣說，一副覺得完全不可能的樣子。

「她的姊妹們在這裡上班嗎？」我問。

他顯得好震驚，竟然把手機放下來。「你在開玩笑嗎？她有『姊妹』？那她們好可憐喔。」

「我會把這話的意思當作是『沒有』。而我覺得店裡沒有一隻歐洲貂吧？」

「一隻什麼？」綠髮男孩問。

「那是一種鼬科動物，」格羅佛幫腔說：「有點像黃鼠狼，不過你可以從牠們眼睛周圍的毛色分布來區分。」

我猜想，綠髮男孩的大腦在「鼬科動物」這個詞附近沒有連線。

「呃，沒有，」他說：「沒有歐洲貂。」

我大可請求搜索這個地方，但我相信綠髮男孩說的是事實。他似乎有點太冷漠了，不會花力氣說謊。如果他背地裡是一隻怪物，我好想遇到更多這樣的怪物，他們就是不在乎，討厭自己的工作，而且想要去午休吃飯。

「沒關係，」我說：「過去兩天在店裡，有沒有什麼……不一樣的地方？」

綠髮男孩哼了一聲。「你是指除了我們的新產品線以外嗎？」他指向一個展示桌，桌上幾乎是空的，唯一的東西是一塊小牌子，寫著「埃厄的奇蹟」。

「『奇蹟』是什麼？」

「我不知道，」綠髮男孩抱怨說：「過去兩天，那大概，十分鐘內吧，就賣完了。那應該是要讓你沒辦法抗拒誘惑，可是我一直都沒拿到免費樣品。」

我對格羅佛皺起眉頭。「你覺得她就是拿那個潑到我們身上嗎？」

綠髮男孩哼了一聲。「菲洛墨拉拿東西潑到你們身上？不太可能是『奇蹟』。那東西比黃金更貴。你們聞起來比較像……」他皺皺鼻子。「乾燥二號。」

當然有人會拿「乾燥二號」把我潑得全身溼透囉。

「那麼讓我猜猜看，」我說：「菲洛墨拉在星期二開始生產『奇蹟』？」

綠髮男孩回去看他的手機螢幕。「大概是吧。有個新產品很熱銷，你以爲她會很高興，但她比平常更暴躁，一直抱怨說必須要『分享』。」

我和格羅佛互看一眼。我開始心想，我們的歐洲貂朋友受到惡毒水精靈資本主義的利用，只是不確定是怎麼樣利用。

「菲洛墨拉會跟誰分享？」我問。

「絕對沒有這種人！」綠髮男孩說。

「有人跟她競爭？」

「每一個人！不過她眞的很痛恨這個地方。」綠髮男孩從他的上衣口袋拿出一張名片，給我看上面的名字：迷戀之水。「那家店距離這裡兩個路口。我把這張名片留在身邊，那麼只要她開除我，我就可以去那裡上班。給她一點教訓。」

「她痛恨的人……」格羅佛若有所思地說：「也許是某個姊妹？」

「跟你打賭一瓶玫瑰香味的溶解液。」我附和著。接著對綠髮男孩說：「換成是我，我會先走一步，今天就打烊了。我認爲菲洛墨拉不會及時回來讓你去午休吃飯。」

20 我們得到危險的迷戀

「迷戀之水」的顧客流量，就像我預期一間叫做「迷戀之水」的香水店會有的流量……意思是一個顧客都沒有。

我和格羅佛從馬路對面看著那個地方。沒有人走進去。沒有人走出來。沒有人以奇怪的眼神看著我們。沒有歐洲貂大致朝我們的方向狂放臭屁。

這門面比「埃厄」低調多了。大門沒有落地大窗，反而整個是毛玻璃。我看不見裡面的狀況，也就不知道可能有什麼東西等著殺我們和／或用香水噴我們。

然而，我可以感受到附近有水精靈。我平常並不會注意這種事。例如，我不會在街上走，看到有藍色的小亮點跳出來，就像我玩寶可夢遊戲那樣。不過呢，一旦有人告訴我要密切注意水精靈，我就可以讓自己進入這樣的心境。等到夠靠近的時候，我可以察覺到她們的存在，就像我走進一種微氣候，那裡的氣壓稍微有點不一樣。

「裡面有個水精靈，」我說：「你到底有沒有感受到蓋兒？」

格羅佛皺眉頭。「我沒有黃鼠狼雷達啦。」

「歐洲貂。」

「喔，閉嘴啦。」

我笑起來。恢復我們正常的互虧笑鬧，感覺眞好，即使我們正在進行與古龍水有關的危險監視行動。

我知道應該直接大步走進香水店。今天浪費許多時間，而且有一隻鼬科動物的性命可能危在旦夕。不過我還是很猶豫。也許是剛才差點被蒸發掉，讓我變得小心謹愼。也說不定隨著年紀漸長，讓我學到小心翼翼。不會啦，可能不是這樣。

「我一直在想蓋兒以前的事，」我說：「她以前是凡人女巫，對吧？顯然眞的很擅長製作魔藥。」

格羅佛點頭。「所以，說不定她跑來這裡找個地方躲起來。菲洛墨拉發現了她是誰。如果菲洛墨拉提供一個工作，請她製作……不管『奇蹟』是什麼，蓋兒有可能賺進大把的歐洲貂鈔票。」

我考慮了一會兒。「如果蓋兒覺得很感激，她有可能不想離開。而且假如還有另外三位亂丟魔藥的水精靈牽涉其中……」

格羅佛打個寒顫。「有可能搞得很難看。你確定我們不想買些斗篷雨衣嗎？」

眞希望我能更了解希臘的魔法。嘗試處理這種事的時候，我通常是盡快刺殺那個施展魔法的人，以及／或者溜之大吉。如果要討論女巫施展魔法的速度有多快、女巫可以把你變成什麼，以及如何避開魔法，我根本一頭霧水。

「我是覺得防水衣料不會有足夠的防護，」我判斷說：「那是一間店，對吧？不管有誰在裡面，他們都不會需要知道我們是誰。我們就假裝是顧客吧。」

「只不過菲洛墨拉認得你耶。」

我皺起眉頭。「對耶。我實在不知道在哪裡見過面。你知道嗎？」

格羅佛搖頭。「她似乎只認識你，不認識我。我可以自己一個人進去。」

「絕對不行。」我努力思考。沒有安娜貝斯幫我思考百分之九十的事，實在是不容易啊。「我們就蒙混看看吧，進去說要找禮物送人。要是有水精靈認出我，我會臨場發揮一下。」

格羅佛抓抓他的山羊角。「讓我先進去。不是要批評你臨場發揮的能力啦，不過……」

「好，」我說：「我們辦得到。」

我這樣說，並不是因爲我相信如此，而是因爲：一、我希望能夠實現；而且，二、我很沒耐心，需要做點什麼事才行，即使是危險的事。

我們慢慢越過馬路。

格羅佛推開門，觸動一個啾啾叫的電子歡迎信號聲。在店裡，「氣味萬里長城」朝我迎面襲來——有那麼多的廣藿香、薑和南瓜，害我眼淚直流。透過模糊的視線，我可以看出有幾個玻璃展示櫃台、兩張美髮椅，而在後方的收銀台後面，有一位女士正在閱讀雜誌。她看起來很像菲洛墨拉，只不過黑髮比較長。她的粉紅色洋裝外面套著一件美容實驗衣，戴著玳瑁太陽眼鏡遮住眼睛，也許因爲這個地方的氣味太刺鼻，刺痛她的眼睛。

「歡迎。」她說著，沒有從雜誌抬起頭看。她的語氣十分陰沉，活像是很習慣銷量下滑。「如果我能幫什麼忙，請儘管告訴我。」

「謝啦。」格羅佛說。

我環顧整間店。沒有歐洲貂在上班。沒有生雞屍體或一袋袋黃鼠狼餅乾。這個地方很簡約，有點消沉，但店員女士肯定是水精靈，我可以感受到她身上流出水的能量，很像一條河的水流。到目前爲止，她似乎沒有意識到我是誰。我希望保持這樣。

格羅佛走向櫃台，面帶微笑。「我要找一件禮物。給我的女朋友。她是一叢杜松灌木[55]？」

那位女士愣了一下才聽懂。我在空間的另一端假裝到處瀏覽，但是眼角餘光看到她重新打量格羅佛，發現他是羊男，於是轉換成希臘神話模式，就像是說「好吧，你是魔法世界的，我是魔法世界的，咱們來做個交易」。

「這樣啊。」她對格羅佛露出謹慎的微笑。「杜松的樹精靈！什麼樣的場合？是她的開花日嗎？」

「不是，只是提早送她農神節禮物，」格羅佛說：「如果沒有事先採買節日禮物，我會手忙腳亂。」

「噢，我了解！非常深思熟慮。你以前來過這間店嗎？我對你沒有印象。」

---

[55] 杜松（juniper）是一種小喬木。格羅佛的女友朱妮珀是杜松的樹精靈，她的名字即由此而來。

「沒有，不過我聽過很多好評。格羅佛．安德伍德，偶蹄長老。」

他伸出手。一陣驚訝過後，她握手回應。

「偶蹄長老啊。」她微笑的溫度只比微熱高了一點點。「眞是榮幸。」

「而你的名字是……『迷戀』？」他猜測說：「我聽說你調製出最棒的香水。」

她緊抿著嘴唇，很像是努力保持禮貌，不要對重要客人大吼大叫。我的手伸向波濤劍，以免事態惡化，但格羅佛似乎要讓他的一舉一動傳達出他是無害的笨蛋，那通常是我的角色。

「其實呢，我叫西爾碧。」那位水精靈說。

「西爾比。」

「不，西爾碧，四聲『碧』。」

「當然啦，」格羅佛說：「確實比『迷戀』更迷人。那麼，你會推薦什麼香水送給我的朱妮珀呢？」

「嗯，我們來看看。」西爾碧瀏覽幾個展示櫃。「杜松很搭配柑橘類……大概像葡萄柚或柳橙？」

「柑橘類會害我打噴嚏。」格羅佛說。

很多東西都會讓格羅佛打噴嚏。在我看來，他不需要講出這樣的資訊。我很怕他忘了我們爲何在這裡，以及我們其實最後要帶著農神節禮物離開。

「好吧，」西爾碧說：「對著她打噴嚏不太浪漫啊！」她的目光飄向我這裡的櫃子，我正站在這裡偷聽，盡量不要太顯眼。西爾碧迎上我的目光。她的表情凍結住，一臉狐疑。

「你看起來很眼熟，」她說：「我很確定我們見過面。」

「唔？」我含糊說著：「嗯。唔……」

口才流利是我的超能力。

「噢，他常常跟著我到處跑，」格羅佛說：「他不是什麼重要的人啦。」

我心想，哎喲。不過他的語氣似乎在玩什麼把戲。西爾碧將注意力轉回展示櫃。「嗯，也許另一種木質調的香氣，像是柏木。」

「聽起來很好，」格羅佛附和說：「不過我聽說有某種新產品上市。非常獨家的產品。我相當確定，有位朋友最近在這裡買了一瓶，叫做『奇蹟』的產品？」

西爾碧畏縮了一下。「我們這裡沒有賣那個。廉價的仿冒魔法。你一定是把我和我姊姊菲洛墨拉搞混了。如果你要在市場上買那種劣質的仿冒品，可以去她的店裡找，就在這……」

「噢，是我的錯！」格羅佛連忙說：「抱歉，抱歉。我的朋友是告訴我千萬不要買『奇蹟』。我現在想起來了。他們說，你有更好的產品。」

西爾碧顯得猶豫。我看得出來，她心裡有好幾種不同的情緒彼此交戰：憤怒、懷疑，但也有引人注目和成交生意的需求。

「『奇蹟』是一種惡作劇的愛情魔藥，」她咕噥著說：「我絕對不會浪費時間在那種劣級的配方。我最新的產品絕對是獨家的。我們只剩下幾小瓶。」

她走向我這裡的展示櫃，幾乎害我後退撞到牆壁。格羅佛對我露出驚慌的神情，接著跟在她後面急急走來。

從最低的架子上，西爾碧拿出一個藍色小盒子。蓋子有金色浮雕字樣寫著：魔咒。

「噢噢噢，」格羅佛說：「好讓人迷戀喔。」

「確實，」西爾碧說：「一種古老的配方，有史以來最優秀的鍊金術士調配的魔藥。重新發現的……嗯，其實呢，就在這個星期。這是『迷戀之水』的獨家產品。」

「你怎麼重新發現那種配方？」我問。

我立刻知道自己犯了大錯，竟然開口說話。西爾碧瞇起眼睛。

「那不重要。」她說。

我們之間的空氣開始閃爍發亮，許多水滴凝聚成細密的霧氣。我們還沒引發一場迷你暴風雨之前，格羅佛插嘴說：「我喜歡這個！多少錢？」

西爾碧面露微笑。「對一位偶蹄長老，我很確定可以安排森林朋友特價。只要一千德拉克馬金幣。」

格羅佛差點噎住。「好划算啊。」他的聲音活像是吸到了氦氣。「你可以幫我把它包裝成禮物嗎？」

「當然，」西爾碧說：「不過首先，你真的應該試試這種香味，確定你的女朋友會喜歡。」

她打開盒子，拿出一個發亮的藍色小瓶子，頂部有個噴頭。她拿起來，對準格羅佛。格羅佛直覺往後退。「呃……」

「噢，你是對的，」西爾碧道歉說：「你的化學組成不適合『魔咒』。你的這位朋友比較適合以身測試。」

我還來不及說「藍色不適合我」，她就直接噴到我臉上。

我承認——她打敗我了。那東西進入我的鼻孔、我的眼睛、我的嘴巴。嚐起來完全就像我想像中蓋兒的黃鼠狼零食的味道，不是什麼好味道。

「嘿，女士。」我說。接著，我的嘴巴不能動了。我的手臂變得像沙包一樣軟趴趴。我的雙腿癱軟，以側面倒在地上，完全麻痺，動彈不得。

「太好了。」西爾碧跪在我旁邊，格羅佛則嚇得倉皇後退。

「波西．傑克森，我現在想起你了，」她說：「你的朋友說得對。你『不是什麼人』。或者至少，你就快變成那樣了！」

21 格羅佛留下一則「五蹄」評論

哇，我真的覺得好迷戀喔。

我四肢動彈不得，流口水流到無法控制，鼻孔和嘴巴非常灼熱，像是剛剛步行穿越一片野火，燃燒的是歐洲貂的毛皮。我是曼哈頓下城最讓人迷戀的一堆無用肉體。

「魔咒！」西爾碧驕傲地朗聲說道：「你摯愛之人將會吸入香氣而癱瘓！」她對格羅佛眉開眼笑。「好棒啊，你不覺得嗎？我正考慮要招募一些怪物網紅，請他們在直播的時候讓一些半神半人麻痺癱瘓。」

「不行！」格羅佛大叫。「不行，根本一點都不棒！有誰願意花一千德拉克馬金幣變成那個樣子啊？」

他指著我。我努力壓抑內心的不爽。我假設他說的是我的狀況，而不是我這個人。

「噢，你會很驚訝喔，」西爾碧說：「說到底就是獨享的概念。像『魔咒』這麼強而有力的靈丹妙藥，擁有的顧客並不多。我就可以想到幾個人，他們會願意支付這樣的代價，特別是把這位英雄變成一堆軟趴趴的……」

「喂！」格羅佛抗議道：「那是我朋友耶。我說自己是偶蹄長老的時候，絕對不是開玩笑！你最好立刻讓他復原，否則……」

西爾碧笑起來。「偶蹄長老先生，你可以自由離開，我甚至會送你一整箱的柏木香水給你的女士朋友。你呢，我沒有什麼問題。你以前沒有在那裡……」

「哪裡？」格羅佛追問。「他到底跟你有什麼過節？」

「你是說眞的嗎？」西爾碧尖聲說道。

我的手指漸漸開始刺痛。我猜格羅佛是在拖延時間，希望香水的效應很快就消退。果眞如此，這會是很好的策略。可惜西爾碧還拿著她的「魔咒」樣品，只要隨便再噴一下，就能把格羅佛撂倒在我旁邊的地上。我嘗試移動自己的手，結果反倒是大腳趾開始抽搐。也許如果我流口水流得快一點，或者因爲超害怕而讓心臟跳得用力一點……這些我都還滿擅長的。

西爾碧搖搖頭，一副嫌惡的樣子。「他根本從來沒有對你說過，對吧？我們可能只是他另一批稀鬆平常的受害者，只是前往英雄國度的路途上，他殺死的另外幾條生命而已。」

「並不是眞的有『英雄國度』這種用語，」格羅佛說，他看著我，「對吧？」

我無助地流口水。

現在我可以感受到襪子裡所有的腳趾了。幸運的話，說不定我可以想辦法踢中西爾碧的腳踝。

「我沒有要深究這個，」西爾碧咕噥著說：「雙胞胎和菲洛墨拉認爲，只有她們才知道該怎麼利用我們的新僕人？我會示範給她們看！等她們看到我用『魔咒』做了什麼，就一定得讓女巫有更多時間跟著我。」

「女巫，」格羅佛說：「蓋兒。」

西爾碧哼了一聲。「當然是蓋兒。生命並不是常常給你第二次機會，特別是以魔法歐洲貂的形式。我打算做最充分的利用！好了，羊男，趁你還能離開的時候，趕快離開吧。」

他瞥了我一眼。我眨眨眼，因爲也只能這樣了。希望這樣能傳達出我的麻痹正在慢慢消退的訊息。如果他能幫我爭取更多時間，例如幾個小時……

「好啦！」格羅佛說：「不過我期待禮物能包裝好！」

這位是我認識且敬愛的羊男英雄——他威脅我們敵人的方法，是要求把禮物包裝好。

西爾碧翻個白眼。「好吧。我想我有……看看吧。我馬上回來。」

我聽到她的高跟鞋在地板上叩叩響，走進了後面的房間。格羅佛跪在我旁邊，拍拍我的臉，用悄悄話說：「波西？波西，解凍啊！」活像是我自己從來沒想過。他從展示盤上隨便抓了一個瓶子噴我。沒有用，只是讓我聞起來很像櫻花。

西爾碧從後面房間叫道：「我有傑克南瓜燈或黑貓！」

「不，不要萬聖節！」格羅佛喊叫回應：「這是農神節的禮物！」

西爾碧咆哮一聲，顯得很挫折，但她繼續到處翻找。

「波西！」格羅佛輕聲說。他抬起我的手臂，結果立刻掉下去，發出「轟」的一聲。至少很痛。表示我的感覺逐漸恢復。

格羅佛驚叫一聲，在他的口袋裡面翻找。他拿出一個迴紋針（爲什麼帶這個？），一輛風火輪小汽車（又來，爲什麼會帶這個？），還有一團看起來像是紗布的東西。他打開我的嘴巴，把紗布塞進我的舌頭底下。

我盡全力以一種憤怒的方式流口水。我的眼神傳送出「兄弟啊」的訊息。

「有了！」西爾碧輕聲哼唱，帶著一卷禮物包裝紙，從門簾裡冒出來。「上面有小小的雪花圖案。那就只好這樣了。而這裡有幾條緞帶和蝴蝶結可以選。好，一般來說，『柏木夏日微風』的價格是……」

「等一下，我也需要把他用禮物紙包裝起來。」他指著我。

西爾碧以充滿懷疑的眼神看著我們兩人。「你想要把你的朋友包裝起來？可是我打算把他處理掉，等我把他綁起來，帶去給我的姊妹們看過之後。我很期待在旁邊幸災樂禍。」

「西爾碧，」格羅佛說：「我可以幫你在《偶蹄長老月刊》寫一篇熱情的評論。給五個蹄印喔。從來沒有一個店家拿過我給的『五蹄』評價。不過你得達到我的要求。你說我朋友的化學特徵和我女朋友是一樣的，對吧？我想要確定包裝紙在他身上看起來很棒，然後再包裝她的禮物！」

在我聽來，這根本一點道理也沒有。然而，我是地板上的一團肉，沒有人問我的意見。況且，我想，顧客永遠是對的。西爾碧眼睛一亮，想著刊登在《偶蹄長老月刊》的「五蹄」評論，而我相當確定，那本月刊根本就不存在。

「好吧。」她把「魔咒」的瓶子放在櫃台上，跪下來，在我的額頭綁上一個藍色蝴蝶結。「噢，是的，這個顏色絕對很適合他。我可以用這種方式將他展示給我的姊妹們看。好了，關於你女朋友的禮物……」

他們討論著緞帶和蝴蝶結的選擇時，我發現自己現在可以嚐到舌頭底下那塊紗布的噁心味道了。溫暖的感覺往下傳遞到喉嚨並進入肺部。我的手指抽動起來。手也可以彎曲了。

無論格羅佛在我嘴裡放了什麼，似乎能讓我加速復原。

格羅佛轉身讓西爾碧背對我。趁他針對退貨政策提出追根究柢的問題時，我想辦法坐起來，感覺頭暈目眩，動作遲緩。我摸索自己的劍，但是沒辦法讓手好好移動。我不小心傾斜身子倚著銷售櫃台，把它往旁邊推動，有個瓶子從邊緣滾下來，掉進我的雙腿之間，正是那瓶「魔咒」。

西爾碧轉身面對我。「什麼?!」

格羅佛用那卷雪花包裝紙敲她的頭，於是她又轉過身。「喂！」

我拚命讓自己笨拙的手指握住香水瓶，差點朝錯誤的方向噴出香水，也就是對著我自己的臉，那不會是什麼好事。西爾碧終於發現格羅佛只是要讓她分心，可能不是真心要給「五蹄」評論時，我終於讓香水朝著正確的方向，對著西爾碧的雙腿噴出去。

她以跪姿倒下。

「你好大的膽子！」她尖叫著說。

我對著她的臉噴了五次。

她跪著往側邊翻倒，開始流口水加上抽搐。

「呃。」我說。

格羅佛扶著我站起來。兩條腿感覺好像游泳池的管狀泡棉。我倚著櫃台。

「咧咧啦，老兄。」我吐出嘴裡的紗布。「辣是啥啊？」我講出來的話有點含糊，畢竟舌頭和嘴唇還麻麻的。

「蟾蜍的眼睛。」

「現在怎辦？」

「藥用乾蘑菇。我不確定有沒有用。」

「嗯，感咧啦，」我對他說：「代也雕毒不掉我嘴裡的味道了。去探探後面的房間……」

我試著踏出一步，結果差點臉朝下跌倒。「也舉你應該去探探後面的房間。我會探著西爾碧。」

格羅佛鑽到門簾後面去。在他搜索查看的時候，我和西爾碧面面相覷，她流口水的樣子很嚇人。

「沒有歐洲貂，」格羅佛再度出現時說：「不過我找到這個。」

他遞給我另一張名片。這一張是亮粉紅色，以閃亮的銀色字體寫著「永恆之香」，底下有比較小的字寫著「戴德拉和菲德拉，經營者」，後面有個地址。

「我的天神啊，」我說：「企業名稱真是愈來愈糟了。」至少我的嘴巴漸漸好轉。「我會猜戴德拉和菲德拉是雙胞胎。而這個地址只有，好像，往南邊三個路口。」

格羅佛點頭。「這個人怎麼辦？」他踢踢西爾碧的鞋子。

我想了一下。即使我幫得上忙，也不想讓她「噗」的一聲變成一團玫瑰香氣，無論她剛才對待我有多麼刻薄。我有種預感，這些姊妹有正當的理由想要復仇。我不記得是什麼理由，但感覺很不好。

「把她用禮物紙包裝起來會很好看，」我說：「也許用傑克南瓜燈圖案的包裝紙？」

格羅佛笑起來。「後面也有封箱膠帶！」

我們開始動手，幫西爾碧爲萬聖節打扮得漂漂亮亮。

看著我們的成果，我感覺很好，幾乎要興奮起來，而就在這時，店門突然打開，有個身穿雨衣的女孩衝進來。她把連帽上衣的帽子拉上，臉上也戴著N95口罩，我一下子認不出來。接著我注意到她手上的匕首，像是準備要用刀柄敲打某位水精靈。

等她看到我們，整個肩膀放鬆下來。

安娜貝斯連忙把帽子往後拉開，扯下口罩。「感謝天神你們兩個沒事。」她看著我額頭的藍色蝴蝶結，接著看到西爾碧渾身纏著封箱膠帶和傑克南瓜燈圖案包裝紙。「雅典娜啊，你們到底在幹嘛？」

22 安娜貝斯要求找經理來

我簡單解釋了一番。

我把「埃厄」和「迷戀之水」發生的事情告訴安娜貝斯。

她直搖頭。「而你們連雨衣都沒穿？」

格羅佛雙手一攤。「多謝你喔。」

「情況在我們的掌控之中。」我說。

她向我走來，笑得詭異，然後把我額頭的蝴蝶結扯掉。「好吧，拜託告訴我，你把這位水精靈包裝起來，不是要把她交給『荷米斯快遞』送去奧林帕斯山吧。」

「爲什麼會……噢。」我一下子忘了梅杜莎的頭和眾神的事。天神並不覺得那樣很好笑。

「沒有。沒有要惡作劇。只是好玩啦。你想要什麼香水嗎？」

「我還好。」她擦擦我的嘴角。「但除非你去洗把臉，否則我不會親你。通常呢，你醒著的時候不會流口水。」

「你到底是怎麼找到我們的？」

「收到你留在學校給我的紙條啊。我蹺掉最後一節課跑來這裡。」

「你的報告怎麼樣？」

「一流的。」她說，意思像是「廢話」。「總之，我有種感覺，你們根本不知道自己要對付的是什麼，所以我盡快趕過來。」

「謝啦，」我說：「不過坦白說，我們很好……」

「還有另外兩位水精靈要面對，你們才不好咧。」她看著那位包裝成禮物的店員。「西爾碧，這一切眞是抱歉。兩位，你們打算怎麼辦？」

西爾碧流著口水表示同意。

安娜貝斯轉身看著我和格羅佛。「來吧。我們到外面講話。」

她帶我們沿著街道走，一邊走一邊脫下她的雨衣。「我的理解是，你們都不認得這些水精靈嗎？」

「在哪裡認識過？」格羅佛問。

「你當時沒有跟我們在一起，」安娜貝斯對他說：「你困在獨眼巨人的洞穴裡。」

格羅佛渾身發抖。「妖魔之海。」

「對啊。這些水精靈來自埃厄島。」

我揉揉痠痛的頸部。「像埃厄這樣的名稱，我以爲我會記得才對。」

安娜貝斯考慮了一會兒。「其實呢，你說得對。我們在那裡的時候，我不覺得有人叫過那個島的名字。那是賽西[56]之島的另一個名字。」

我的鼻孔裡充滿了雪松刨片的氣味，與香水一點關係也沒有。我突然回想起當時自己變成天竺鼠，與海盜變成的其他天竺鼠一起困在籠子裡。西西水療度假村並不是我最喜歡的度假地點[57]。

「噢，」我說：「那一整天的記憶實在有點模糊了。」

賽西女巫的島上有好多人。她的兩位隨從，蕾娜和海拉，我到很後來才認識。現在她們是我們的好朋友。可是西爾碧和菲洛墨拉？我完全不記得了。

「賽西有四位主要的女僕，」安娜貝斯說：「人稱『埃厄島精靈』。她們負責爲賽西調製魔藥。我猜是那時候海盜放火燒了西西水療……」

「水精靈就來到曼哈頓，」格羅佛幫她把話說完，「然後開了彼此競爭的香水店。在其中一位開了店以後。」

安娜貝斯點點頭。「你們剛剛遇到四姊妹中的兩位。」

「我們可能害一位爆掉，」我說：「還把另一位包裝成禮物。」

「而我們還要去找另外兩位，」格羅佛咕噥著說：「超棒的。」

---

[56] 賽西（Circe）是希臘神話中最著名的女巫，法力高強，會用魔法和藥草把人變成各種動物。奧德修斯航行到埃厄島（Aeaea）時，賽西曾經把他的同伴變成豬。

[57] 波西和安娜貝斯曾搭乘救生小艇到賽西女巫的島嶼，波西在「西西水療度假村」喝下草莓奶昔魔藥，變成一隻天竺鼠。參《波西傑克森：妖魔之海》。

「所以她們一看到你就會認得嗎？」我問安娜貝斯。「她們顯然認得我。」

我幾乎可以看到安娜貝斯腦中的齒輪轉動起來。

「我不知道，」她說：「我遇到她們的時候……那時賽西送我去梳妝打扮。不過如果她們認得你，就應該假設她們也會認得我。」

我記得安娜貝斯化妝打扮的模樣。那要回到七年級的時候，當時我們還沒有開始約會。賽西盡了全力，想要說服安娜貝斯加入她們超時尚女巫的行列，有一陣子我以爲安娜貝斯已經接受了。我記得她身穿優雅洋裝的模樣，搭配精心梳理的髮型和完美的妝容。當時我是一隻天竺鼠，不過我的天竺鼠小小下巴整個掉下來，撞到籠子的底部。

「好吧，」我說：「所以，我要來瘋狂亂猜一下，你想好要怎麼打敗最後兩位精靈了嗎？」

「正在想。」她承認說。

我和格羅佛互看一眼，鬆了一口氣。只要安娜貝斯加入聊天，我們做出蠢事的機率就下降了。提醒你喔，機率永遠不會是零，因爲我還是有參與。

「首先，」她說：「我們需要穿著適當的服裝。很高興萬聖節快到了。這條街上就有一間快閃服裝店。」

「我可以當蜘蛛人嗎？」我問。

「我可以當蜘蛛山羊嗎？」格羅佛問。「我們可以選多重宇宙當作主題……」

「蜘蛛免談。」安娜貝斯抖了一下。「我心裡想的是更厲害的東西。」

一小時後，我們抵達「永恆之香」，身上穿著新服裝，這根本沒有比蜘蛛人厲害。

嗯……也許安娜貝斯的服裝確實比較厲害。她打扮成羅馬的貴族婦女，穿著一襲飄逸的白色禮服，從一邊肩膀斜斜垂墜下來。金色的手鐲配件在她的手臂上閃閃發亮。她也盡可能挑了最華麗的金色項鍊。靠近看的話，你可以看出那是塑膠做的，但我們希望那些水精靈不會很靠近。

由一位服飾店員幫忙，安娜貝斯搞定髮型和化妝，就像在賽西的島上那樣。她看起來好美啊，但你不必把我的話當眞。服飾店員的眞實反應是「你看起來好美啊」。接著她轉身對我和格羅佛說：「好，這兩位是一大挑戰。」

我們裝扮成安娜貝斯的僕人／保鑣／忠誠的角鬥士？我其實不確定，但我們不是很能駕馭這身打扮就是了。

格羅佛穿戴角鬥士的護胸甲和皮革材質的蘇格蘭短裙之類的服裝，側邊佩戴一把巨大的塑膠劍。我則打扮成「網鬥士」的模樣，這類鬥士也會在羅馬競技場上陣，配備沉重的網子和三叉戟。我配備三叉戟是還滿正確的啦，但我最大的抱怨不是這個。我的「盔甲」基本上是超大件的裹腰布，搭配很厚的皮帶，穿著涼鞋，而且左手臂有個奇怪的盾牌袖套之類，讓我聯想到披薩烤盤。這表示基本上我會在十月底穿著內褲在曼哈頓走來走去。安娜貝斯又幫我加上一頂很大的頭盔，附有遮住臉的面板，於是沒有人會認出我，除非他們眞的湊近到我眼前來煩我。

我走出更衣室時，格羅佛皺起眉頭。「我以爲你有肌肉什麼的。」

「兄弟，」我說：「首先，『肌肉什麼的』聽起來像是一家破產的連鎖健身房名稱。其次，我是游泳選手，不是健美選手。」

「好吧……」他說，不過顯然對我的肌肉發達程度沒有很驚豔。

我們到達「永恆之香」時，我渾身發抖，兩條手臂起滿雞皮疙瘩。至少路上沒有人多看我們兩眼——他們無論如何都不會，畢竟你在紐約看過各式各樣的人，而在萬聖節，你又特別容易看到有人打扮成穿著塑膠尿布的角鬥士走來走去。唯一吸引到一些目光的人是安娜貝斯，而打量她的人算是運氣好，我沒有拿假的三叉戟去戳他們。

比起先前害我們飽受驚嚇的那兩家香水店，這家看起來好多了。黑色大理石的外觀有兩層樓高，列柱的樣子很像希臘神廟。白色的展示櫥窗十分明亮，讓裡面的大小瓶子看起來很像神聖的文物，即將飄入天界。我希望不會有人拿這些神聖的飄浮魔藥來噴我。我可不希望升天的時候穿著裹腰布。

安娜貝斯沒有對我們發表行前激勵演說。她只是邁開步伐，直接走進店裡，我們則跟在後面，整個場面像是她擁有這個地方、我們兩人，以及鄰近地區的所有一切。

「我要見店經理！」她朗聲說道。

我和格羅佛又互看一眼。我以前從來沒看過安娜貝斯扮演這種角色。爭取權益？打勾。傲慢自負？打勾。如果你想要表達「全部看我這邊，因爲我很可怕」，最好的方法就是要求見店經理。安娜貝斯的個性完全沒有這種部分，但她假裝得非常像。

這個地方有其他幾位顧客。他們全都停止閒逛，火速離開。碰到有「經理、顧客、角鬥士」的決鬥場面，沒有人想要遭到交叉火力的波及。

有一位身穿黑色套裝的店員匆匆向我們走來。「小姐，也許我可以幫忙……」

安娜貝斯對她瞥了一眼，凌厲的眼神足以切斷鈦金屬。

「我……我會去找經理，」店員結結巴巴地說：「立刻就去。」

她急忙衝向後面房間，留下我們三人。

商店內部有發亮白牆和深色桌子。沿著天花板有透明的管子。我想，也許他們用氣動式的金屬罐運送你的香水。後方的牆壁展示了雜七雜八的化學燒杯、醒酒器般的玻璃瓶、本生燈，以及沸騰冒泡的銅製水壺，每一種東西都是二十一世紀女巫要好好調製一杯公平貿易的有機魔藥所需要的器具。

「沒有歐洲貂。」我指出。

「有耐心點。」安娜貝斯說。她走到最近的展示櫃，拿起一個瓶子。她聞一聞，然後把它放回去。

她又查看好幾個檯面，接著將注意力集中於一個上鎖的玻璃展示櫃。裡面有三個盒子，黑色和金色，上面有標籤寫著：「蓋兒，永恆之香製」。

「啊哈！」安娜貝斯說。

「把我們的歐洲貂弄到裡面去？」格羅佛叫道：「我們死定了！」

「保持冷靜。」安娜貝斯說起來容易。她看起來很有威嚴。而我們呢？我們配備了塑膠武器喔。

然後經理出現了。這兩位女性，顯然是雙胞胎，從後面房間大步走來，看起來準備要對質一番。她們的黑髮與另外兩位姊妹的色調一樣，不過剪成短髮，並抓成豎立的尖刺狀。她們穿著一致的黑色套裝。唯一的差別是左邊那位戴著銀色耳環，右邊那位則是金色。

「菲德拉和戴德拉。」安娜貝斯說。

這番話讓她們走到一半停下來。她們仔細端詳著安娜貝斯。

「我認識你。」右邊的女士說。

「是的，」安娜貝斯說：「而你們兩人都有很嚴重的大麻煩。」

23 找到邪惡香水的大本營

雙胞胎也有話要說。

她們甚至還來不及問「你的角鬥士男孩為何這樣瘦巴巴的？」，安娜貝斯就先發制人。

「你們真的知道我是誰嗎？」安娜貝斯問。

哇喔，她開始循環播放《爭取權益精選輯》的第一輯了。

「你……你是那個女孩。」菲德拉說，這名字是我從她的名牌「菲德拉」推敲出來的，很聰明吧。

「你把賽西的島毀掉了！」同樣配戴名牌的戴德拉大叫。

安娜貝斯笑起來。「太好了，你們兩人自己說出來了。我沒有毀掉那個島。毀掉那個島的人是跟我一起去的笨男生，因為他把那些海盜放出去！而且你們有出手阻止嗎？你們兩個人有嗎？沒有！」

「竟然敢……」菲德拉氣急敗壞地說：「你根本沒有……」

「你是要說我沒有獲得賽西本人欽點，去做特別的訓練嗎？」安娜貝斯追問。「有，我有！而我跑去做一些大事、達成一些巨大的英勇事蹟時，你們兩個躲在諾利塔區賣一些便宜的魔藥！」

「我們不是躲起來。」菲德拉堅持說。

「這些東西不便宜！」戴德拉補上一句。

她們背後的店員清清喉嚨。「呃，兩位老闆？」

「請你的手下離開，」安娜貝斯說：「我要告訴你的事，她不要聽到比較好。」

雙胞胎很不情願，但戴德拉彈彈手指。「瑪德琳，離開我們這裡。」

瑪德琳逃走了。就我所知，她沿路跑去找綠髮男孩，與他一起午休。

「好，」安娜貝斯說：「也許你們拋棄了賽西！」

「拋棄？」戴德拉大叫。

「……不過我已經跑去找到更好的導師！」

「才沒有更好的導師！」菲德拉大喊。

安娜貝斯舉起她手中格拉梅西公園的房屋鑰匙，附有交叉火炬的鑰匙圈。「你們知道這些鑰匙嗎？你們知道我爲誰效命嗎？」

菲德拉倒抽一口氣。「你……女神……？」

「對，」安娜貝斯說：「我效命於女神黑卡蒂本尊！」

嚴格來說，這樣說是對的，不過安娜貝斯的說法聽起來重要太多了，感覺不只是一個星期的寵物保母而已。

「那是不可能的。」戴德拉聽起來很傷心。「她在一個世紀前就關閉她的學校。她……我們去詢問的時候，她轉身背對我們！」

雙胞胎看起來好沮喪，我眞的爲她們感到難過。我想像這四姊妹出現在公館，任憑那些門環對她們大呼小叫。「不行，你們不能進去！可以，你們可以！美洲山鷸啦！」然後也許黑卡蒂斥責她們，叫她們滾開。我想到那張撕毀的一九一三年學校傳單，還有好多損壞的眼鏡……「原本可以如此」。無論一個世紀前發生了什麼事，讓黑卡蒂決定關閉學校，她都還掙扎於那樣的問題。我只希望能夠了解那件事與「SEJ」有什麼關係。

「女神對她學生的眼光非常高，」安娜貝斯態度傲慢地說：「他們必須要，嗯……聰明。舉例來說，如果你們打算要偷女神心愛的歐洲貂，至少應該要有更多的了解，而不只是把你們的新產品命名爲『蓋兒』。」

我聽過「扯某人後腿」的說法，但從來沒有眞正看過。菲德拉和戴德拉把全身的重量都放在自己的後腳跟，盡可能離安娜貝斯愈遠愈好，活像是她可能會噴火。我光用一支塑膠三叉戟就可以把她們打倒。

「我……我向你保證，」菲德拉結結巴巴說：「我們沒有偷蓋兒！她可以算是自己跑到這裡來的！」

「而她目前在這裡，」安娜貝斯猜測說：「你們的姊妹菲洛墨拉和西爾碧已經見識過女神的不悅。假如我發現蓋兒有什麼三長兩短，我會很樂意讓你們瞧瞧……」

「不需要！」戴德拉大喊：「蓋兒非常好。我們……我們可以送她回家，也許下星期？」

「或者下下個星期？」菲德拉說：「我們眞的有一張大訂單要來了。」

「你們現在馬上給我看那隻歐洲貂。」安娜貝斯命令道。

雙胞胎互看一眼。安娜貝斯肯定把她們推到「要打還是要逃」的處境，我猜她們正在權衡兩種情況的機會。

「當然，」戴德拉說：「就在這邊。」

雙胞胎匆匆走向後面的房間，示意我們跟上。

安娜貝斯對我和格羅佛投以警告的眼神。「準備好。」她輕聲說。

她沒有說「準備好」是要做什麼，但我們跟著兩位精靈進入她們的工作室。

我不知道神話世界的壞人怎麼可以在曼哈頓負擔得起這麼大的面積。就像是，他們似乎永遠都有這些大規模、多層樓的大本營，有很多空間可以設置酷刑室，還有豪華的密室可以悠閒休息，謀劃他們的邪惡行動之類的事。他們的房東會收德拉克馬金幣嗎？另一方面，爲了取得帝國大廈上方的空中使用權，奧林帕斯山的眾神一定支付了天價，所以看來我不該質疑這種事。

菲德拉和戴德拉帶我們從一道旋轉的鐵梯往下走，進入的房間大到足以設置一整個實驗室；這想法很棒，因爲她們就是這樣做。許多銅製水壺噴出二十種不同顏色的蒸氣。裝有儀表的管道沿著牆壁跑，並有大型的紅色手動轉輪能夠控制壓力。在房間的正中央，有個天神可以作證的大鍋子，裡面的金色液體沸騰冒泡，可能不是雞湯。工作台上堆了許多小瓶子，裡面裝了藥草、香料，還有動植物乾燥脫水的一些部分。見識過黑卡蒂那間大小適中的廚房後，看到這個地方應該會覺得印象深刻。這裡比較大，也比較複雜。但是坦白說，我有種感覺，這些精靈的嘗試有點太用力了。黑卡蒂的廚房似乎很實用。這個地方則好像述說著：「瞧瞧我們是不是超級天才！我們很快就會搞清楚自己在做什麼！」

而在房間裡匆忙奔走、拴著一條長長的黃金鏈條連接到天花板一組滑輪系統上的，正是我們的老朋友蓋兒。

歐洲貂看來並沒有很享受她的假期。她繞著實驗室瘋狂跑動，後面跟著一群看起來像是憤怒的金屬蜜蜂。蓋兒會在一箱小瓶子裡翻找，將她的腳掌放在其中一個瓶子上面，於是蜜蜂聚集過去，把瓶子抬起，帶到大鍋子那邊，把它倒進去。接著蓋兒會驚慌奔跑，找到她要的下一種成分。如果蓋兒停下來思考，或只是喘口氣，蜜蜂會圍繞著她，猛叮她的屁股。蓋兒對它們又吠叫又放屁，但蜜蜂似乎並不在意。它們有可能是用神界青銅打造的機械裝置，對於像致命臭屁這樣不痛不癢的事情根本不在乎。

「蓋兒！」格羅佛大叫，渾然忘了我們的角色是要在塑膠盔甲裡面保持沉默和令人膽怯。

歐洲貂看著他，吱吱叫著一連串很尖銳的吠叫聲，我實在無法寫下來……一部分是因爲我拼不出那些聲音，另外的原因則是不太適合玻璃心的聽眾。

蜜蜂猛叮蓋兒，迫使她一直跑動，中斷她的連番抱怨。

格羅佛轉身對精靈說：「那隻歐洲貂並不是自願來這裡的。」

菲德拉顯得很震驚。「什麼？沒有喔！我們完全沒有聽到她抱怨。」

「她很愛這裡。」戴德拉附和說。

「唧唧唧！」蓋兒大喊，遭到那群蜜蜂追逐而越過一張桌子。

「她並不愛這裡。」格羅佛說。

戴德拉和菲德拉非常生氣，假裝震驚，提出各式各樣的藉口，說蓋兒在表達她對工作場所的憂慮方面欠缺透明度。

在此同時，如果要我自己說的話，我一直善盡職責，把嘴巴閉得超緊。我匆匆觀察整個房間，思考著所有我能夠使用並派上用場的水資源，萬一情況變成一場大災難的話⋯⋯情況幾乎永遠都會變成一場大災難。我可以讓管線和水壺爆炸開來，也可以讓整個地下室淹大水。問題在於，實驗室裡有很多液體都是某種形式的魔藥，由於不知道那些魔法化學物質是什麼，我不確定自己會想要把那些東西丟來丟去。只不過喝了一小口草莓奶昔，就讓我們陷入所有這些麻煩的源頭。

最後，安娜貝斯以傲慢跋扈的揮手動作打斷雙胞胎說話。「你們沒有得到這隻歐洲貂的同意，就把她扣留在這裡。你們爲了自己的利益，利用她製作魔藥。黑卡蒂不會樂見這種事。立刻釋放蓋兒，由我們來監護，那麼我就不會舉報你們。否則，你們將要面對三相女神憤怒的天譴！」

我覺得這句話聽起來很厲害。要是我就會立刻說：「這裡，歐洲貂拿去！」

然而，雙胞胎變得異常冷靜。也許是因為安娜貝斯說的某件事，或者格羅佛的語氣，或者我緊張到兩隻腳動來動去的關係。這讓我想起自己與鯊魚一起游泳的時候，通常很好玩，只要你是波塞頓之子；而突然之間，牠們在水中聞到鮮血的氣息。牠們捕捉到氣味時，會出現一奈秒的微微一震。接著牠們切換成殺戮機器，啓動嗜殺一切的模式。

雙胞胎互看一眼，默默達成共識，然後轉身面對安娜貝斯。

「我們可能不是太『聰明』，」戴德拉說：「但我們知道，黑卡蒂絕對不會想要有這樣的門徒，把她的歐洲貂弄丟了，卻沒有向她報告。」

「你們不該那樣提議，」菲德拉表示同意，「那讓你看起來像是情急之餘的孤注一擲。」

「你們弄丟了女神的歐洲貂，對吧？」戴德拉說。

「這就是你們來這裡的原因，」菲德拉補充說：「你們的麻煩比我們更大。」

「你們好大的膽子？」安娜貝斯說，不過聽起來好像是個眞正的問句。

菲德拉冷笑一聲。「你表演得很精彩。我差點就相信你了。不過現在我想起來了，你在埃厄島上是多麼優秀的演員……假裝站在我們這邊，然後轉身就把那些天竺鼠放出去，摧毀我們的世界。」

安娜貝斯努力想要擺脫窘境。她握緊雙拳，向前走一步，定睛看著菲德拉。「你們有最後一個選擇。做出正確的抉擇，否則後果難以設想。」

就連歐洲貂和蜜蜂都停止移動了。牠們似乎都看著我們，等著看誰會從僵局中獲勝。假如蜜蜂有超迷你的爆米花桶，我敢打賭它們已經吃起來了。

「你那時候救的男孩，」戴德拉說：「叫波西．傑克森的那一個。我猜想，你讓他做了僞裝，把他帶來這裡了吧！」

她走向格羅佛，用力拉扯左邊的山羊角。

「哎喲喲喲！」格羅佛說。

戴德拉皺起眉頭。她轉身走來，打掉我的塑膠頭盔。「啊哈！」她大叫，

「不公平，」我說：「你沒有搜索票，不能看我的頭盔底下。這些全都會作爲呈堂證供。」

戴德拉咆哮著說：「噢，波西．傑克森，你就要在這裡受審了。女神憤怒的天譴不會降臨在我們身上。沒有把她的寵物看顧好的人是你。我們會成爲黑卡蒂復仇之舉的僕人。」

「說得沒錯。」菲德拉從她的套裝口袋拿出一個綠色液體的小瓶子。「我們會殺了你們，把你們的屍體交還給黑卡蒂，說明你們有多麼辜負她。我們也會把蓋兒交還回去，女神將會大大獎賞我們！」

「等到蓋兒把她所有的祕密配方全都教給我們之後。」戴德拉補上一句。

「對，在那之後，當然，」她的姊妹附和說：「半神半人，準備赴死吧！」

「還有羊男。」安娜貝斯說。

「隨便啦！」菲德拉把那個瓶子朝扔向安娜貝斯的雙腳。

24 一場井然有序的精彩大混戰

對我的女朋友大喊「隨便啦！」，還對她扔出魔藥，正是惹我生氣的兩種好方法。而我一生氣起來，液體就大爆炸。

（在我腦中聽起來更是驚人。）

安娜貝斯還來不及反應，我就把塑膠三叉戟扔到一旁，用意志力讓綠色液體立刻拋回給菲德拉，從頭到腳灑在她身上。

菲德拉放聲尖叫。她倒在地上，開始發抖。

「菲德拉！」她的姊妹大叫。「你讓她麻痺了！」

安娜貝斯顯得很震驚。我猜想，她沒料到我在戰鬥中可以這麼容易就改變物理定律。我拔出自己的劍，朝向戴德拉挺進。

「格羅佛！」我朝背後叫他：「把歐洲貂救出來！」

戴德拉氣呼呼地從最近的桌上抓起一個小瓶子。

「連想都別想！」我怒吼著。

問題是，如果要阻止她，就得把她砍成塵埃。我或許有正當的理由，但還是不喜歡這樣做。我會承認，揮劍的對象若是彌諾陶[58]，或是身高兩百公分鬼叫嗜血的熊魔，都比在紐約下城的精品店刺向一位服裝得宜的精靈要容易得多。

我的猶豫讓戴德拉有時間打開瓶塞。我準備要把內容物轟回她身上，但她耍了我，反倒把瓶子裡的東西一飲而盡。她渾身發抖，身體腫脹變形，直到站在我面前的是……你猜到了，一隻身高兩百公分鬼叫嗜血的熊魔。我真的不需要再證明自己有最悲慘的人生了。

同一時間，安娜貝斯抓起某種塑膠管子，開始把菲德拉的兩隻手腕綁在一起。格羅佛追逐蓋兒，那些憤怒的機器蜜蜂依然追著她到處跑。

這間實驗室好熱鬧啊。

戴德拉朝我撲來，但她在新的身形裡還不太靈活。我連忙跳開。

「我不想殺你啊！」我警告說。

戴德拉熊大聲怒吼。她把沸騰冒泡的大鍋子翻倒在地，迫使我倉促後退。我提防著她發動攻擊，但她是狡猾的泰迪熊。她轉而撲向安娜貝斯。

我的心像摺刀一樣夾緊。「小心！」

安娜貝斯及時轉身，看到三噸重的戴德拉維尼熊朝她衝去。她跳向旁邊，但戴德拉奮力做出反手攻擊，把安娜貝斯推去撞牆。

「不！」我衝向她們，踩過冒煙的大鍋湯水濺起水花。那隻熊還來不及用爪子攻擊安娜貝斯，我已經衝過去，用波濤劍揮砍，乾淨俐落砍斷戴德拉的右掌。

斷掌飛出去。戴德拉痛苦嚎叫。從傷口流淌而出的不是血，而是黃綠色的樹汁。好噁，是的。暴力，是的。但由於安娜貝斯身陷險境，我對於在精靈的精品店裡攻擊她們的疑慮立刻煙消雲散。

戴德拉跌撞退開，逐漸縮小且褪去毛皮，變回平常的身形。我跑向安娜貝斯，她已經站起來了。

「我很好！」她聽起來比較是惱怒而非受傷。「去幫格羅佛！」

「對，拜託！」格羅佛喊道。

他奮力抓住蓋兒，把她夾在一隻手臂底下，這就表示蜜蜂群現在是追著他跑。它們從所有最糟糕的地方叮格羅佛，他嘗試用排笛把它們揮走，但是不成功。我想，他的大自然音樂對機器蜜蜂無法發揮作用吧，這似乎是一種設計上的缺陷。如果我們在這裡存活下來，我得寫一封措辭激昂的信給赫菲斯托斯。

我一個箭步衝向格羅佛，跑到一半，後腿凍結在原地，害我的脖子差點扭傷。我左腳的鞋子曾經踩過湯水濺起水花，現在牢牢黏在地板上，周圍有一層橘色泡沫冒出來，不斷鼓起，擴散到整片石磚地板上。

從樂觀的一面想：穿著塑膠的角鬥士服裝時，搭配鞋襪真是一場時尚災難，但至少我還

58 彌諾陶（Minotaur），希臘神話中牛頭人身的怪物。參《波西傑克森：神火之賊》。

留著襪子和鞋子。否則呢，我會赤腳跑過那層熱氣蒸騰的黏液。從悲觀的一面想：一路跑過那層熱氣蒸騰的黏液，根本就樂觀不起來啊。

橘色泡沫逐漸往上威脅到我的腳踝。

我知道你們在想什麼：「乾脆把腳從鞋子裡面拔出來啊。」很棒的想法，只不過黏液膨脹的同時，也像水泥一樣變硬，害我的腳卡在鞋子裡。現在泡沫已經到達我的襪子布料處了。

「波西，就把鞋子脫掉啊！」安娜貝斯大喊，她目前正在房間裡追逐只剩一隻手的半熊戴德拉，嘗試用一個銅鍋敲打戴德拉的腦袋。

「我知道！」我吼回去。

她以為我是蠢蛋嗎？難道我曾經讓她有理由認為——你知道怎樣嗎？忘了我有問過這個問題吧。

「救命！」格羅佛說。

青銅蜜蜂把他的嘴唇和眼睛叮得好腫，幾乎張不開。蓋兒呢，依然繫著那條黃金鏈條，她已經從格羅佛的胳肢窩跳出來，匆匆跑開。她現在完全不合作，躲在一條通風管道裡，隔著一段安全的距離，旁觀眼前的混亂局面。以她的角度來說，這可能是兩天來第一次沒有遭到蜜蜂追逐，也沒有某一間邪惡的香水店把她轉手給另一間。

我猛力拉扯，對抗著黏液水泥。嘗試到第三次，終於把腳從襪子裡拔出來，伴隨著很大的「啵」一聲，以及腳踝的一陣劇烈痛楚。至少我脫困了。如果你持續記錄，這表示我的萬聖節裝扮現在減少到剩下一塊裹腰布、一個套在手臂上的盾牌、一隻襪子和一隻鞋。如果我不能用自己的劍殺死這些精靈，也許可以用我的外表把她們嚇死。

我一瘸一拐走向格羅佛（對，我的腳踝肯定很慘），開始對著蜜蜂大吼大叫、猛力揮打。同一時間，安娜貝斯追上戴德拉，用那個鍋子猛敲她的頭。戴德拉暈頭轉向跌倒在地，臉上的熊毛也一撮撮脫落。假如她能找到一種魔藥，讓卡通般的小鳥繞著她的頭一直飛，她有可能會喝下去喔。

可惜的是，安娜貝斯剛才綑綁菲德拉的時候分心了，現在她開始扭動。

「你後面！」我大喊。

我應該要多做點什麼，但是蜜蜂把我團團圍住。

專業建議：如果你打算要惹毛青銅蜜蜂，最好不要選在只穿內衣的時候。我奮力揮動波濤劍，每擊退一隻蜜蜂，身上就多了六個腫包。每個腫包感覺都像是拿鎚子把一根火燙的釘子刺入我的皮膚。

至少我幫格羅佛爭取到時間思考對策。他抓起伸手可得的本生燈，把一個卷軸捲起來，點燃一支自製的火炬。

從房間的另一端，剛脫離痲痺的菲德拉尖聲叫道：「住手！那些配方是無價之寶！」

安娜貝斯用匕首的刀柄痛擊她的嘴巴——那幅景象同樣也是無價之寶。

格羅佛揮舞他的火炬，用燃燒的煙霧逼退那些蜜蜂。我繼續揮劍，直到最後一隻叮人屁股的青銅怪客飛去撞牆，發出令人滿足的「嘎吱」一聲。

我轉身看著格羅佛，他正在喘氣，全身都是叮咬的痕跡。

「你還好嗎？」我問。

他還來不及回答，房間的另一頭就傳來一陣得意洋洋的呼喊。「哈哈！」

安娜貝斯已經和菲德拉扭打成一團，菲德拉儘管嘴巴遭到痛擊，卻依然表現得相當暴躁好鬥。呼喊聲則是來自戴德拉，她現在又完全變回水精靈，少了一隻手，而且只有些微腦震盪，我猜啦。她投身於戰鬥，跳到安娜貝斯的背上。

安娜貝斯搖搖晃晃。

我們瘸著腿過去幫忙，但是菲德拉的動作更快。她從口袋拿出另一種魔藥，裝在珍珠母貝燒瓶裡，看起來昂貴到足以致命。

安娜貝斯拚命想甩掉戴德拉。

菲德拉喝下手中的魔藥，放聲大喊：「獸息！」

我還真不知道，壞人在現實生活中真的會喊出他們特殊大招的名稱。也許這對雙胞胎玩太多「真人快打」電玩遊戲了。我和格羅佛衝到安娜貝斯旁邊，剛好就在菲德拉張開嘴巴的時候，只見她對著我們噴出一團白色的煙氣。

25 獸息的沮喪沒有解藥

至少安娜貝斯沒有承受到整個轟擊。為了涵蓋最大的範圍，菲德拉對我們噴吐獸息的方式，就是你拿劍揮砍的方式——採取對角線，從頂部噴到底部。安娜貝斯的臉部籠罩其中。我是橫跨胸部。格羅佛則是腰部以下遭到熏蒸。

剛開始好像什麼狀況都沒發生。我覺得鬆了一口氣，還用劍柄猛敲菲德拉的鼻子。她的眼睛翻到後腦勺去，倒在地上。安娜貝斯用手肘擊中戴德拉的臉，也把她打倒在地。我希望這個地區有優秀的整形醫師，因為在這場打鬥之後，雙胞胎會需要一致的整鼻手術。

攻擊我們的兩位都倒地了。蜜蜂也遭到擊潰。我們只摧毀半個實驗室，蓋兒也還活著，她從棲身的通氣管道謹慎地看著我們。

我鬆了一口氣。「場面呢……其實有可能更糟。」

我眞不該這樣說的。

安娜貝斯的回答是：「呼呼呼呼呼！」

如果有穿褲子的話，我會從褲子裡跳出來。一秒鐘之前原本是我女朋友的臉那個地方，突然出現兩個巨大的黑眼睛，從彎鉤狀的金色鳥嘴上方直直瞪著。她的頭已經變成長滿白色羽毛的心型大臉，周圍有斑斑點點的褐色羽毛。從頸部以上，我的「聰明女孩」是一隻倉鴞。

「什麼?!」我大叫。

安娜貝斯這顆新的頭轉向側邊。「Who[59]?」

兩者眞的都是很好的問題。

格羅佛哭起來。「波西……噢我的天神啊！」

「這……這沒什麼啦，」我結結巴巴說：「我們會搞清楚是怎麼回事。」

「不是，你看你自己！」格羅佛懇求道。

我低頭往下看。我依然光著上半身。依然穿著內褲。我舉起雙手——只不過那再也不是手了。原本是兩條手臂的地方，變成八條很粗的紫色觸手，上面有一排排的粉紅色吸盤。有一條觸手捲住波濤劍。我實在太震驚了，結果觸手鬆開，任憑那把劍掉到地上。

「噢……」

我好想吐。沒有要對章魚不敬的意思，我曾經與章魚有過幾次很棒的對話，但我不想要有牠們的觸手啊。我的全新附肢感覺又溼又黏。強有力的肌肉在皮膚底下陣陣起伏。吸盤緊閉又打開，嗅聞空氣，尋找可以抓握的東西。「這好糟。」

「不只是那樣而已。」格羅佛啜泣說著。

要跳脫我自己的悲慘區實在很難，但我強迫自己看看格羅佛。

他低頭瞪著自己的雙腿，淚眼汪汪。原本是兩條毛茸茸山羊後腿的地方，現在是光禿的皮膚、前彎式的膝蓋，而取代羊蹄的是……人類的腳。有五根腳趾的腳，和我的腳沒兩樣。

「人類，」他抽抽噎噎地說：「這是最遜的野獸！」

我壓抑內心的一點憤怒，因爲在我們三人之中，我覺得他的交換是最不糟糕的啊。蜜蜂螫傷也包括在內。然而，我並非羊男就是了。

「這……對啦，」我說：「老兄，眞是抱歉。不過一定有治療的方法吧。」

「並沒有！」菲德拉在地上嗚咽說道。

這些水精靈眞是不屈不撓。菲德拉斷掉的鼻子漏出汁液，受傷的嘴巴周圍也有白色的野獸汁液硬化成塊狀，但她已經嘗試要爬起來。

「你怎麼還有意識啊？」我質問道。

「你這個笨蛋！」她大叫：「獸息是沒有解藥的。你們會永遠都像那樣！」

安娜貝斯的頭轉動一百八十度，對著精靈尖叫：「凹嗚！」

聽起來比較像陳述句而非問句。我猜安娜貝斯正用貓頭鷹語大罵一聲。也說不定她只是對敵人掠食者的聲響做出反應。魔藥也改變她的頭腦內部嗎？她現在有猛禽的頭腦嗎？

我知道貓頭鷹應該是雅典娜的神聖動物，聰明且知識淵博之類的，但我無法接受女朋友的餘生都得要頂著一顆鳥頭。我的意思是……對啦，我算是夜貓子。我們可以嘗試彼此配

59 安娜貝斯叫出倉鴞的叫聲「Who」（呼），與英文的「誰」同音。

合。不過假如她開始把整隻嚙齒類吞下去，然後咳出貓頭鷹的食繭……不行！一定有什麼解決方法吧。

整個房間感覺好像在震動。我努力讓內心的顫抖冷靜下來。

「格羅佛，」我說：「你這次可以把這些精靈好好綁緊嗎？」

他盯著自己的雙腿，一臉悲慘的樣子。

「我覺得整個亂掉了，」他咕噥著說：「我的美麗毛皮……我的蹠關節和懸蹄……」

「格羅佛！」我拚命揮動自己的觸手。我不是有意要這樣，但它們回應我內心的激動，搖來擺去而且捲成環圈。我很幸運了，沒有從胳肢窩噴射出墨汁。「格羅佛，我懂，仁兄，但是拜託一下。」

「不要叫我『人兄』！」他嗚咽著說。

我內心的顫抖愈來愈嚴重，而且開始向下移動到雙腿。我真希望自己第一個承受獸息的威力。我可能會變成一顆鯖魚頭之類的，但至少安娜貝斯還能說話，告訴我們該怎麼辦。她一定會想出辦法。

至於我……我有一百個新吸盤，還有一種奇怪的欲望，想要獵捕龍蝦。

「格羅佛，把雙胞胎綁起來，好嗎？」我懇求道：「我得要想……」

「好啦，好啦。」格羅佛拖著腳步，彎彎扭扭走向戴德拉。「你用這種腿到底是怎麼走路的啊？這麼軟趴趴！哎喲。哎喲。哎喲。」

在此同時，安娜貝斯，她呢，謝天謝地，依然有人類的雙臂，開始用塑膠軟管把菲德拉的兩隻手腕綁在一起。我希望那表示她還保有自己的想法。

格羅佛抓起某種膠帶。戴德拉這時發出呻吟聲且意識不清，格羅佛跪在她旁邊，接著顯然發現很難把她的手腕綁在一起，畢竟她只有一隻手。他走去找砍斷的熊掌，捏著一根爪子把它撿起來，拿回去找戴德拉。他用膠帶把熊掌接回她的手腕，雖然其實熊掌比她的手大了好幾號。

「如果快一點的話，優秀的外科醫師應該能把這個接回去。」格羅佛說。

「那是熊掌！」戴德拉抱怨說：「我是精靈耶！」

「呃，好啦，好啦。」格羅佛說著，拍拍她的肩膀，這似乎無法安慰她。

「這個實驗室一定有什麼東西，」我說：「所有這些魔藥……」

「並沒有，」菲德拉說：「你註定要維持你的模樣！就算眞的可以調配出解藥，你也沒有時間了。」

「呼？」安娜貝斯問。

「瞧！」菲德拉抬起下巴指了指。

那灘冒著泡泡的大鍋湯繼續擴散。現在直徑將近有兩公尺，以黏糊糊的觸鬚在石磚之間曲折延伸，讓地板破裂開來。有毒的蒸氣從裂縫往上飄起。我感受到的顫抖並不是只有我而已。整個房間都在震動。

「我們或許註定要毀滅，」菲德拉呵呵笑說：「但如果你們留在這裡也是一樣！這整棟房子很快就會垮掉，變成一個無底洞！」

聽起來絕對很不妙。

安娜貝斯會怎麼做呢？我是說，如果她不是倉鴞的話……

我抬頭瞥了蓋兒一眼，她依然從通氣管道以好奇的眼光看著我們。我回想起自己與赫卡柏透過影子旅行去迪斯可舞廳的經驗，以及我們最後在特洛伊的廢墟建立連結的方式……

「格羅佛，安娜貝斯，」我說：「帶著雙胞胎離開這裡。到安全的地方去。」

「以這副模樣？」格羅佛追問道。

「凹嗚！」貓頭鷹貝斯尖叫著說。

「我有個點子。」我打包票說。

我迎上安娜貝斯又大又黑的鳥眼。我不需要是解讀貓頭鷹臉部表情的專家，就知道她抱持懷疑態度。我想出來的點子，就像別人出疹子一樣……通常會覺得很尷尬，不想要與別人分享。

「相信我，」我說著，揮動我那些新的紫色觸手，「我要去找歐洲貂聊一聊。」

26 好吧，也許有某種你不喜歡的解藥

事實上，我無法與歐洲貂交談。

按照邏輯，我會把這項工作交給格羅佛。但格羅佛根本沒心情。他對於有腳趾甲這件事實在太沮喪了。

他和安娜貝斯把兩位精靈拖去樓上時，我走向蓋兒，讓自己盡可能顯得人畜無害。這並不容易，畢竟我腳底下的地板正在裂開。我的觸手也沒有幫助。它們揮來揮去，活像是各有自己的心思……仔細一想，章魚的觸手還眞是如此。我頭腦中注意力不足與過動的部分不免想到，是不是可以把回家作業外包給這些新的觸手大腦。不行……壞波西，專心想著歐洲貂啦。

「嗨，蓋兒。」我盡量讓語氣聽起來很隨意，就像在一間咖啡店遇到彼此。「你躲在上面那裡，我不怪你。過去兩天經歷了很多事，嗯？」

蓋兒盯著我，可能心想：「老兄，你是半章魚半人耶。對啦，這樣眞的很多事。」

「我想要……」我連忙阻止自己，免得說出「帶你回家」。我回想之前與赫卡柏是怎麼對話的。「我想要讓你從那個鏈條解放出來。然後你可以自己決定接下來要怎麼辦。」

房間搖撼。橘色泡沫正在滲進混凝土基礎，將裂縫撐大到足以吞進一隻鼬科動物。有更多的黏液捲鬚爬上牆壁，侵蝕掉磚塊和灰泥。天花板有一塊灰泥掉落到我腳邊，足足有一個餐盤那麼大。

蓋兒嘶聲威嚇，躲回通氣管道，但只能到達那裡，再來她的黃金鏈條就拉到極限了。若非如此，我有種感覺，她可能早就逃走了。

「蓋兒，我們沒有太多時間……」我以一種冷靜又理性的方式揮動觸手。「我需要你幫忙。我知道菲德拉說那種獸息什麼的絕對治不好，但我敢說你知道有解藥。」

歐洲貂把鼻子探出管道外，意思像是說：「誰，我嗎？」

「你並沒有欠我什麼，」我坦白說：「不過呢，我今天看到你可以做魔藥，覺得你眞的太厲害了。」

她讓身上的毛皮蓬鬆起來，接著氣呼呼放屁。

「我知道，」我說：「黑卡蒂對你不夠信任。就像是，她忘了你以前是什麼樣的人，而不只是一隻可愛的毛茸茸寵物。」

「汪汪！（完全對。）」

哇喔……我要不是開始能聽懂歐洲貂的意思，就是受到空氣中六千種魔法化學物質的影響而產生幻覺。

「我以前不懂得欣賞你，」我說：「你有很多技能。那就是黑卡蒂把你變成一隻歐洲貂的眞正原因，對吧？完全不是什麼……脹氣問題。她是嫉妒你變得太強大。」

「汪汪！（顯然是。）」

（在歐洲貂口中，「完全對」和「顯然是」聽起來幾乎一樣，啊對啦，我肯定是開始產生幻覺了。）

「現在我有了這些，」我揮舞自己那一排排粉紅吸盤，「我開始了解這樣一定很慘。你甚至更慘。黑卡蒂要確定你沒有發言能力，沒有拇指與其他指頭相對，沒辦法自己調配魔藥。」

牆壁有一條巨大的裂縫曲曲折折向上延伸，就在蓋兒躲避處的旁邊。那種橘色黏液是強有力的物質。我不禁心想，我的襪子和鞋子是否讓黏液變得更強大，可能含有剛剛好的滋養物質能促進黏液怪物成長。

「我們一起來製作解藥，」我說：「可能也對你有效，如果你確實想要再變回人類的話。如果不想，沒有批評的意思喔，請告訴我該怎麼做。不過我們得趕快調配解藥，趁這個地方在我們耳邊整個倒塌之前。」

蓋兒吱吱喳喳叫著，接著咬她的枷鎖，顯得很挫折。

「當然我會讓你掙脫束縛，」我說：「然後你可以自己決定。你應當好好展現自己的技能，但不是像這樣……把你鏈住，被迫幫一群貪婪的香水精靈生產東西。我們來調配那種解藥，於是可以幫助我們所有人。等我們回到黑卡蒂的……」

蓋兒嘶嘶叫著。「那個巫婆！」

「如果你決定回去，」我更正自己的說法：「我會確保黑卡蒂了解你的價值。我們可以讓你擁有自己的實驗室，有一些助理具有大拇指和其他手指相對，你想要做出什麼都可以！」

蓋兒歪著頭。「我為什麼應該要相信你？」

「我不會拋下你，自己離開這裡，」我說：「所以……」

我對著逐漸崩壞的實驗室揮動一隻觸手。牆壁上出現了更多裂痕。地板看起來很像一層破碎、黏糊的玻璃。再過不久，就會有成千上萬噸的碎石和花稍的古龍水把我們掩埋住。

蓋兒跳向最靠近的桌面。她抬起自己的鏈條。

「太好了，」我說：「保持不動喔……」

我試了好幾次要拿起自己的劍。即使我的頭骨裡有一個人類大腦，八條觸手也各有一個迷你章魚大腦，但要學習控制這些觸手仍然不容易。最後，我終於穩穩握住劍柄，再用另一條觸手扶著蓋兒的背部，而且……

搖晃。頭暈目眩。疼痛。

觸手是感覺器官。我知道這件事，但這與人類的感覺完全不一樣。我可以「聞到」蓋兒的過往故事。我可以「嘗到」她的情緒。一道電流通過我們之間，讓我聽到她體內的每一條肌肉、流過她大腦的每一種化學物質，以及她的神經細胞所描繪的每一段記憶。

我見到一位年輕女子，身穿破爛的褐色長袍。她的一邊肩膀扛著皮革背包，裡面裝了藥用植物、小瓶、藥膏和一些卷軸。那是她畢生的工作成果——是歌羅西⑥⓪人把她逐出城市時，她搶救出來的所有物品。她奮力爬上一條陡峭的山路，不時停下來摀著肚子，痛得哭出來。眼淚流下她的臉頰，哭花了眼睛周圍的化妝墨，於是臉上好像戴了一張黑色面具。

她覺得腸胃裡面好像滿是碎玻璃。這種情況到了阿帕米亞[61]後變得更糟，當時黑卡蒂出現在她的夢中，警告她要停下來。但蓋兒不曾停下，她已經很接近了。

然後是歌羅西。她曾用自製的藥劑讓一位女孩死而復生！而這個城市如何報答她呢？用的是恐懼、仇恨、火炬、暴力。他們又踢又踹，對她吐口水。她能做的就只有發出噓聲威嚇，倉皇躲入陰影裡，匆忙逃生。

現在她已經精疲力盡。她曾有那麼多計畫。她明知道自己多有才能。她可以成為女神，發明一種永生不死的魔藥，甚至比戴歐尼修斯釀酒的天賦更優秀。爲何不呢？她爲何不該獲得天神的獎賞？

蓋兒在一座峭壁頂端停下腳步，步道在那裡形成岔路，分別向左和向右。在那個悲慘荒涼的交叉路口，有一名身穿黑色飄逸長袍的高大女子站在那裡，她的頭上戴著一頂銀色的火焰環圈。

「我警告你，」黑卡蒂說，沒想到她的語氣很溫和，「他們絕對不會接納你這種擁有力量

[60] 歌羅西（Colossian）是弗里吉亞王國（Phrygia）的古城，位於今日土耳其中部，興盛時期約為公元前五世紀到公元初期。

[61] 阿帕米亞（Apamea）是古希臘羅馬時代的城市，位於今日敘利亞。

的女性。」

蓋兒的腹痛讓她彎下腰。她嗚咽哭泣，痛恨自己看起來如此虛弱。

「這是最後的交叉路口，」黑卡蒂說：「你可以放棄你的魔法技能和生活。」

「絕不，」蓋兒堅決說道：「你是我的女神啊！你爲何不保護我？」

黑卡蒂顯得很痛苦。「我不能保護你，讓他們不用那種眼光看待你。我不能保護你，讓你不會承受自身才能帶來的傷害。他們很怕你。他們絕對不會允許你愈來愈強大。」

「是天神還是人類不允許？」蓋兒怒吼道。

黑卡蒂沒有回答。她不需要回答。蓋兒知道答案是「兩者皆是」。

「你大可死去，」黑卡蒂說：「痛苦就會停止。」

「不！」蓋兒厲聲說道：「我不會讓他們稱心如意。」

黑卡蒂點頭。「除此之外的唯一選項是最困難的。活著，活在永恆的痛苦中。你會擁有永生不死之身，但不是身爲人類也不是天神。那是他們絕對不會允許的。你的存在一定是一種詛咒，不是一種祝福。像你這麼有才能的女巫，這是唯一可以生存的方法。」

「那麼就來吧！」蓋兒怒吼道。

她開始改變，身形縮小，長出皮毛，因痛苦而咒罵、尖叫，直到變成一隻歐洲貂，臉朝下躺在女神的腳邊。黑卡蒂跪下，輕輕抱起小動物，捧在她的臂彎裡。

「就這樣吧。」黑卡蒂說。

我的觸手從蓋兒的背上抬起來。我腹痛如絞。雙眼灼熱。

我錯怪黑卡蒂了。她不是出於嫉妒而把蓋兒變成一隻歐洲貂。這理由是錯的。她是出於「同情」。她不相信蓋兒光靠自己的魔法才能就可以生存。在所有人之中，黑卡蒂最了解這個世界如何看待女巫。她同情蓋兒，欣賞她，而且是的，也許甚至有點怕她，但黑卡蒂無法想像區區一個人類會成功，畢竟她身爲女神是失敗的。因此蓋兒必須停止身爲人類。

實驗室依然搖晃到快要四分五裂。蓋兒等著我砍斷她的鏈條。沒有跡象顯示她知道我感受到什麼樣的事。

我的觸手穩穩握著波濤劍，往下揮向黃金束縛，砍斷得乾淨俐落，距離蓋兒的頸部只有幾公分。

歐洲貂以驚訝的眼神看著我。「你沒有殺了我。還有，你爲什麼哭了？」

「如果你想逃走的話，就走吧。」我的聲音很沙啞。「也許你下一次冒險的結局會比這次更好……或者我們可以彼此幫忙。無論你怎麼選擇，我都相信你。」

蓋兒的觸鬚微微抖動。她可能嗅聞著空氣，根據黏液末日的氣味來評估我們還剩多少時間。也說不定她只想著「你眞是個怪小孩」。至少，她跑到另一張桌子上，將腳掌放在一個調理碗的邊緣。

我拖著扭到的腳踝，跛著腳走過去，看看裡面。「是空的。」

她的表情說：「不是開玩笑啊，愛因斯坦。我們要在這裡面混合魔藥。」

「了解，」我說：「讓我知道需要什麼。」

坦白說，蓋兒是滿好的老師。她會跑向某個瓶子或鍋子，輕敲一下，指示應該要把它的內容物加入我們的混合物裡面。我不能戴手套，原因很明顯啦，但試過幾次之後，我抓到訣竅，可以把瓶子拿起來而不會打破，接著讓瓶子傾斜到足夠的角度，把液體倒入碗中。我甚至學會怎麼用觸手握著一根湯匙，以便舀起與混合。我媽一定會以我為榮。假如我可以學會綁鞋帶，她有可能再也不會讓我變回人類的雙手。

每次到了該停止倒入的時候，蓋兒會吠叫起來。她用腳掌抓抓桌面，做出挖掘的動作，指示我什麼時候該攪拌。

同一時間，我們周圍的房間碎裂瓦解。地板上最大的裂隙現在是三十公分寬的缺口，直到我能看見的最深處都散發橘光。我並不想知道那道裂隙是否通往冥界。而等到橘色黏液開始滴入黑帝斯宮殿的天花板時，我也完全不想待在那附近。我見過他的水管工人。他們往往用火焰鞭子解決他所有的問題。

慢慢的，我們的各種成分融合成厚厚的灰色糊狀物。我很擔心份量的問題，因為每隔一陣子我會倒入太多粉末或冒煙的液體，蓋兒便會氣得對我吱吱叫。但她沒有叫我重來一次。還好是這樣，因為天花板的灰泥塊一直如雨點般掉落在我們周圍，我都可以看見頭頂上出現支撐的橫梁了。

我沒有覺得很好玩。我沒有發現自己有烹飪的天賦。但如果有人真的想要製作一部實境秀節目，把「大英烘焙比賽」和「極限體能王」結合在一起，來找我吧。我有很多點子喔。

最後，我倒進某種東西，看起來很像鐵屑。

「咿噫噫！」蓋兒命令道，腳掌在桌面一直挖。「章魚男，攪拌！拚盡你的全力攪拌！」

我攪拌。糊狀物的顏色改變了……剛開始是黑色，接著藍綠色，聞起來很像肉桂捲，實在很詭異，畢竟我完全沒有加入肉桂啊。也沒有加入捲。

我後方的地板出現一道新的裂縫。左邊的牆壁垮下來，引發一道磚塊波浪。

「汪汪！」蓋兒尖叫。她是在說：「夠好了！」

她跳到我的肩膀上，我用觸手環抱著調理碗，然後用腳踝能夠承受的最快速度逃出工作室。我們跑過「永恆之香」的整個店面，與安娜貝斯、格羅佛和手腳遭到捆綁的兩位水精靈在人行道上會合。

「走，走，走！」我大喊。

格羅佛和安娜貝斯拔腿就跑，後面拖著兩位精靈。我們跑到馬路對面，這時「永恆之香」發生內爆，滑入一道發亮的橘色裂口，對於鄰居的房地產價值沒有造成太大的影響。

菲德拉哭起來。「我們所有的成果！我們畢生的成果！」

這番話宛如一把刀，刺中我的胸口。讓我回想起剛才看到蓋兒的好多畫面。

「呼呼！」安娜貝斯說。我的翻譯是：「別抱怨了。我們讓你們活著耶。」

「我會報仇！」菲德拉保證說：「我和我的姊妹們……」

一輛警車轉彎開進拉法葉街，警笛大響，準備來查看爲何有建築物內爆坍塌。我想，很快就會有更多緊急車輛來這裡。

「祝你們好運。」我對精靈說，而且是眞心的。「來吧，兩位！」

在菲德拉的尖叫聲中，我們就像英勇的半突變半神半人一樣，匆匆逃走。

27 我們吃牙膏

我要再說一次：感謝眾神讓我們有萬聖節。

不管施加多大量的「迷霧」，我都不相信能夠隱藏住「貓頭鷹娜貝斯」和「章魚波西」，讓我們在凡人的好奇目光之下逃走，特別是我的觸手一直莫名其妙對路過行人打耳光。不過呢，由於恰逢萬聖節，大多數的人會這樣想：「哇喔，那些扮裝太不可思議了，而且第三個傢伙完全是人類！超驚人！」

跑過幾個街口後，我們鑽進一條巷子喘口氣。

「呼！」安娜貝斯說。

我看著格羅佛。「你懂她說的意思嗎？」

格羅佛的臉上依然滿是蜜蜂螫叮的痕跡。他從腳趾之間拿起一塊碎石頭。「什麼？我聽不懂。她說的不是普通的動物語言。那是……我不知道啦！」

「呼！」安娜貝斯追問。

我舉起一隻觸手，做出安慰的手勢，然後我才想到，對一隻巨大的鳥類來說，那可能很像一隻蠕蟲，於是我又放下了。「我會這樣猜啦，你是要問現在到底是怎樣。我和蓋兒做出了一種可能有用的解藥。」

蓋兒在我的肩膀上吱吱叫：「不只是可能有用！那是天才做出來的！」

我解釋剛才在快要坍塌的建築物裡調配解藥時，我和蓋兒如何產生連結。我沒有提起自己看到的影像。我心想，如果我與整群人分享那種事，蓋兒會很不爽吧，但我把那碗藍綠色黏漿拿給安娜貝斯和格羅佛看，心裡很得意。

安娜貝斯的頭轉了一圈，咳嗽起來。每個人都好會批評喔。

格羅佛嗅聞了一下。「我覺得聞起來很棒，很像有肉桂味的牙膏。我們是要拿來塗在牙齦上的嗎？」

「我……唔。我以為像是塗在皮膚上的乳液……」

「汪！」蓋兒說，顯得很生氣。

「我們得吃下去？」我問。

「汪！」蓋兒表示同意。

突然間，我對這個配方不太有把握了。製作過程一團混亂，但我記得有鐵屑，有些冒泡的毒物，還有一些東西看起來很像昆蟲的外殼。

「有多少？」格羅佛問。

我看著碗裡面。我的心一沉。沒有我想的那麼多。膏狀物凝結成高爾夫球大小的三團，幾乎像是自己分成建議使用的份量。但如果我們只有三份……

我才剛開口說：「我不確定……」

「給我。」格羅佛說。

他撈出一團藥膏，塞進嘴巴裡。

他一吞下去，立刻彎腰作嘔。「啊啊啊！」

我伸手拍拍他的背。「格羅佛？」

我的歐洲貂實驗室夥伴越過我的肩膀，焦急看著「零號病患」有什麼反應。儘管我對蓋兒萌生新的敬意，但依然有種恐怖的念頭，這個藥膏有可能是一種精心製作的惡作劇，讓我們全都永遠不停放屁。

格羅佛劇烈顫抖。他跌跌撞撞走向一個垃圾車斗，嘔吐起來。

「呼！」安娜貝斯搖亂了頭上的羽毛。

「噢，天神哪，」我說：「格羅佛，我很抱歉！我們會帶你回去公館。也許有某一種解藥或是……」

「不，」格羅佛喘氣說：「等一下。」

他再嘔吐一下，雙腿開始冒出一叢叢山羊毛，膝蓋往後彎曲，雙腳變硬轉成羊蹄。

讚美松鼠！格羅佛又是羊男了。

他轉過身，吐出一片腳趾甲。「呃啊。」

「你覺得怎麼樣？」我問。

「那絕對不是肉桂味的牙膏。」他虛弱地笑一下。就連他臉上的腫包都開始消退。「不過呢，波西，你辦到了！我覺得我又是我了。」

「蓋兒才是眞正的英雄。」我說。

蓋兒吱吱叫，顯然很高興。

我轉身看著安娜貝斯。「好吧……那麼如果你準備好……」

安娜貝斯伸出彎鉤狀的尖銳鳥喙，迅速叼起第二球藥膏。蓋兒從我肩膀跳下，蹦蹦跳跳跑向附近一個水果箱……我猜是因爲巨大的貓頭鷹會讓歐洲貂晚上作惡夢。

安娜貝斯嘔吐起來。她的嘴喙張得好開。她的貓頭鷹眼睛甚至變得更大。她頭冠的羽毛全部豎立起來，很像一片片刀刃。她把雙手伸到喉嚨處——這是宇宙通用的手語，意思是噎住了。

我驚慌起來。哈姆立克急救法可以用在半人半猛禽的身上嗎？我只有章魚的觸手，但仍衝到她背後，盡全力找到她的胸骨，就像四年級健康老師教過我們的方法。我用力往上推向她的橫隔膜。

咳咳！

有個像香瓜那麼大的貓頭鷹食繭從她的喉嚨射出來，撞到對面的牆壁彈下來。她彎下腰，用力喘氣。等她再次挺直身子，她是正常的安娜貝斯了——人類的臉，人類的頭髮，帶著她平常用的蘋果洗髮精香氣。

「你還好嗎？」我問。

「拜託，我要收五百元才回答蠢問題。」她聲音沙啞地說。

我笑起來。「那答案就是還好。」

她看著我的章魚手臂。「可是，你……」

「對啊……」我看著碗裡。

有一團藥膏黏在碗底，甚至比格羅佛和安娜貝斯吃掉的那兩團更小。

安娜貝斯似乎了解問題是什麼。又能解讀她的表情真是太好了，即使她看著我的表情混合了焦慮和擔憂。

「輪到你了。」她說。

我走向蓋兒的水果箱。我跪下去，於是我們能夠平視彼此的眼睛。

「剩下的一份只夠給我們其中一人吃，對吧？」

她吱吱叫，肯定是在說：「對。」

「我想，我們回到黑卡蒂家也沒辦法調配更多吧？」我問。

她對我發出一連串更長的吠叫聲和吱喳聲。我看著格羅佛尋求翻譯。

「她說不行，」他對我說：「有些成分要花好幾個世紀才能長出來。」

我心想，黑卡蒂只要揮揮手就可以把我變回去。然而，她回到家的時候，如果我看起來像半隻章魚，實情就洩露出來了。她會把我轟成油炸波西章魚。

也許可以請我爸幫個忙。他是海洋方面的專家。然而，他已經有一位永生不死的兒子，崔萊頓❻❷，配備了兩條魚尾。波塞頓可能不會覺得這是問題。然後我們就會進入「海洋動物比陸地動物更好」的一整個對話。他可能會告訴我，他一直都希望有個兒子是章魚，我應該要認爲自己很幸運。

我打了個寒顫，觸手也因爲強烈的反感而波浪起伏。

我把碗拿給蓋兒。「我答應過，如果你幫助我，我就會幫你。而你幫忙了，你救了我的兩位朋友。如果你想要再次變成人類，這是你應得的。你是超級厲害的女巫，可能是有史以來最棒的。」

蓋兒歪著頭，打量著我。我有種感覺，我在實驗室碰觸她的背部看到了什麼，她全都知道。我下定決心，不要對她表現出同情的態度。我是認真的。她超級厲害。她不應該只得到詛咒。

歐洲貂又開始吱吱喳喳。

「她說她喜歡你，」格羅佛翻譯：「以半神半人來說，你不差啦。」

「謝囉？」

「她很感激你遵守諾言。」

我點頭。沒問題。我可以永遠帶著觸手，也許我到最後就學會綁鞋帶了。

「但是她不想變回人類。」格羅佛補上一句。

我一時無法呼吸。「什……什麼？」

「歐洲貂漂亮多了，」格羅佛說：「而且她花了好幾個世紀的時間習慣這個新的形體。除此之外，她有永生不死之身。如果變回人類，她就會變老而死去，然後研究新配方的時間就變少了。她希望你服用解藥，不過也希望你能遵守諾言，要求黑卡蒂讓她有一間煉金術實驗室，助手也要有大拇指與其他手指相對。」

「我……當然好！」

蓋兒用小小的腳掌把碗推過來給我。「喳喳！」

「蓋兒，謝啦，」我說著，再次淚流滿面，「你是歐洲貂之中最棒的歐洲貂。」

我用觸手的尖端挖起藥膏，硬是吞下。

我就不把細節告訴你們了。乾嘔超多次。從我嘴巴吐出來的那些東西，絕對不該從人類的嘴裡吐出來。不過一旦全部吐光，原本的手臂又回來了。我做的第一件事是把格羅佛和安娜貝斯拉過來抱成一團。

蓋兒跳到我的肩膀上，為了表達同志情誼而大放臭屁。我親吻安娜貝斯，不過我的口氣聞起來可能很像肉桂和昆蟲的外殼吧。

「我們回去黑卡蒂家如何？」我建議說：「我想吃龍蝦堡想到快瘋了。」

---

62 崔萊頓（Triton），相貌為半人半魚，是波塞頓和安菲屈蒂所生的兒子。參《波西傑克森：終極天神》。

28 我制定出很爛的計畫

回到公館，兩隻地獄犬剛睡醒。

「不要」覺得我們聞起來超有趣的。我猜啊，對他來說，格羅佛的羊蹄聞起來很像人類的腳，我的手臂聞起來像海鮮，安娜貝斯聞起來則像是整個下午一直看著兩個傻瓜，而且可能曾經變成一隻鳥。

蓋兒和赫卡柏用鼻子輕碰一下，互相問候。這不能說是含淚的重逢，但我有種感覺，她們很高興能見到彼此。她們的肢體語言似乎訴說著：「對啊，你回來我鬆了口氣，好啦我們以後再也不要提起這件事。」「不要」嗅聞著蓋兒的屁股，顯然確認她聞起來超臭的，肯定是這個家的一份子。

蓋兒跳來跳去，一副很焦躁的樣子，直到格羅佛同意帶她去餵食的房間吃雞屍。我去查看電鰻的狀況，牠們很失望，發現我們居然沒死，沒把我們自己的屍骸帶回家給牠們吃……這樣根本說不通，不過電鰻有牠們自己的邏輯啦。

其他人都不想吃龍蝦捲，所以我們還是叫了外送披薩。我們與動物們坐在大房間裡，狼吞虎嚥吃下三個大披薩，一點都不剩。格羅佛盯著油膩膩的盒子，但我建議他不要嘗試吃那些。根據經驗，他的消化道不是很能消化厚紙板。

我倚著一張損壞的長椅，腳踝敷著冰塊。我覺得精疲力竭，同時也極度興奮。我想要好好回味一下我們把黑卡蒂的兩隻寵物都追回來的事實。我們甚至得到一隻額外的小狗。這週的成果似乎相當好。可惜宅邸仍是一片廢墟。儘管我們用浴簾、畚箕和膠帶盡力修補，這地方看起來依然像是有人開著怪獸卡車碾壓過去，再扔下幾顆手榴彈。很難相信所有的損害都是由一個超級膨脹的羊男所造成。然而，現在我體驗過魔藥大戰的樂趣，比較知道情況有可能變得多糟糕。

格羅佛似乎察覺到我的想法。「明天是萬聖節。我們三個絕對不可能在黑卡蒂回來之前修好這棟宅邸。沒希望了，對吧？」

「嘿，」我說：「萬聖節是沒希望的相反。在萬聖節，什麼事都有可能發生。」

安娜貝斯對我露出若有所思的神情。我想，她想要相信萬聖節有各種神奇的可能性，但隨著事態的發展，她開始懷疑自己無法得到夢想中的完美派對了。至於我呢，我說的是眞心話。我還記得布魯納老師以前說的故事，當時我以爲他只是很酷的六年級拉丁文老師。他會講到萬聖節背後的相關傳統有多麼古老，幾乎每一種文明都相信活人的世界和死人的世界曾經非常接近，你可以跨越其間。

死人的世界啊……

我的目光飄向黑卡蒂的火炬，在樓梯上方彼此交叉。

「它們應該只能用在極度緊急的事件。」黑卡蒂曾這樣說。奇戎非常確定火炬太過危險。假如我們嘗試使用火炬，特別是在萬聖節，可能會有一大群憤怒的鬼魂把我們碎屍萬段。黑卡蒂一定是把火炬留下來當作一種誘惑，就像草莓奶昔魔藥一樣。沒錯，選擇權在我們手上。但我現在看過蓋兒的往事了。我知道人們站在十字路口時，黑卡蒂提供什麼樣的選擇給他們。

不過還是……

「要是可以用魔法修復房子呢？」我問。

格羅佛順著我的目光望去。「波西，不行。你是說那對火炬……」

「我知道。最後的一招。只是隨口亂說。」我轉身看著安娜貝斯。「你覺得如何？」

她的神情就像古希臘一樣縹緲遙遠。她遲疑了好久，害我都緊張起來了。假如我提出的是很爛的主意，她馬上就會讓我知道。不過，一旦像這樣遲疑良久，表情超級嚴肅，通常表示她想的跟我是一樣的（嗯，我們一起在塔耳塔洛斯的時候，我經常看到這樣的表情）。不過她想得比較仔細，比較了解可能害我們死掉的所有可怕方式。

「爲了方便討論，」她說（那就表示對啦，我們有很大的麻煩）：「假設我們來試用。赫卡柏，你知道怎麼召喚亡者。我們有沒有可能成功運用火炬？」

赫卡柏吠叫一聲。我認爲那意思是：「白痴！」

「她說沒有凡人試用過，」格羅佛翻譯：「她不能幫我們做那種事。她的不死人只適用於嚇唬人。如果你使用火炬的時候失去專注力，即使只是一瞬間，或者沒辦法讓亡魂順從你的意志，它們會把擋在路上的所有人事物全部摧毀掉，然後會吞噬你的靈魂。」

再一次，我好佩服一隻狗只吠叫一聲可以包含那麼多的意思。牠們寫的小說，大概會像，二十聲吠叫那麼長吧。

「我們還有其他什麼選擇呢？」我轉身看著樓梯。「嘿，蓋兒！下來這裡一下子，好嗎？」

幾秒鐘之後，歐洲貂從樓梯匆匆跑下來。她渾身都是生雞肉屑。「不要」覺得這是有史以來最驚人的事。他開始幫蓋兒舔舐清理。

歐洲貂還滿能忍受的。「不要」忙著舔掉雞肉時，我把目前的狀況告訴蓋兒。「你認爲可以調配什麼東西是對我們有幫助的嗎？就像，讓我們得到魔法的建築力量？或者，如果得要召喚亡者的話，至少讓我們能夠抵擋它們？」

蓋兒似乎考慮了一下。她用兩隻後腿站起來，於是「不要」可以清理她的腹部，那副景象看似可愛，卻也有點令人不安。她對格羅佛吱吱叫和吠叫。

「唔……她說的很多部分眞的很專業，」他說：「講到藥草和試劑和蒸餾法。她說圖書室可能有些配方。她要花明天一整天的時間。而且她會需要我幫忙。」

「我們全都可以幫忙。」我提議說。

「只不過我們不行，」安娜貝斯說：「我們兩個明天學校都有考試。」

呃。又是學校的事。我想要反駁，假如我們因爲讓黑卡蒂失望而死掉，學校就沒有太大意義了，但是我知道最好別試著回嘴。安娜貝斯非常認眞地看待我們的畢業計畫。死亡不是藉口。她下定決心，我們會一起從高中畢業，於是可以去加州，在更難畢業的學校至少再念四年。

到底是誰設計出這種制度啊？那你什麼時候能放下工作，去海邊放鬆一下？而且不要告訴我是六十七歲，除非你想看一個半神半人放聲痛哭。

我提醒自己要正面思考。萬聖節嘛，什麼事都有可能發生，等等之類的。

「太糟糕了。」我說，不過是用正面積極的語氣說。

格羅佛嘆口氣。「我懂了。你不想再把我單獨留下來跟動物在一起。」

「什麼？」我說：「不是啦，兄弟。那是我的『我不喜歡學校』表情，不是我的『我不信任格羅佛』表情。我根本沒有那種表情好嗎。」

「如果有，我也不會怪你啦。」他挺直身子說：「不過拜託，明天讓我看守房子。我不會再讓你失望。」

安娜貝斯準備要回應。接著她迎上我的目光，也許意識到格羅佛需要從我口中聽到回應。

「當然好，」我對他說：「我們信任你。我們信任這些動物。」我對蓋兒搖搖手指。「不管你在廚房煮什麼，就是不要草莓，好嗎？」

蓋兒抬起她的小腳掌並吱吱叫。可能翻譯成：「我鄭重發誓，寧死也不要草莓。」

「那麼就說定了。」安娜貝斯面帶微笑，雖然她的眼神依然激動。「誰知道呢？反正我們要到天黑以後才能召喚亡者。也許到那個時候會想出更好的計畫。」

等我去刷牙回來（不是用肉桂口味的牙膏。再也不要了！），格羅佛和那些動物睡成一團還打呼。我環顧四周尋找安娜貝斯。我擔心他們依偎得像山一樣高，可能會把她埋在底下。接著我發現臨時的大門打開了。

我放輕腳步走到外面，經過三個門環，它們依然包起來放在紙箱裡，安靜又安全。

安娜貝斯站在人行道上，倚著欄杆，回頭望著公館，像是……嗯，像是一位建築師規劃著工作。我跛著腳走過頭蓋骨石磚步道，去柵欄門那邊找她。宅邸的正面看起來依舊很慘，有更多灰色墓碑牆磚掉下來，在前院摔破了。有更多窗戶碎裂。我之前沒注意到，猜想是因為一直忙著在曼哈頓到處追逐動物。

「愈來愈慘了。」我說。

安娜貝斯點頭。

「怎麼樣？」

她遲疑一下。「今天，在香水店……那個時候我有……」她伸手在臉的周圍繞個圈，是「貓頭鷹頭」的通用手勢，「我用一種完全不同的方式感受事物。那種狀況一定也發生在你身上。某種事情在你和蓋兒之間有交流。你有什麼體會嗎？」

我不確定她是怎麼猜到的，或者那與這棟房子逐漸垮掉有什麼關係，不過我把她在學校時錯過的每一件事都告訴她，一開始是格羅佛企圖讓自己「接地」，埋在一大群松鼠底下。

安娜貝斯搖搖頭。「我要殺了他……用愛護他的方式啦。」

「他知道喔。」我說。

接著我對她描述我的觸手兼吸盤的心智與歐洲貂融合在一起。

她撥弄著自己的混血營項鍊，我已經很久沒有看過她這樣了。她轉動項鍊上的珠子，一顆接著一顆，彷彿要提醒自己，她已經存活了多少個夏天。也許這樣幫助她相信自己可以再多活一天。

「波西，」她說：「我沒有給你足夠的信任。」

我眨眨眼睛。「抱歉……我可以把這句話寫出來嗎？也許寫在布告欄上？」

她笑起來。「我是說眞的。你很善於了解別人，讓他們感覺得到理解。說到『別人』，我也指歐洲貂和地獄犬。」

「謝啦。我想。」

她牽起我的手。「回想起在阿斯托里亞的時候，那些不死人碰觸到你……你看到赫卡柏以前悲痛的時候，就是她轉變成地獄犬的時候，對吧？」

我點頭。我依然聽得到赫卡柏的憤怒嚎叫，感受到我的腳踝周圍沉重的希臘腳鐐。

「你知道我看到什麼嗎？」安娜貝斯說：「我看到城邦本身。特洛伊。」她更用力握住我的手指。「你爸建立起那些城牆。你知道那件事嗎？那整個城邦是用魔法建設起來的。」

也許我以前聽過那個故事，不過聽起來還是覺得很陌生。我沒辦法想像我爸去當泥水匠。

「我看到那個城邦逐漸崩毀，」安娜貝斯繼續說：「赫卡柏被拖出城外，她的家人遭到殺害……魔法也遭到破解。就像那個城邦存在的理由嘎然而止。我可以感覺到每一根柱子裂開，每一個支撐横梁垮掉。我想要拯救那個城邦。那所有的家屋、神廟、宮殿，但我辦不到。」她以沮喪的眼神看著我。「你看到的是人們；我看到的是建築物。爲什麼會那樣？」

我沒有立刻回答。顯而易見的答案是：「因爲你在接受建築師的訓練啊！」不過我知道那並不是她需要聽到的答案。那種影像已經影響她好一段時間了，到現在顯然還是讓她心煩意亂。

「也許你看到的是你需要看到的事，」我大膽回答：「能夠幫助赫卡柏和我們的方法。聰明女孩，你也很善於看出別人的心思，比我更擅長。不過建築呢？只有我們之中的一個人能夠辦到。」

彷彿要回應似的，又有一塊墓碑從公館的側邊掉下來，砸到花園裡。

我皺起眉頭。「我們想不出更好的計畫來修復這個地方，對吧？」

安娜貝斯搖頭。「我們必須用那對火炬去召喚亡者。是『我』必須用那對火炬。」

「等一下……」

她捏捏我的手。「你自己說的。我是建築師。不過這個地方是由鬼魂建造的，那就是黑卡蒂力量的基礎。我會需要的助力……來自某個鬼魂，很了解曼哈頓的建築。」

我猛然回想起這個星期的一開始，當時我和安娜貝斯坐在設計學校附近她最喜歡的墓園。「你不是認眞的吧。」

她不需要回答。她認眞死了。（哎喲，這個用詞選得眞不好。）

「我明天會在學校研究一下，」她說：「不過對啦……我認爲那是我最好的方案。」

我不喜歡她說「我」最好的方案那種語氣，就好像這件事我完全幫不上忙。我想著她所看到的特洛伊──「就像那個城邦存在的理由嘎然而止」。我看著黑色的鐵花窗往下延伸，環繞黑卡蒂的門廊，宛如巨大的喪服面紗。我想像自己可以聽見一個滿心恐懼的孩子放聲尖叫，盡可能以她最快的速度踩著踏板離開格拉梅西公園西街。

「我想……」我深吸一口氣。「我想，早在我們到達這裡的很久以前，這個地方就有某方面不對勁了。」

我對安娜貝斯描述之前看到的鬼魂，黑卡蒂廢止的學校圖書室裡的展示盒，以及破損眼鏡的收藏品。「原本可以如此。」

安娜貝斯不是容易驚訝的人，但我說的話似乎擊中她，就像拿著「迷戀之水」生產的「癱瘓」香水噴中她。

「你說的是……」她似乎沒辦法繼續想下去。

「有某種事不對勁，已經有一個多世紀了，」我說：「那件事讓黑卡蒂關閉她的學校。從那以後，這個地方就漸漸失去它存在的理由。我想，格羅佛的草莓大爆炸只是加速事情的進行。黑卡蒂一直都把赫卡柏和蓋兒當成囚犯，很怕她們逃走。她一直把別人拒於門外——也許是前途無量的學生，就像那四位水精靈。」

「像是SEJ。」安娜貝斯說。

我點頭。「我不曉得到底發生什麼事，但如果要透過鬼魂的協助，嘗試重建這個地方，就需要把來龍去脈搞清楚。那表示我需要與SEJ談一談。莎莉・艾絲黛兒・傑克森（Sally Estelle Jackson）。」

29 我得到所有的糖果

格羅佛把我搖醒時，我覺得自己好像睡了八秒鐘。

安娜貝斯已經準備衝出門。她親吻我一下。「祝好運。」

接著她親吻格羅佛的額頭，對他說同樣的話。五分鐘後，我也衝出門，帶著超驚人的一頭亂髮，衣服也沾滿了地獄狗毛。

第一站：家裡。公寓空無一人，不過能使用不會噴火的蓮蓬頭感覺眞好。我換了衣服，走路去「破茶壺」。

我媽坐在她最喜歡的桌位，啜飲著薄荷茶，盯著她的筆電。

「波西！」

她永遠都以這樣的熱情來歡迎我。感覺眞好，除了有時候，我記得她之所以很驚訝，有一部分的原因是發現我還活著。

她抱我一下。「你要吃早餐嗎？他們今天有司康。」

對我媽來說，這是很大的賣點。但我聽到司康向來不會很興奮，吃起來永遠都像太乾的瑪芬磚塊。

「我還好，」我說：「只是想讓你知道發生什麼事。」

「請說！」她說：「聽起來比修稿有趣多了。」

我對她述說這個星期在黑卡蒂家發生的事。我說得愈多，我媽的手指就愈在杯子上叩叩敲打，就像是把所有的擔憂傳送到陶瓷裡面去。如果她擁有我的海洋力量，可能早就已經在茶杯裡激起一陣暴風雨了。

「好嚴苛的考驗啊，」她坦白說：「不過至少你把動物都找回來了。」

「對啊……除了最困難的部分還在後頭。假如這個喚醒亡者的招數不管用的話……」

「嘿。」她伸手越過桌面，握住我的手。這讓我回想起小時候的事。有時候我會覺得世界轉動得太快。我沒辦法應付所有的聲音和光線。我媽會對我說，專心握著她的手就好。她不會放開，直到我覺得比較穩定下來。「你會好好的。」她現在這麼說。

即使她自己的手在顫抖也沒關係。我知道她和我一樣害怕，不過只要我們一起害怕就沒關係。

「對啊，」我說：「當然。」

「好好支援安娜貝斯吧。如果她要握著火炬，今天晚上就需要你。」

「這是某種祕密的『老媽生活小訣竅』嗎？」我問。「你是怎麼讓自己保持不要太失控的狀態啊？」

「你是指什麼？」

「就像……把注意力放在你愛的人身上。他們需要你；你不能承受發生變故的後果，所以你把大家凝聚在一起。」

她笑起來。「也許是吧。我只知道你和安娜貝斯和格羅佛會挺過這一關。」

好樂觀——我媽的另一種超能力。

我想起昨天與格羅佛的一席談話。他一直很擔心自己潛意識在妨礙我們，害我和安娜貝斯不能離開這裡去加州。我想到黑卡蒂在我們一路走來留下的各種誘惑，包括草莓魔藥、圖書室、火炬，幾乎就像是衷心希望我們失敗。

十字路口是由黑卡蒂所掌管。無論我喜不喜歡，我現在就站在一個十字路口，每一件事都會改變成某個方向或另一個方向。我只希望，眼前的選項不會全都好像很可怕。黑卡蒂爲何不能拿一張有用的地圖等在交叉路口，順便再附上種類齊全的提神飲料呢？

我第一次遇到她是在校長辦公室，當時她變成脾氣暴躁的三頭恐怖連體嬰，足以讓我退化成滿心驚駭加上膀胱失禁的小孩。我無法想像一個眞正的小孩遇到那位女神會是什麼樣的狀況。

「我得問你一件事。」我對我媽提起自己看到的幻影，一個小孩騎著腳踏車，留下一副壞掉的眼鏡。「那是你，對吧？」

她盯著茶杯冒出的蒸氣。「我就在想……你提到格拉梅西公園的時候。所以那眞的是黑卡蒂的房子啊。」

我一直很確定自己是對的。現在我知道了，我突然有股衝動，想要把黑卡蒂所有的玉米糖都拿走。有些事情應該是閒人勿近的，即使是天神也一樣。騷擾我媽就列於名單的第一位，特別是當時她還是小孩子。

我有一堆疑問。像平常一樣，最混亂的思緒先脫口而出：「我不知道你以前有戴眼鏡。」

她感傷地笑笑，她每次看到舊照片就有這種表情。「自從那天之後就沒戴過了。我的家人讓我戴眼鏡，因爲我看到一些東西……不同的東西。」

「看透『迷霧』。」

她一直都有那樣的能力。很少數的一些凡人可以如此，但我從來沒想過，那在她小時候造成的問題有多嚴重。

「他們只是想要幫忙，」她說：「他們很擔心。其他小孩看到一位警官在街上騎馬，我看到的是一匹飛馬，像那樣的事。我們本來住在格拉梅西公園西街附近。有一天，我在街上騎著腳踏車，看到那棟宅邸變來變去，與周圍的房子融合在一起。那些墓碑牆壁。」

「對啊，」我說：「黑卡蒂的美學品味還眞好。」

我媽皺起眉頭。「一位老太太站在門廊上。只有一個頭，沒有火焰光環。不過呢，她看起來很像女巫——黑色長袍，滿頭白髮。她看到我騎著腳踏車，瞠目結舌看著她的房子。我以爲她會因爲我盯著看而吼我，但她說了令人驚訝的話。」

我記得自己在影像中聽到的聲音。「讓我猜猜看。她說：『你看到的完全沒有錯。』」

我媽點點頭。「她對我輕輕揮手，眼鏡就破了，從我臉上掉下去。接著她說：『你太早來了。繼續走。尋找另一種人生。』我實在好害怕……就像我告訴你的，從那以後我再也沒有回去格拉梅西公園。不過在那之後，我看穿『迷霧』的時候，就有點了解當時是怎麼回事。我對家人說，我的眼睛感覺比較好了。我學會不要提起自己看到的怪事。以某方面來說，黑卡蒂幫了我一個忙。」

我試著想像，如果黑卡蒂的學校當時還開著，會是什麼樣子呢？她會邀請我媽進去屋內見見地獄犬和歐洲貂嗎？莎莉．傑克森會不會成爲一名女巫？我知道我媽只要一心想著某件事，就一定辦得到。不過那樣的人生道路會很不一樣……我到底會不會出生呢？

我覺得自己需要道歉，但不確定爲什麼。黑卡蒂嚇到她，也沒有提供機會讓她學習魔法。換個角度想，我媽變成很棒的人。我眞的希望她的人生像蓋兒那樣嗎？況且，我出生了。我必須認爲這是一種加分。那我爲何覺得很內疚呢？

「奇戎告訴我，黑卡蒂的鬼魂並非全都是亡者的靈魂，」我回想著說：「他說，最可怕的一些是記憶和悔恨……例如我們從來沒有做的一些選擇。」

她仔細端詳我的臉。她匆匆把椅子向後推，站起來，這對她來說愈來愈困難了，因爲寶寶愈來愈大。「你，來這裡。」

我站起來，讓她緊緊抱住我。

「你看到的那個鬼魂呢？」她說：「可能是一段記憶，但是我沒有後悔。」

她扶著我的肩膀，看著我的眼睛。「我的人生很美好。你眞的很美好。我想，你看到的是黑卡蒂的悔恨。如果有人需要你的協助和理解，那個人是她。」

這眞是最像莎莉．傑克森會說的話了。有一位女神曾經嚇到她，改變了她的人生，接著很多年後還威脅要把她的兒子燒成灰，假如他沒有好好照顧她的動物的話。而我媽的反應是「那位永生不死的可憐女神一定受到很深的傷害。你應該要去幫助她」。

「你最好趕快走吧，」她補充說：「你上學要遲到了。明天一起吃晚餐，等這一切都結束之後？」

直接回到典型的媽媽模式。

「你說得對，」我說：「好啊。明天晚餐。我會盡量不要帶著不死人回家。」

她笑起來。「我還寧可看到安娜貝斯和格羅佛。不過我永遠都很歡迎你的朋友，無論是死的還是怎麼樣。」

我必須衝去學校，不過這趟停留很值得。在前往皇后區的整段地鐵車程，我一直想著「對耶，我辦得到」，而不是「對耶，我要死了」。

我努力完成考試和回家作業。我假裝知道一些事。我猜老師們很欣賞這樣的努力。第四節課，我很希望發現還是布魯納老師來代課，但原本的莎爾瑪老師回來了。她顯得很失望，因爲我還沒有挑選一位歷史上遺忘已久的人物作爲報告主題。我對她說，我正在考慮古希臘時代的蓋兒。

「誰？」她問，接著顯然發現我通過了這份作業「遺忘已久」的條件。「沒關係。我很期待讀到報告。」

午餐時間，我前往輔導老師的辦公室。我其實沒有期待歐朵拉會在那裡，但這一次我不會把「擅離職守」當作答案。

我對「生病青蛙」打招呼，他從牆上平常的位置看著我，顯得很沮喪。至少我想離開就離開，他則受困在那裡。我坐在一張太小的塑膠椅上，是替代中學前身的一所小學留下來的。我盯著歐朵拉的辦公桌背後空蕩蕩的房間。

「我知道你可以聽到我說話，」我說：「我們需要談一談。」

我等著。

「好了啦，歐朵拉，」我哄騙著說：「我正準備要告訴我爸，你擔任我的輔導老師有多麼稱職……永遠在我身邊，永遠那麼幫忙……」

「波西！」歐朵拉突然衝進辦公室，從她躲藏的不知哪個掃把櫥櫃跑進來。「好驚喜啊！」

「你一直在躲我。」我說。

「什麼？」她的眼睛在又厚又圓的眼鏡後面不時抽搐。「完全沒有啊！」

我盯著她。

一道海水從她的貝殼髮型流下臉頰。

「其實不是因爲你啦，」她說：「只是……」

「黑卡蒂很可怕。」我猜測說。

「黑卡蒂眞的很可怕！」她吐了一口大氣，癱垮在椅子上。「噢，鳥蛤殼啊！她接管校長辦公室的時候，我都有永生不死之身了，還是以爲自己會死掉！你有沒有看過她現在是在做什麼？」

「我……什麼？」

她從頭髮拔下一個貝殼，放在桌上。有一道微小的水柱往上噴，產生一個迷你噴泉。在水柱的頂端，就是像蕈狀雲往下彎曲的地方，有個影像從微微泛起漣漪變得清晰。

那是在夜裡，黑卡蒂蹦蹦跳跳走過一條碎石步道，後面跟著一群扮裝狂歡的人們，眾人一起穿越一座墓園。參加派對的人們身穿黑色長袍，上面有斑斑紅點。他們的臉孔塗成白堊般的白色。有些人帶著蠟燭。其他人捧著一盤盤圓形的酥皮點心。黑卡蒂在她的左右兩側各舉著一根火炬，照亮了從地上冒出的亡魂，加入遊行行列。

那些亡魂朝她群聚而去，在四周推擠，用鬼魅般的雙手扒抓她的長袍。一旦靠得太近，黑卡蒂就讓兩支火炬交叉，在胸口做出X字形，於是那些亡魂再度消散，很像一陣微風吹散塵埃。

唔，有趣喔……

群眾繼續前進。黑卡蒂笑起來，跟著慶祝活動的行列。

「那是哪裡？」我問。

「菲律賓，我想是，」歐朵拉說：「他們有一種傳統叫『Pangangaluluwa』，用食物和慶典安撫亡魂。」她搖搖頭。「我知道不該用『死亡噴注』這一招，但就是忍不住要追蹤她的進展！如果她順利回到這裡，我可不想在教職員休息室遇到她。特別是……」

她突然住嘴，看著我的眼神充滿內疚。

「特別是萬一我失敗了？」我問。

「不是！我很確定你不會失敗。」她遲疑一下。「你會嗎？」

「我喜歡你這種信心。」我向她說明我們整個星期做了什麼，而我們需要在黑卡蒂早上回來之前讓宅邸恢復秩序。「有什麼建議嗎？有什麼來自大海的禮物也許幫得上忙？」

歐朵拉的「死亡噴注」噴泉發出斷斷聲，消失了。

「也許你應該跑去躲起來。」她這樣說，鞏固了她在「年度最佳輔導老師」的領先者地位。「這學期接下來的時間，我可能應該安排去參觀馬里亞納海溝。」

「等一下……黑卡蒂爲什麼會要追著你跑？」

海精靈皺起眉頭。她似乎非常煩躁不安，我好怕我們其中一人會溶進水裡，沖到地板下面去。歐朵拉的辦公室經常發生那種事。不過呢，她反倒拿起貝殼，放回頭髮上。

「我也許曾經，啊，推薦你……」歐朵拉說：「執行黑卡蒂的任務。」

「你什麼?!」

她吞嚥口水。「黑卡蒂突襲我！她突然出現在奧林帕斯山，而且……嗯，她問我對你有什麼看法。我很震驚！她自從一九一四年開始就沒有跟我講過話了！我……我急著想讓她留下好印象。而且很蠢的是……我說你還滿能幹的。」

「多謝你喔？」

「我嚇壞了！而現在，如果你失敗了，表示我也失敗了。噢，她不會原諒我第二次。」

「我還是不……等一下。」

我的理解速度有點慢。不過等到拼圖終於開始組合起來，我通常不用把太多小片都拼進去，就可以解答出來。

「第二次，」我說：「一九一四。那是黑卡蒂開設她的魔法學校的最後一年。你是那裡的一份子？」

歐朵拉盯著「生病青蛙」，他們看起來同樣悲慘。

「學校是我的點子，」她坦白說：「黑卡蒂獨處的時候實在很陰沉。那對她和她的動物很不健康。我心想，如果能教導年輕的女巫，她會覺得很有收穫。而有一陣子確實如此。我是輔導老師和招生主任。我會帶一些很有前途的學生去找她：半神半人、凡人、精靈、半人馬……各式各樣。不過等到一切都崩壞……」

「發生了什麼事？」

她聳聳肩，顯得很疲倦。「戰爭。永遠都是因爲戰爭。我們的學生開始選邊站，彼此爭辯。情況愈演愈烈，從言語謾罵、肢體衝突到亂扔魔藥。」

「亂扔魔藥很糟糕。」

歐朵拉點頭。「學生需要學習的……遠超過我們能夠給她們的。同理心。健康溝通的機會。我不知道怎麼修補彼此的裂痕。而黑卡蒂，嗯，她相信十字路口，相信人們要自己做出選擇，即使所有的選擇都是不好的。她拒絕介入調停。到最後情況變得很惡劣。接著她把所有人都踢出去，發誓再也不傳授。她怪我把她推到那樣的處境。」

「噢。」

我為歐朵拉感到難過。聽起來她做的正是我媽的建議：嘗試幫助一位心靈受傷的女神，而且驚人的怒火還燒回她身上。我看過半神半人之間起內鬨時可以是什麼樣子：選邊站、言語謾罵、互丟責怪，有時候甚至互丟武器。就在去年夏天，我眼睜睜看著兩個營區彼此競爭，過程中差點互相毀滅，甚至毀滅整個世界。黑卡蒂曾經傷害自己，就像她現在似乎要傷害我們。我要把她的玉米糖拿走，外加她的煙囪捲。

「很遺憾你碰到那種事。」我說。

歐朵拉嘆氣。「我到底在想什麼呢？一所魔法學校！你能想像那種事嗎？」

「對啊。很瘋狂。」

「而現在，如果你讓她的宅邸留在那種破損荒廢的狀態……」

「懂了。」

「而推薦你的人是我耶！我是大笨蛋！」

「不要怪你自己啦。很多人都犯過錯，居然會推薦我。」她雙手抱頭。「我只是想要幫忙啊。世界上有那麼多天賦異稟的年輕人，而他們不是全都適合半神半人的營區！舉例來說，如果黑卡蒂的學校還開著，那些可愛的精靈姊妹逃出賽西的島嶼之後，也許我可以把她們安置在那裡！」

「啊，對喔。她們。」

「可是呢，她們卻跑去零售業！」她皺起眉頭。「我眞想知道她們怎麼樣了……」

我清清喉嚨。這似乎是離開的好時機。

我站起來，但是看到歐朵拉這麼心煩意亂，我實在沒辦法一走了之。我沒有我媽那種安慰別人的天賦；不過呢，我覺得必須試試看。

「我不會失敗，」我對歐朵拉說：「這對你不會有迴力鏢的作用。」

她抬頭看著我。「你……你確定？」

「完全確定。」我說。這完全是謊話。我根本不知道怎麼解決我們的問題。我只知道那些問題必須要解決——爲了我們著想，爲了歐朵拉著想，甚至爲了黑卡蒂著想。也許呢，如果要理出頭緒，第一步就是相信我可以理出頭緒吧。

「這是很棒的激勵談話，」我對她說：「你對我有很大的啟發。」

「有嗎？」

「當然。只有最後一件事，希望能討個吉利。不給糖就搗蛋？」

她瞪著我。我指著「快樂牧場糖果」。

「噢。」她說。

我看起來一定像這樣：只要是能夠得到的所有助力，我全部都需要。

她把整罐糖果都給我。

30 我們塗上黏液迎接戰鬥

那天下午我有游泳練習，教練們顯然不認爲萬聖節可以放假一天。超級吝嗇鬼。練習到一半，我一度想起，噢，對耶，我們今晚邀請一堆朋友去公館。我都忘了要請格羅佛取消派對。也許格羅佛和安娜貝斯已經著手處理了。也說不定我還抱著完全不切實際的期望，覺得派對開始的時候，我們會把所有東西都修好。

回到格拉梅西公園西街時，天色漸暗。一群群小朋友和他們的父母在街上閒晃，到許多商家和街屋玩著「不給糖就搗蛋」的遊戲。我想，年紀較大的糖果強盜和派對玩咖會等到天色全暗才出籠。同樣如此的還有眞正的鬼魂、食屍鬼，以及能從墳墓召喚出來的其他鬼怪。

我在黑卡蒂的廚房裡找到安娜貝斯、格羅佛和寵物們。安娜貝斯在一張不鏽鋼工作桌上攤開許多書本和地圖，像是正在策劃一場地面攻擊行動。

「很好，你來了。」她對我說。

不是我所期望的熱情迎接，但安娜貝斯只要進入策劃模式就會像這樣。她開始在腦袋裡操控著一千個變數，盤算著每一種可能的情況。有時候，她會因此把我視爲計畫中的另一種資產，而不是她的男朋友。偶爾這樣我是覺得還好啦。至少我是一種有利的資產，而不是負債和累贅。

「這裡是我們現有的資訊。」她指著一位城市工程師繪製的曼哈頓下城示意圖。「聖馬可教堂。跟我想的一樣，它的墓園算是最近的。那也是彼得．斯泰弗森特埋葬的地方。你知道吧，荷蘭殖民地的官員？我們正在努力研究回到這裡人潮最少的路線。」

想到要在萬聖節去突襲一座教堂墓園，讓我覺得很不安。希臘天神對我不爽已經夠糟了，我實在不需要再登上耶穌的調皮搗蛋名單。

「萬一彼得不想幫我們呢？」我問。

安娜貝斯皺起眉頭。「我不打算說謊。據說呢，斯泰弗森特不是什麼好人。他脾氣很差，充滿偏見，粗魯無禮，算是獨裁者。」

「哇喔。我買帳了。」

「不過呢，回到一六〇〇年代，他也是把新阿姆斯特丹的這個部分建立起來的人，後來才變成英國人殖民下的紐約。他的精神與這座城市的根基交織在一起。除此之外，他是很有能力的人。他可以把事情搞定。假如有誰可以只花一個晚上就完成一棟超自然房屋的修復工作，那個人就是他。」

「而且從公館只要走路十五分鐘就能到那裡，」格羅佛補充說：「我們進去，把我們的鬼魂叫出來，然後走人。」

「聽你說的好像是要去搶銀行一樣。」我說。

赫卡柏吠叫起來，把我嚇得差點從襪子裡跳出去。

「赫卡柏，謝啦。」格羅佛搔搔她的耳後。「她說，她一路都會跟著我們。她和『不要』會盡全力把亡魂趕成一群。她的建議是，專心想著你希望那些鬼魂做的事，在你心裡立定目標，否則呢，亡者會消散不見，或者更糟的是，它們會變得暴怒……」

「吞噬我們的靈魂，等等之類的，」我猜測說：「知道這點眞好。」

「不要」帶著大大的笑容抬頭看著我，彷彿覺得吞噬靈魂聽起來很好玩。

「還有，蓋兒幫我們做了這個。」安娜貝斯把一個調理碗推過來給我。裡面有三團黏糊糊的黃色東西。除了顏色以外，有點讓我一下子就聯想到昨天那種克制獸息的混合物。

「拜託不要告訴我得吃這個，」我說：「我不需要看到別人嘔吐出腳趾甲。」

「這要塗在我們的皮膚上，」安娜貝斯說：「應該可以不讓亡者靠近，至少撐一陣子。」

「但是不夠塗在我們三人身上啊。」

蓋兒吱吱喳喳叫了一會兒，把她的專業意見提供給我們。

格羅佛翻譯出來。「她說你不必全身都塗。魔法乳霜就像是驅蟲藥。你只要輕輕塗在手腕上，還有脖子兩側，就會發揮效果。」

我在心裡默默記住，下一次在營區也要這樣試用防蚊劑。我們的樹林裡有一些史詩般大小的巨蚊。

「蓋兒，做得好，」我說：「你眞的突破了。」

她洋洋得意，看起來對自己相當滿意。

這足以讓我幾乎覺得充滿信心。幾天前，我簡直無法想像自己能從一天遛二次寵物的路程中存活下來。現在，赫卡柏和蓋兒都是我們的朋友了，是我們團隊的成員。

「謝謝你們，」我對動物們說：「很榮幸能與你們一起召喚死紐約客。」

「不要！」地獄小狗說。

「算你一份，小老弟，」我表示同意，「你會用可愛把它們嚇死。」

「不要！」地獄小狗附和。

我看著安娜貝斯的地圖。想到我們即將做的事，我努力保持正面樂觀的心態。

「我在學校得到一些情報，」我說：「我看到黑卡蒂使用她的火炬的方法。」

我告訴他們今天在輔導老師辦公室裡的所見所聞：女神是如何伸長雙手舉著火炬來召喚亡者，接著又將手臂交叉在胸前，把亡魂變成塵埃。

然後又把我從媽媽那裡得知的事情告訴他們，安娜貝斯伸手摀住嘴巴。「噢我的天神哪。莎莉是女巫？」

格羅佛點頭。「她會做得很好。」然後他看著我，匆匆補了一句：「不過當然啦，我很高興她把你生下來了。」

等到我對他們講起歐朵拉以前的事蹟，赫卡柏的耳朵往後壓。她的嗚咽聲好傷心。蓋兒急忙到她身邊，用腳掌環抱著地獄犬的頸部。還滿令人心碎的。

「你喜歡歐朵拉。」我猜測說。

赫卡柏低聲吠叫。

「對啊，」我說：「我覺得歐朵拉也喜歡你們。她想念你們，還有學校。」

蓋兒對我作出嚴肅的神情，像是說：「老兄，不要再害我朋友哭了。」

「好吧，」我說：「抱歉。」

安娜貝斯檢視廚房裡毀壞的櫥櫃和凹損的器具。「那段往事有可能是問題。假如這個地方衰敗了一個多世紀，是因為黑卡蒂沒辦法放下過去的事，那麼即使有一大群鬼魂，也沒辦法修復這裡。我們可以嘗試修理，但那會像是把牆壁的裂縫補起來，同一時間，支撐的橫梁正在斷裂。」

我認為這是建築方面的事。我點頭的樣子像是見怪不怪。

「一次解決一個問題，」我建議說：「先讓亡者去修補裂縫吧。接著再來擔心支撐橫梁的問題。」

安娜貝斯咬著嘴唇。「那樣……真的不是蓋房子的方式，不過我想你說得對。」她伸出手臂，模樣很像交通警察。「所以，我一直伸長手臂，把亡者召喚出來，指揮它們做事。等我們完成了，我讓火炬在胸前交叉。聽起來還滿簡單的。」

格羅佛傾身看著桌上的地圖。「我想，從這裡的這條路線回來，路上的行人是最少的。抄近路，小巷，小巷，然後過馬路到爾文街，直直往北邊走。」

帶領亡者穿越一條條暗巷，聽起來也不像是最好的做法。換個角度想，如果是在野外要找到穿越的路徑，我絕對不會質疑格羅佛。更何況，如果我囉唆抱怨，豈不是侮辱了「小巷孩」這個稱號？

「好，」我說：「那麼就塗起來吧。」

格羅佛負責把蓋兒的黃色膏藥塗在我們的手腕和頸部，讓我們聞起來很像燃燒的聚酯纖維。也許鬼魂對合成纖維過敏吧。

我們向赫卡柏和蓋兒道歉後，幫她們繫上胸背帶和牽繩。並不是我們不信任赫卡柏和蓋兒，而是「不要」尚未決定他的牽繩到底是玩具、餐點，還是可以尿尿的東西。我們認爲成熟的寵物或許可以建立好榜樣。

「我去幫你拿火炬。」我對安娜貝斯說。然後我小跑步上樓梯。

安娜貝斯完全可以自己去拿火炬。但我希望先拿拿看，只是怕萬一會觸電、著魔，或者長出額外的兩張臉。假如這種事會發生在我們其中一個人身上，那人應該要是我，因爲我連支撐橫梁和雷射光束[63]都傻傻分不清。

不過呢，把火炬從欄杆上的板子取下來，沒有遇到什麼困難。它們並不花稍，只是兩根木棒，預備發揮作用的那一端包著浸過瀝青的破布。

我低頭看著安娜貝斯，她對我皺起眉頭。

我笑了笑，用慢動作轉動火炬，很像李小龍耍著雙節棍。

「嗯哼，」她說：「海藻腦袋，拿給我啦。我不確定能把易燃物品託付給你。」

最後，我們準備走進外面的夜色中。

「記住喔，」格羅佛說：「大約只距離十個路口左右，但那些鬼魂每一步都會奮力抵抗。一旦召喚出它們，我們就需要確定它們留下來執行任務。不只是安娜貝斯，我們幾個都得非常專注。」

「專注」並不是我最喜歡的詞彙，畢竟我有注意力不足及過動的所有症頭。是沒錯，我在緊要關頭可以專注於重要的事情，例如朝著我的頭揮過來的斧頭。不過呢，如果是在強大壓力下、移動狀態中、有人叮嚀要專注之後，我還要專注於某個念頭長達十五分鐘？我自然而然會開始心神渙散，真的是什麼念頭都會冒出來：披薩、街燈、成績，有很多方法可以讓我在十個路口的步行過程中死掉。

我再對毀壞嚴重的大宅多看一眼。感覺好像忘了什麼重要的事。電鰻？不是。玉米糖？不是。角鬥士的裹腰布？不是，謝謝你喔。

「好吧，」我說：「我想，我們準備好了。」

這句話要列入「波西犯錯的十大時刻」。

63「橫梁」和「光束」的英文都是「beam」。

31 找到一些不一樣的死傢伙

聖馬可教堂在晚上看起來很不一樣。它位於第十街，靠近第二大道，對面有一間便利商店和「城市生活用品」服裝店，但教堂感覺好像虛無縹緲，像是一座黑暗孤島，坐落在它的鐵柵欄和樹木茂盛的院子後方。

我們經過了我和安娜貝斯曾在星期一坐著談話的那張長椅。在當時，它似乎是悠閒的好地方，此刻則像是遭到憤怒亡魂襲擊或群聚的好地方。

大門是黑色的，也像埃厄香水店一樣，裝飾著希臘式的鎖飾圖案。（警告！內有神話大亂鬥！）我們溜過大門，進入墓園。

更多的樹木、青草、長椅。我看不到任何一塊墓碑，但安娜貝斯向我保證，古時候的墳墓位於紅磚步道、虯結樹根和粗厚藤蔓的底下。我相信她。冰冷空氣感覺不到十度。地面的霧氣緊纏著我的腳踝。自從十五分鐘前離開黑卡蒂家之後，我還沒有待過這麼令人毛骨悚然的地方。

赫卡柏和「不要」到處嗅嗅聞聞，拉著我的手臂前往不同的方向。對他們來說，這個區域聞起來可能很像高級的吃到飽自助餐。

我們獨享這個地方。在外面的大馬路上，車流熙來攘往。行人各自忙碌。但是奔忙的凡人世界似乎安靜無聲且距離遙遠，就像我們已經穿越了一道帷幕，進入亡者的世界。我不喜歡這樣的想法。

「彼得？」我對著黑暗叫道：「你在哪裡？」

安娜貝斯用手肘頂頂我。「也許不要叫他『彼得』，等我們認識他以後再說。他的地窖在那裡。」

她帶我們到教堂的側邊。在一處彩繪玻璃下方，位於地面層，有一塊黑色的石碑固定在牆壁上：「彼得．斯泰弗森特長眠於此地窖。」

那句話後面還有更多文字，但我太緊張而沒辦法閱讀。可能是一些細則，警告說如果彼得的靈魂受到打擾會怎麼樣。「可能有各種結果。不要讓鬼魂操作重機械。萬一你的亡者存續超過十二小時，請尋求天神協助。」

蓋兒吠叫一聲，從格羅佛的肩頭跳向我。

「她說我們最好趕快開始，」格羅佛翻譯說：「藥膏最多只有幾小時的效果。」

我不免心想，歐洲貂是否能感受到我的肩膀在發抖。「好吧。安娜貝斯，你好了？」

她舉起尚未點燃的火炬。我這才想到應該要帶一盒火柴。

「準備好了，」她說：「只要幫我專心想著我們的需求。」

好啊，我心想。我希望亡魂能重建一棟鬼影幢幢的房子。如果進行順利，我們可以在

「居家動手做頻道」開一個自己的節目，節目名叫「裝潢到死」。

我已經無法好好集中注意力了。我正想建議緩個一分鐘，也許練習一下冥想呼吸，但是太遲了。

安娜貝斯伸展她的兩隻手臂，火炬自己熊熊燃燒起來。

藍白色的火焰在古老石牆上投射出蒼白的強光，也照亮了彩繪玻璃。玻璃描繪的聖人跳躍舞動著，看起來一點都不毛骨悚然。

專心啊，我對自己說。

我閉上雙眼。沒什麼用。我的腦袋就是一直亂轉，想到更多瘋狂的主意。我專心盯著那塊石碑，想像黑卡蒂的宅邸開始重建。加上各種披薩配料。大腦，別想了！我希望其他人的運氣能好一點。

地面震動起來。安娜貝斯差點失去平衡，但她很快就重新站好。蓋兒從我肩頭跳下，躲在我背後。歐洲貂不是笨蛋；假如鬼魂變得憤怒，最好讓它們把大隻又多汁的半神半人吃個精光。

火光讓空氣變得溫暖。藍光在我的手臂上舞動，讓我看起來很像一副屍骸——我眞的不需要這種比喻啊。

赫卡柏高聲嚎叫，原來是幽靈出現了。它貼著牆壁往上升起，很像一個影子——安娜貝斯的影子。接著黑暗的輪廓逐漸變深，自己從磚牆剝落下來，形成煙霧般的形體，很像一團煤塵。我感受到它的惱怒、困惑、氣憤。它問著一個問題：爲什麼？

在我旁邊，「不要」排出了一大泡尿。沒有要騙人——我直覺也想要這樣，無論如何，我想辦法努力憋住。

我不知道這個鬼魂是不是彼得．斯泰弗森特本尊，還是其他可憐的笨蛋，但我嘗試傳遞格拉梅西公園那棟公館的影像。我想著需要修復的損壞部分。

安娜貝斯的臉上冒出斗大的汗珠。

「你做得很棒。」我喃喃說著。

我不知道她有沒有聽到我說話。她的表情像是在跟某位海坡柏里恩巨人進行腕力比賽。

煙霧變濃了。那個鬼魂變成比較明確的形狀。他戴著一頂寬邊帽，頭髮又長又細，穿著一件斗篷、緊身上衣、寬鬆馬褲——全都是以激烈旋轉的塵埃顆粒所構成。他的側邊掛著一把細長的雙刃西洋劍。

（喔對，我以前看過。）

我不免心想，我們是不是喚醒了「三劍客」[64]的其中一人。我開始擔心另外兩人可能在哪裡。接著我注意到那個鬼魂拄著一根手杖。他的右腿末端是一根木頭假腿。

「是他，」格羅佛在我耳邊輕聲說：「大家叫他『假腿彼得』。」

[64] 三劍客（Three Musketeers）是法國作家大仲馬於一八四四年出版的小說。

「那不是一個卡通人物嗎？」我輕聲回問。

「不一樣的『假腿彼得』⑥⑤啦。」

「你怎麼知道？」

「我讀了指定讀物。」

我瞥了他一眼。他不是在開玩笑，顯然安娜貝斯請他針對彼得做了功課。我要不是聽過就忘，就是安娜貝斯根本懶得叫我看書，因為她知道那是沒用的。

「你們兩個。」安娜貝斯咬著牙說：「拜託。」

對喔。專心。

我回頭繼續想像黑卡蒂的房子。我在心裡傳送著榔頭、釘子、油漆和膠帶的影像。他們在十七世紀有膠帶嗎？我想像所有人全部漫步到格拉梅西公園，來個「自己動手做」家園重建工作，度過好玩的一晚。

赫卡柏又對我們低聲嚎叫，是一種提醒要小心的警告。

又有更多暗影般的形體從地面往上升起。過沒多久，一群鬼魂環繞在我們周圍，至少有數十個。

格羅佛拉住「不要」，「不要」真的很想去找那些煙人。他一定克服了最初的恐懼。他的吠叫聲很快樂，像是說：「你！聞聞看！有趣！」那麼雜亂的聲音無助於我集中注意力。

蓋兒吱喳叫著，可能要提醒我們注意時間。我們來到這裡多久了？幾分鐘？幾十分鐘？

那些鬼魂聚攏過來，侵入我們的個人空間，彷彿我們是初來乍到的新手亡者，需要對我們品頭論足一番。不過它們沒有碰觸我們。到目前爲止，蓋兒的藥膏似乎發揮著作用。

「爲什麼？」那些鬼魂問著。

它們不喜歡我們。它們的敵意像硫磺一樣瀰漫在空中。它們知道安娜貝斯不是黑卡蒂，不是需要恐懼的女神，只是一名青少年，帶著借來的火炬。

它們擠在周圍，旋轉著、嗅聞著我們，不能靠近，只因爲有蓋兒的抗鬼藥膏，以及安娜貝斯的意志力。它們的現身從我的四肢吸走力氣。我不知道安娜貝斯怎麼能夠抵擋得住。

它們的思緒和記憶湧過我身上。我看見新阿姆斯特丹是個開拓不久的殖民地，只有幾棟建築物聚集在島嶼的南端。農田伴隨著樹林和溪流，在我們周圍延伸開來。我感受到痛苦。我看到一張張眉頭深鎖的臉孔，聽見用荷蘭語大喊的粗話。彼得和他的朋友們顯然不受歡迎。他們埋葬在這裡，當時是殖民地的遙遠北端邊緣。他們在墳墓裡沉睡了好幾個世紀，而紐約就在他們周圍崛起，埋葬了他們生活的幾乎每一絲痕跡，磨損了他們墓碑上的名字，所有的交通與建設也讓他們不可能沉睡。現在他們既迷惘又憤怒。

我不能怪它們。「安息吧」在曼哈頓不太能實現。

---

65 假腿彼得（Peg-Leg Pete）是迪士尼的卡通人物，早期出現時有一條木製假腿，最知名的角色是米老鼠和唐老鴨卡通的反派人物，但後來的作品中不再有假腿。

「我懂，」我心想；「但我們需要你們協助。跟隨安娜貝斯。爲她效力。」

我不確定自己幫了多少忙。我因爲擔心安娜貝斯而一直分心，她一定深受那些鬼魂怒氣的衝擊。火炬燃燒得更加明亮，轉變成一種更深邃的藍色，幾乎像紫色。安娜貝斯的手臂微微顫抖。

「你還好嗎？」我問。

「我……我很好。」她勉強說。

我想要相信她的話，但那些煙霧形體一直變多。整個墓園似乎都已升起——數百個靈魂來自沒有標示的墳墓，好幾個世紀以來，他們的名字爲人所遺忘，他們的身分已遭抹除。他們的思緒用著荷語、英語、法語和亞岡昆語[66]，是一種我跟不上的混聲合唱，但情緒夠明顯了。它們想要把我們碎屍萬段。它們只是在等待「假腿彼得」發號施令。

安娜貝斯挺直身子。她望進彼得．斯泰弗森特那雙煙黑色眼睛深處。「你會幫助我們，」她發出號令：「跟我來。」

斯泰弗森特的煙塵顆粒憤怒攪動。但我現在也感受到其他情緒：好奇心，冷冷的興味盎然，一種殘酷的欲望，想要看看安娜貝斯能撐多久才會垮掉。他的回應在我心裡嘶嘶作響：「那麼，走吧，女孩。」

安娜貝斯轉過身，帶領我們走出墓園。

---

[66] 亞岡昆人（Algonquin）是主要居住在加拿大東部的原住民。

32 傳遞火炬進行得超順利

一個路口。這是我們取得的進展。

安娜貝斯帶領我們越過第十一街，接著穿過格羅佛建議的捷徑，是兩棟公寓樓房之間的人行道。路過的凡人讓出寬闊的空間給我們。透過「迷霧」，我想我們看起來很像一個萬聖節遊街團。「請跟著火炬，來一趟鬼魂和妖精大遊行！」

赫卡柏和「不要」進入邊境牧羊犬模式。他們拖著背後的牽繩，在亡魂周圍跑來跑去，確定它們全都待在緊密的群體裡。我猜地獄犬在下面的冥界就是負責這種事，因爲「不要」憑著本能在執行。

「不要！」每次有鬼魂偏離隊伍，他就這樣吠叫。「不要！不要！」

這趟步行遊覽不會有順路買個冰淇淋這種事。

我們才剛走出來到第十二街，安娜貝斯突然絆倒。

我連忙抓住她的左手臂，免得火炬掉落。格羅佛同樣抓住她的右手。那些鬼魂朝向我們湧來，等到安娜貝斯恢復平衡，它們隨即退下。我有種感覺，它們只消半秒就能把我們永生不死的靈魂吞噬掉。

「我錯了。」安娜貝斯說。

她的呼吸很不順。她的雙腿搖搖晃晃，像是剛剛一路爬上奧林帕斯山。

「我們可以怎麼做？」我問。

她搖頭。「我不會……有……足夠的力氣……到那裡。」

蓋兒爬上格羅佛的肩頭。她吱吱喳喳顯得很緊張，輕點她小小的手腕，就是她的小小手錶會配戴的地方，如果她有手錶的話。我們會太慢。藥膏一直在消耗。

鬼魂在我們周圍旋轉，痛苦騷動。劍客彼得冷眼旁觀，像是一隻狼，等待著適當的時機，準備襲擊衰弱的獵物。他的手放在那把暗影西洋劍的劍柄上。

我和格羅佛互看一眼，神色驚慌。如果安娜貝斯坦白說她犯了錯，我們就有大麻煩了。所有的英雄都有致命的弱點。安娜貝斯是自尊心。她永遠都盡可能把目標設定得很高，很有自信能達到更高的目標。大多數時候，她是對的。但是只走了一個路口就求救？她一定覺得情況非常絕望，才會像這樣嚥下自尊心，向我們低頭。

接著我才想起，原來這就是致命弱點叫「致命」的原因。

我們不能這麼快就讓她耗盡力氣。只有她能指揮鬼魂好好重建房子。

「讓我來拿火炬。」我說。

赫卡柏嚎叫一聲。

「那絕對不是好主意，」格羅佛翻譯說：「如果你打斷了這次召喚……」

「我辦得到，」我堅持說：「帶這些傢伙走回公館，我可以應付。等大家到達那裡，我們需要安娜貝斯精力充沛，這樣她才能接手。」

赫卡柏發出一個聲音，介於咕噥和嗚咽之間。

「她不確定你們可不可以把火炬從一個人手上傳給另一個人，」格羅佛說：「以前從來沒有人這樣試過。」

我迎上安娜貝斯的目光。「我們可以。」

我心想，經歷過扛起天空的重量，以及一起跋涉穿越塔耳塔洛斯，我們兩人就像伴侶一樣心意相通。「Team」（團隊）這個字裡面可能沒有「I」（我），但絕對有代表安娜貝斯的「A」……其他三個字母沒有真的代表什麼啦，所以不要理我說的。重點是，我們是很棒的合作夥伴。其他事我不敢說，但這件事我很確定。

我看著她，面對面，然後伸出兩隻手臂迎向她的手。

「沒問題。」我伸手握住她舉著火炬的手。「讓我幫你。」

她鬆開手，向後跌入格羅佛的懷中。

那些鬼魂激烈旋轉，形成塵埃和煙霧所構成的憤怒風暴，但我讓火炬持續舉高，在內心盡力傳送出地獄小狗的聲音。「不要！」

那些亡魂平靜下來。或至少，它們的殺戮怒氣恢復到基線程度。

「你們要跟著我去格拉梅西公園，」我命令道：「而你們會喜歡那裡。」

剛開始的零點零零三五秒，我覺得相當有自信。火炬沒那麼重嘛。來自亡者的嘶嘶聲響和情緒攻擊也沒那麼糟。

但是等我們走到第三大道時，我開始覺得格羅佛說得很對。我需要多健身鍛鍊才對。火炬感覺起來像是沉重的鐵砧。我的肌肉量等等各方面嚴重不足。我的後背汗如雨下，這才明白我不只是拿著火炬，而是拖著一整群心不甘情不願的亡者在我後面。它們盡全力用鬼魂的腳踝死命抵住地面。斯泰弗森特在附近徘徊，興味盎然地看著我。「現在這個男孩認為他可以控制我們呢。」

「彼得，好好看著我。」我咆哮著回應。

我繼續前進，讓心思牢牢想著我們的目的地。「公館。只要回去公館就好。」

至少安娜貝斯似乎好一點了。她在我旁邊費力走著，臉上表情非常專注，試著幫助我以心靈的力量驅策那些亡者。兩隻地獄犬吠叫著，在群體邊緣跑來跑去，咬著鬼魂的腳踝。格羅佛在我們前面小跑步，蓋兒端坐他的肩頭，在東村的荒野之間開闢出一條路。

「往這邊！」他催促說：「一蹄接一蹄往前走！」

我們這個奇怪的隊伍踏著蹣跚的步伐往北走。火炬變得愈來愈沉重。火焰讓我的前臂熱得發燙。每隔一陣子，透過眼角餘光，我看到不時有新的鬼魂爬出人行道，或從牆壁冒出來，加入我們的行列。好極了……就這麼一次，我人氣超高。

我失去時間感，視線好模糊。我覺得自己逐漸化為煙霧，融入那群亡魂陣，直到什麼都沒有留下，只剩一堆混亂的感受和模糊的記憶。

我隱約意識到安娜貝斯小跑步到前面，與格羅佛商討一番。

「……沒有用品，」格羅佛正在說：「我們應該在什麼地方停下來嗎？」

「別擔心，」安娜貝斯說：「我們會想出辦法。」

眞高興我們不會因爲那樣而繞路。我想像拖著這一大群鬼魂進入「家得寶」賣場，詢問可以在哪裡找到石膏板和灰泥。這個念頭讓我分心。我踢到一道裂縫而絆了一下。火炬的火光搖曳起來。鬼魂蜂擁到我周圍。

「波西！」安娜貝斯的聲音嚇得我立刻回神。

我把火炬舉得更高。那些鬼魂向後退開，輕聲咒罵。斯泰弗森特的臉只是一團旋轉的煤灰，但我相當確定他對我橫眉豎目。

「很近了，」安娜貝斯說：「繼續走就好。你表現得很棒。」

我踏著蹣跚的步伐，路途上有越來越多亡魂加入我們的行列。車流的聲響變得輕柔遲滯，很像在水底下聽到那些聲音。行人以慢動作讓路給我們，無視於火炬和憤怒的亡者。

蓋兒吠叫著，對於催促我跟上步伐很有幫助。燃燒聚酯的氣味越來越淡，因爲我皮膚上的魔法藥膏逐漸變乾，從脖子和手腕剝落下來。

「都很好，」安娜貝斯對我說：「一切都很好。」

證據確鑿，情況才不好。

只要到達公館就好，我對自己說。

我重複這些字詞的次數已經多到讓它們漸漸失去意義。我出現幻覺，覺得黑卡蒂在前方手舞足蹈，哄勸我跟著她走。她的臉分裂成三種凶暴的外貌——馬、獅、狗。我無論怎麼努力都想不起牠們象徵的意義，只知道不能迎上牠們的目光。

我逐漸接近自己最後的十字路口，就像黑卡蒂的學校在一九一四年的時候。我記得黑卡蒂在我們第一次碰面時說的話：「在我面前猶豫不決的人，我會把他們折磨致死。」她不會協助我選出一條路。她只會袖手旁觀，看我選擇哪一種失敗的版本。

彼得．斯泰弗森特的鬼魂在我旁邊輕聲笑著。他的假腿沒有實際的物質，但是敲擊路面時，竟然發出一種超脫塵俗的叩叩聲。

「波西，幾乎快到了，」安娜貝斯說：「你看。」

我們走到爾文街的北端。前方延伸著格拉梅西公園西街。在我們左邊，只距離半個街口的地方，聳立著公館的灰色立面。

我可以辦得到。我的雙腿宛如鑄鐵般沉重，但是一股高漲的憤怒賦予我力氣。黑卡蒂不鼓勵猶豫嗎？很好。

我高聲咆哮，可能是用地獄犬的語言說了真的很不恰當的話吧；接著我邁開大步，直直往前走，穿過黑卡蒂的幻覺影像。

我們到達宅邸的柵欄門口。

安娜貝斯和格羅佛急忙衝到我的左右兩側。他們撐著我的兩隻手臂，我們一起踉蹌走上頭蓋骨石走道。火炬的焰光又搖曳起來，冷卻成暗紅色。我們終究到達門廊。

那些鬼魂在院子裡晃來晃去，等待著命令，或是殺死我們的機會。它們讓我聯想到巨大、憤怒、幽靈般的花園地精，非常符合這棟公館的情境。

「輪到我了。」安娜貝斯說。

她話說得勇敢，但看起來還是累壞了。我也沒有好到哪裡去。我們之前就很難移交火炬了，如果現在又試著轉手，我很怕到最後引火上身、焚毀公館，然後遭到花園裡的食屍鬼吞噬殆盡。

我勉強從乾渴的喉嚨擠出幾個字：「一起⋯⋯如何？」

格羅佛一開始反對，但赫卡柏的吠叫聲打斷他。蓋兒也補上幾聲急促的吱吱叫。

我不需要翻譯就能了解訊息。「無論你要做什麼，趕快做！」

那些鬼魂愈來愈急躁。它們已經到達我們所選的目的地。然後呢？也許可以把我們撕扯成容易入口的大小？在此同時，「不要」對我們面臨的危險毫不在意，正嘗試咀嚼斯泰弗森特那把暗影細劍的劍尖。

「好吧，」安娜貝斯說：「一起。」

她的手臂環抱我的腰，伸手握著我右手的火炬。

「讓我來做思考的部分。」她提醒說。

「我很樂意。」我啞著嗓子說。

她接過火炬。

哇，真是如釋重負。突然之間，我覺得只有左側身體逐漸溶解在酸液裡。我的右邊有安娜貝斯，這樣好多了。我把空出來的手臂環抱她的腰。我們緊緊抱著彼此。

火炬燃燒炙烈，再次迸發出耀眼的藍色火焰。

安娜貝斯面對我們那群脾氣乖戾的追隨者。「修好這棟房子，」她說：「然後你們就會自由了。」

在我們後面，臨時的前門爆開來。大批亡魂湧上門廊，從我們身邊繞過，感覺我們好像急流中的石頭。只見它們宛如一陣旋風衝進公館。

「噢，」格羅佛小小聲說：「我確定這樣很好。」

我和安娜貝斯想辦法轉身，這樣才能看到那些亡魂的進展。幸好我們在混血營做過一點「兩人三腳」的比賽練習。

大房間裡捲起好幾道迷你龍捲風。亡者清除了破碎的玻璃，修復家具，用一層層鬼魅冰霜去粉刷牆壁。在我們上方，有更多鬼魂匆匆飛過建築物的正面，修補那些破損的墓碑，再把已經掉落的部分替換掉。

「波西，」安娜貝斯虛弱地說：「這樣會行得通！」

我努力想擠出微笑，但即使只是要把嘴角往上提起，感覺都太費力了。我繼續專注想著眼前的任務：修好房子。除此之外，我讓安娜貝斯負責思考方面的事。

鬼魂做了所有吃重的工作，但似乎從我身上榨乾了生命力。它們做得愈多，我的雙腿就顫抖得愈厲害。只有斯泰弗森特維持著冷漠的態度，躲開這場騷動。他可能認爲自己高高在上，不能做低賤的勞力工作。他到處飄來飄去，監視修復工作，用荷蘭語輕聲下令，讓他家鄉的男孩們做所有的粗活。

格羅佛、赫卡柏和蓋兒站在前院，目瞪口呆默默看著。「不要」呢，他一定感受到我們需要支援，走到我們後面，把頭塞進安娜貝斯和我的腿之間，再把口鼻靠在我的鞋子上。坦白說，這是最棒的可愛小狗助力，不能再要求更好的了。

我不知道修復過程花了多久時間。幾個小時？幾個世紀？我的視線變得模糊。我的大腦在頭骨裡面搖搖晃晃，很像陀螺儀。最後，安娜貝斯說：「完成了。」

那些鬼魂從房子裡噴射出來，像是一道灰色的靈氣洪流，然後在院子裡重新聚集。

我看著它們的成果。宅邸完全就是我們星期一到達當時的樣子。窗戶全都修復了。大門的三片門板漆得煥然一新，微微發亮。鬼魂甚至把三個門環擦得晶亮並重新裝上，看起來就像幾塊金屬會有的震驚模樣。

「拍案叫絕！」獅頭說。

「駭人聽聞！」馬頭說。

「荷式鬆餅！」狗頭說。

所以門環又能運作了。耶。

我和安娜貝斯轉身審視鬼魂部隊。

數百個鬼魂懸盪在草坪上方，很像營火冒出的一道道煙柱。斯泰弗森特在它們前方一拐一拐來回跛行，幽靈般的假腿在頭蓋骨步道上咚咚作響。亡者正在等待，但我知道它們已經到了忍耐的極限。它們沒有成就感。它們只想要一件事：獲得釋放。以及，復仇。好吧，它們想要兩件事。我們需要趕快讓它們解散，送回各自的墳墓裡。

「準備好了？」安娜貝斯問我。「一，二，三。」

她開始把火炬拉向自己。我也一樣。想法很簡單：按照黑卡蒂的示範。讓火炬在我們面前交叉，希望這些亡魂變成塵土，說聲掰掰。

問題是，我的左手臂居然抗命。我什麼都沒有了。沒有肌肉。沒有任何東西。光是要把火炬拉向我的胸口，感覺就像面對一扇生鏽的巨大機棚門，嘗試要用單手拉上關閉。我吸口氣，試探著體內深處僅剩的力氣，做出最後一搏。

「波西？」格羅佛驚慌問道。

「波西！」安娜貝斯說。

「抱歉……」我咕噥著說。

我的最後一搏失敗了。許多黑點在我眼中跳躍。我雙膝一軟，火炬從我手中掉下去。

33 很棒的老派燒女巫儀式（我們就是那女巫）

在半神半人的日常中，有個專有名詞稱呼這種情形。我們稱之爲「慘了」。我倒在門廊上。鬼魂蜂擁而至，準備大吃一頓。幸好有安娜貝斯（說實在的，這個句子很能描述我大半的人生）。她衝過來，趁火焰完全熄滅之前，把掉落的火炬撿起來，然後立定在我和那些亡者之間。

「後退！」她大喊：「走開！」

她讓兩根火炬在自己面前交叉，就是黑卡蒂在歐朵拉的噴泉裡做出的動作。那些亡魂撞上火炬光的邊緣，搖搖晃晃向後退，發出嘶嘶聲和怒吼聲，但它們沒有消失。它們怒氣沖沖穿過前院，讓柵欄喀啦作響，接著在格拉梅西公園西街衝來衝去，力道之猛讓路燈用力搖晃，也把人行道的石板掀翻起來。

安娜貝斯嘀咕著說：「它們爲什麼不消失？」

（這個句子也很能描述我大半的人生。）

我太過疲憊而說不出話。也許是我們在兩人之間傳遞火炬而把事情搞砸了。我試著站起來，但胸口好痛。我的手臂像軟趴趴的義大利麵條。「不要」很勇敢，嘗試要幫忙，拉扯著我的牛仔褲管，但是沒有用。

格羅佛、赫卡柏和蓋兒衝到門廊上，來到我們身邊，因爲不想被食屍鬼吃掉的所有超酷年輕人都在這裡。

「不妙，不妙，不妙，」格羅佛憂心忡忡地說：「我們該怎麼辦？」

蓋兒吠叫，然後跑進宅邸裡面，雖然現在似乎不是去休息吃雞屍的好時機。赫卡柏堅守原地，對著大批鬼魂高聲嚎叫。

「我們會死掉！」獅頭門環說。

「我們會很好！」馬頭說。

「我會繼續支持荷式鬆餅！」狗頭說。

火炬光似乎暫時讓亡者無法靠近。它們毀損街道，扯下公園裡的樹枝，顯得非常挫折，不過公館本身看來位於藍色火光的保護半徑之內。

我們需要保持這樣。無論發生什麼其他狀況，都不能讓鬼魂破壞宅邸，害我們所有的辛苦成果毀於一旦。好吧，是「它們」所有的辛苦成果，不過還是……

「火炬愈來愈重了。」安娜貝斯的手臂在火炬的重量之下微微顫抖。「我不知道自己還能撐多久，讓鬼魂不要靠近。」

蓋兒又從宅邸裡面跑出來，背後拖著一條子彈背帶，上面有許多小玻璃瓶。她把那東西放在格羅佛的腳邊，發出急切的啁啾聲。

「她說你們兩人都需要這些！」格羅佛摸索那些小瓶子，從一個瓶子拉起瓶塞，將裡面的東西滴入我口中。我很擔心自己又變成「章魚小子」、可以發出「獸息」大招，或者蛻變成燃燒的紫色犰狳，但我沒有力氣反駁。我把那東西吞下肚。一陣洶湧的暖意流過我體內。

我認得這種感覺。那是神飲，天神的飲料。每一次我試著喝下，呈現的風味都不一樣。一般來說，呈現的滋味是讓我聯想到吃了心情會變好、我最喜歡的一些食物。這一次……是玉米糖。

那個滋味讓我回想起幼稚園的時候。我和我媽在自家公寓參加「不給糖就搗蛋」，每個人都送出小袋子裝的玉米糖……我猜是因爲杜安里德藥妝店有特價活動。我吃了胃好痛，發誓再也不吃那種東西。

那是個很簡單的回憶，但足以讓我的腦袋變得清醒。我的手臂陣陣刺痛。我掙扎著站起來。格羅佛把神飲倒入安娜貝斯嘴裡時，我從劍鞘裡奮力拔出波濤劍，並小心不要砍斷自己的腦袋。

我依然覺得很不舒服，可能還要再喝二十到三十瓶神飲才能讓我恢復所有的力氣吧，但我知道那是不可能的。少量的神食和神飲確實對半神半人發揮神效，大量的時候則會讓你自己燃燒起來，那可不符合我的健康生活方式。

「格羅佛，蓋兒，謝啦。」我揮劍刺向最近的鬼魂，它有點太靠近火炬光的邊緣。「大家覺得如何？」

「很好，」格羅佛說：「你也知道，只是很普通的一個晚上。」

「嘎嘎！」蓋兒說。

兩隻地獄犬以各自的體型尺寸厲聲吠叫：超大號和小狗的中號。

「我好多了。」安娜貝斯對著亡魂暴徒揮舞火炬。「沒有很好，但我會撐住。」

好幾年前，她受到阿特拉斯的囚禁時，扛起天空的時間比我久得多。我知道她的耐力比我高一個等級。然而，我不希望她拿著火炬遠超過必須承受的時間。噢，等一下……為某個人「拿一把火炬」[67]，這個老派諺語的意思是不是說你對某個人忠貞不渝？還滿甜蜜的耶。

別想那種事！我對自己說。專心！

「也許如果一直不讓鬼魂靠近，」我提議說：「它們最後會覺得無聊而飄走？」

安娜貝斯皺起眉頭。「直到什麼時候？早上？現在才剛天黑耶。」

「我努力在這裡樂觀一點啦。」

鬼魂發動攻擊。一波接著一波，投身於藍光的圓圈。每一次有一個亡魂靠近火焰，它就崩潰瓦解，只不過又在院子的遠處重新成形。好極了，它們有無數條命。為什麼我就沒有無數條命呢？

到目前為止，火炬繼續讓鬼魂無法靠近，但它們不斷嘗試。每一次發動攻擊，安娜貝斯的身子就畏縮又搖擺，很像承受著一記記重拳的攻擊。

赫卡柏吠叫著。

「她說，帶頭的鬼魂把它們凝聚在一起，」格羅佛對我們說：「除非能夠造成突破，否則它們不會離開。」

「所以我們就僵持在這裡。」我說。

「時間沒有站在我這邊喔。」安娜貝斯警告說。火炬的光芒已開始變得黯淡冷卻。在火光照耀下，她的頭髮開始出現一絡絡灰髮，彷彿在我眼前漸漸變老。

「我們到底有什麼對不起它們？」我咕噥著說：「除了請它們在萬聖節晚上辛苦工作？它們到底想要怎樣？」

我馬上就後悔問了這種問題。

鬼魂暴徒中傳出一陣嚎叫聲。黑卡蒂的花園到處發出冰霜的細碎爆裂聲。鬼魂行列往兩旁退開，斯泰弗森特跛著腳走向前，他現在好黑暗又堅實，像是用藥草煙燻棒畫出來的。

「你們是異端靈魂，」他的聲音在我的腦中輕聲訴說：「你們必須燒死。女巫的房子必須焚毀。」

「噢，是嗎？」格羅佛大叫回應。「嗯，彼得，這話只讓你自己顯得很可笑。我們之中有人根本沒有靈魂！我如果在萬聖節死掉，只會投胎轉世到……可能是一片南瓜園吧，但是那樣也不差！」

---

67 這裡是指英文諺語「carry a torch for someone」，是單相思、忠貞不渝的意思。

不知爲何，這番話並沒有讓斯泰弗森特洩氣。

他拔出自己的煤塵細劍。「女巫必須燒死。」

他似乎眞的很執著於這一點。我開始心想，喚醒一六〇〇年代的傢伙來重建公館，可能並不是最好的計畫。

「這不只是隨便一位女巫的房子，」我說：「這個地方是黑卡蒂所有，她是掌握魔法的女神。你挑這間不動產就惹錯對象了！」

那些鬼魂憤怒尖叫，差點震破我的耳膜。亡魂全部旋轉起來，形成一道巨大的冰塵漏斗雲，接著往四面八方碎裂開來，一縷縷鬼魅的灰色線條射入黑夜。就連假腿斯泰弗森特都消失了。院子陷入寂靜，只剩下火炬的劈啪聲。

「你……你覺得它們放棄了嗎？」我問。

沿著街區的某處，一陣尖叫聲劃破夜晚。一輛車子猛按喇叭。傳來金屬壓過金屬的吱嘎聲響。

「沒有。」安娜貝斯猜測說。

「不要！」小地獄犬吠叫。

那些鬼魂回來時，身上的裝扮升級了。

有些步履蹣跚，身上堆滿垃圾，由塑膠袋、鋁罐、破爛毯子和速食紙盒構成模糊的人形。它們去參加紐約市設計學校的「回收衣著」計畫會拿到很棒的成績。其他食屍鬼則顯然從毫無戒心的「不給糖就搗蛋」玩家身上剝除扮裝。我認出的角色來自星際大戰、一些超級英雄、各種漂亮公主，還有一整群米奇和米妮老鼠，活像是正要前往時報廣場參加活動的群眾。超可怕的啊。

更糟的是，跟在這些垃圾鬼和扮裝鬼後面的是眞正的活人。他們的行動方式很像是忘了該怎麼操控自己的身體。許多父母和小孩走路搖搖晃晃，用荷蘭語輕聲說話。計程車司機和腳踏車送貨員也加入他們的行列……而在群眾的後面，有位警官騎著一匹黑馬。警官有一張傑克南瓜燈的臉孔，像是從眞正的南瓜撕下外皮，貼到自己臉上，讓他的斧頭殺手狠勁提升了百分之二十。他的雙眼閃耀著銀光，有一隻手握著一根黑色警棍，不斷閃爍和變換形狀，有時候伸長成一把細長的西洋劍。那是斯泰弗森特本尊……現在佩戴著警章。

「我們知道這是誰的房子，」他說：「我的母親必須爲她的異教罪行付出代價。」

我瞥了安娜貝斯一眼。「彼得．斯泰弗森特……黑卡蒂之子？」

「指定閱讀的作業裡面沒有提到這個啊。」格羅佛抱怨說。

安娜貝斯低聲咒罵一句。「我不知道。你覺得火炬光會讓實質的物體無法靠近嗎？」

「吼嗚嗚嗚嗚。」赫卡柏說，我認爲她的意思是：「我不會用你的玉米糖來賭這個。」

「守好門口，」我對安娜貝斯說：「我們其他人會盡可能撂倒最多的鬼魂。」

我衝進戰局，後面跟著格羅佛、兩隻地獄犬，以及一隻憤怒的歐洲貂。

34 爲了黑卡蒂而戰，還有死魚

一般認爲，持劍攻擊小孩子絕對是禁忌。就算他們受到憤怒鬼魂的附身，你也不會因此在英勇行爲積分榜上得到半點分數。

因此準備要衝進亡者大軍時，這點讓我有所疑慮。垃圾殭屍？沒問題。我一路對它們又砍又切，讓它們化爲一堆堆塑膠袋、果皮和油膩紙箱。空蕩蕩服裝裡的亡魂呢？也沒問題。迪士尼公主，死！各種星際大戰角色，死！可惜這樣只能拖慢亡魂的行動。它們從毀壞的外衣軀殼往上飄，趁我移動到下一群步履蹣跚的壞蛋時，又開始重新成形。

遭到附身的人類比較難以對付。正常情況下，我的神界青銅利劍穿透凡人不會造成傷害。我的劍是用來殺死怪物的，但我不想冒著風險，傷害到亡魂的宿主。我嘗試繞過它們，留給赫卡柏和「不要」去處理，兩隻地獄犬跳到腳踏車送貨員和計程車司機身上，把他們撞倒，再用親吻加以制伏。那會讓鬼魂得到教訓！

格羅佛協助分類。他在暴徒鬼群的邊緣跳來跳去，吹奏他的排笛。到達柵欄門後，他向後跳著前往公園，猛力吹奏電影《魔鬼剋星》的主題曲，凡人的耳朵聽了保證會大怒。於是遭到附身的人類開始脫離食屍鬼的行列，搖搖晃晃跟在牧神所加持的排笛後面。

蓋兒奔跑繞過院子，狠咬腳踝且吱吱咒罵，但似乎沒有太大的效果。安娜貝斯倚著大門，只要有鬼魂靠近就用火炬逼退它們。我想像她專注於一個簡單的命令：「不要！」因爲那似乎是「每週一詞」。

有些垃圾食屍鬼奮力爬上房子的立面。它們讓窗戶喀啦作響，搖晃鐵絲裝飾，但還沒造成眞正的破壞，就在黑卡蒂的火炬力量和安娜貝斯強大的「不要」威力之下灰飛煙滅。

到目前爲止，安娜貝斯看來似乎支撐得住。然而，我知道那兩支火炬對她造成多麼大的消耗。我們沒有太多時間。

糟的是，我們才剛把鬼魂砍掉，它們就重新成形，恐怕一整晚都可以這樣重複進行，但我們就不行了。

這些亡者似乎沒有赫卡柏召喚的特洛伊人那種力量。它們碰觸到我的時候，我沒有倒下去進入夢中影像。我看見事件的一些片段，但多數時候只是覺得很痛，像是用橡皮筋一次又一次彈中皮膚。

剛開始，我沒有覺得太困擾，但是過了一陣子，疼痛感開始累積。蓋兒的抗鬼藥膏顯然失效了。我希望能夠喝到更多神飮，即使是玉米糖口味也沒關係，但是我把那條子彈背帶留在門廊給安娜貝斯。

在此同時，受到附身的凡人之中，唯一似乎不受格羅佛吹奏主題曲影響的是「彼得警察」。他可能從來沒看過「魔鬼剋星」系列電影，因此不了解主題曲激起狂烈憤怒的文化脈絡。他騎在黑馬的背上來回踏步，指揮他的曼達洛人[68]、灰姑娘和垃圾堆部隊。他的西洋劍／警棍在側邊閃爍明滅。他的雙眼在借來的傑克南瓜燈臉皮底下灼熱發亮。

他的垃圾和扮裝小兵向我聚攏而來。它們的煙灰色手指滑過我的臉和手臂。每一次碰觸到，我都感覺到鮮明的彈痛。我全身就像開放式的水泡一樣紅腫刺痛。我的動作漸漸慢下來。它們的聲音在我的頭骨內迴盪。仇恨。冰冷。不值得活。

它們眞是超好玩的，這些死傢伙。我的膝蓋快要撐不住了。如果我屈服於一群憤怒鬼魂暴徒，我知道自己會再也無法重新站起。

接著一種不同的聲音滑入我腦中。「嘿，小子，標記我們一下啊。」

我不知道這是怎麼回事，不過那是電鰻珍妮特。

我環顧四周。前院當然沒有鰻魚。那也太荒謬了。

「我們還在水缸裡啦，海藻腦袋。」珍妮特說。

「你不能那樣叫我。」我在心裡回應。

「那好吧，小巷孩。標記我們啦！」

「你是指什麼？」

「你想要聊天，還是想要救兵？」

眼下此刻，救兵聽起來比較好。「好吧，當然，」我心想：「可是怎麼做？」

那些電鰻完全實踐了「做吧，不要光說不練」。

從公館的門口，四道黃色電光在安娜貝斯的周圍激射而出，很像從紙花噴桶射出的彩帶。

「衝啊！」珍妮特想著。

「爲了黑卡蒂！」佛圖納托回應。

「爲了死魚！」賴瑞說。

「爲了更多死魚！」大人物說。

最煩的事情是什麼呢？我居然能夠分辨每一隻電鰻的聲音。

三個門環幫他們喝采。「加油，我的死亡電鰻！」「加油，我的十七條世界末日蛇！」「佛島萊姆派！」

每一隻電鰻都裹著一層水。牠們在空中激射而過，就像在開放海域裡游動一樣容易。這是波塞頓的傑作嗎？還是黑卡蒂的魔法？兩人某種可怕的結盟？我眞的不知道。我猜想，電鰻住在黑卡蒂的宅邸裡，可能學到各式各樣的花招，也可以刮下牠們的黏液做成魔藥。

牠們迂迴穿過鬼群，在星際大戰人物和迪士尼公主的胸口鑽出一個個洞。牠們似乎知道最好不要殺死凡人，不過一隻二十五公斤重的電鰻掃過臉上，即使是最強悍的紐約計程車司機都會立刻倒地。

我感覺到一絲絲樂觀。也許我們可以扭轉局勢！

---

68 曼達洛人（Mandalorian）是電影《星際大戰》中的一個種族，曾另外獨立製作成影集《曼達洛人》。

我的希望持續不了多久。

電鰻驅逐那些亡魂的運氣沒有比我們好到哪裡去：牠們可以引發混亂，也可以把送貨員撞得失去意識，然而亡者就是會從一道道灰色塵煙之中重新出現，再尋找新的宿主。

安娜貝斯單膝跪下。她把火炬舉在高處，盡可能使出最大的力氣喊出「退後！」，但她愈來愈沒力氣了。

格羅佛還滿會吸引那些被附身的不給糖就搗蛋家庭。他們現在追著他跑，沿著人行道跑到對街，試圖包圍他。他又多吹奏「魔鬼剋星」主題曲的幾個小節，大喊「救命！」，接著繼續吹。儘管被附身的凡人行動緩慢，但我擔心我的朋友沒辦法躲他們太久。赫卡柏和「不要」在食屍鬼之間跳來跳去，氣喘吁吁。大量的身體衝撞和親吻，讓他們消耗許多精力。蓋兒鑽行於垃圾鬼之間，把能找到的腐爛水果全吃光，但那些鬼魂似乎根本沒注意到。

我必須改變戰略。也許如果我能把這批鬼魂大軍的首腦解決掉的話……

「彼得！」我大喊：「把你的鬼魂從我的草地上帶走！」

我心想，我的好兄弟革剌斯，掌管老年的天神，會很讚賞我這麼暴怒的叫喊。我也不禁心想，可能再也不會見到革剌斯了，畢竟我現在很有可能在生命的巔峰時刻死去。（此外，如果現在就是生命的巔峰時刻，又是另一種層次的悲傷啊。）

斯泰弗森特警官將他的馬轉過來對著我。他的斧頭殺手傑克南瓜燈面具咧嘴而笑……因為那面具就只能這樣笑。他舉起手中的西洋劍／警棍，以從容不迫的模樣噠噠噠向我走來。

他一點都不急。我們這些活人奮戰得愈越久就變得愈弱。

我朝向騎馬的警官一路揮砍、踢踹、揮拳。每一次碰觸到鬼魂，我就失去更多力氣。它們的情緒和記憶湧過我心頭。我看見自己在臨終床上飽受疼痛的折磨。我感受到一個粗糙的套索滑過頸部，群眾鼓譟嘲弄。一顆步槍子彈劃穿我身上的保暖毛料上衣，刺破我的胸口，鮮血浸透了衣裳。古老的新阿姆斯特丹的美好時光啊。

我揮砍的扮裝食屍鬼一定夠多了，足以塞滿一整間萬聖節特價量販店。但它們還是一直來。我的神界青銅劍刃似乎沒什麼用，只讓它們更加憤怒。

我搜尋某種可以運用的水源……灑水裝置？汗水管道？但我已經太虛弱。一把劍、頑強意志，以及胡思亂想，就只能這樣了。

在我後方，我聽到安娜貝斯大喊要鬼魂後退。至少表示她還很清醒。「電鰻航空中隊」繞著院子高速飛行，在鬼群中造成傷害和驚駭。格羅佛繼續吹奏他的主題曲。

我辦得到。我跋涉穿越亡者。我的牙齒格格打顫，雙腳感覺像冰塊。

「召喚我是錯的，」斯泰弗森特的聲音在我心裡輕聲迴盪：「在今天晚上，在所有夜晚。魔法和妖術。以爲你可以用我母親的火炬控制住我們。她是憎恨的女王。她的奴僕必須全部燒死。」

我聽過「耳蟲」的說法，比喻餘音繞梁，但他的聲音比較像是「腦鰻」。（向我的電鰻朋友們致歉啦。）它像是咬住我的小腦，拒絕放開。彼得說的每一件事我都聽不懂。他操著舊時的口音，他的說法也很怪異，但他的語氣有種非常紐約人的特質：嚴厲、驕傲、沒留下什麼深刻印象。我很容易就能想像他砰的一拳打在汽車頂蓋上，大聲喊著：「看你要去哪裡！我就在這裡徘徊！」

我繼續大步走向他，高舉手上的劍。距離愈來愈近，我可以看到警官的雙眼，在傑克南瓜燈面具後面顯得呆滯且遲鈍。我嘗試觸及馬兒的心，慫恿牠把騎士拋下來。通常馬兒很喜歡我，牠們是歸波塞頓管的。但這匹馬不感興趣，也許因爲牠現在遭到附身。

「曼哈頓已經變成醜陋的龐然巨物，」斯泰弗森特說：「這是我母親遺留下來的。十字路口一直是她掌管的領域，而她所有的道路都通往邪惡！」

這位仁兄顯然有一些議題要克服，但是在我看來，他會把治療的方法視爲另一種巫術。斯泰弗森特將他手中細長的西洋劍揮向我的頭。我以波濤劍迎上前去，但我比自己想的更加精疲力竭，也說不定斯泰弗森特就是太強大了。我的劍從手中飛脫出去。

我搖搖晃晃，差點沒辦法躲過西洋劍的另一次揮砍。

「波西！」安娜貝斯大喊。她的聲音聽起來像是距離好幾公里遠。

許多鬼魂堆疊在我背上，純粹以數量取勝，把我往下拖。我向後跌坐在頭蓋骨步道上，抬頭看著黑馬，現在聳立於我上方。

「去死吧，」斯泰弗森特的聲音在我腦中迴盪：「加入我們在墓中的行列。」

他的馬以後腿站立，接著兩隻前腳向下踏，準備踩爛我的臉。

35 我的愚蠢救了我

原來死亡有一首主題曲，曲名是「永遠的草莓地」69。馬兒的前蹄距離我的臉只有兩公分時，附近一輛車的喇叭轟然響起這首歌。那個聲音把一些鬼魂嚇到蒸發掉。馬兒以後腿支撐住，讓我有時間滾到旁邊去，電鰻珍妮特也及時擊中彼得・斯泰弗森特的臉，害他幾乎從馬鞍跌下去。

我連忙站起，氣喘吁吁，手無寸鐵，但是沒有被踩扁。有一輛白色的廂型車停到路邊，看起來非常眼熟。我的視線模糊不清，但認得廂型車側邊的一些字樣：德爾菲草莓服務70。

又來了……我就知道自己忘了某件重要的事。我們邀請一些朋友今天晚上來參加萬聖節派對，始終沒有取消。各位同學，看見沒？健忘可以救你一命。

車子側邊的滑門打開，扮裝的半神半人傾巢而出。柯納・史托爾帶頭下車，他穿著監獄的橘色連身衣，腳踝和手腕都有假的鐐銬。「老兄，你的院子裝飾是火耶！」

69 永遠的草莓地（Strawberry Fields Forever）是英國樂團「披頭四」的歌曲。

70 這是混血營的廂型車，運送混血營生產的草莓去紐約的餐廳和奧林帕斯山。「德爾菲草莓服務」是混血營用來掩人耳目的名字。參《波西傑克森：終極天神》。

「那是真的！」我大喊。「真的鬼魂！」

又有更多的半神半人從廂型車出來。卡拉維斯，來自夢非斯[71]小屋，穿戴著睡衣、睡帽和拖鞋，其實與他平常在混血營發懶時沒什麼兩樣；來自赫菲斯托斯小屋的哈雷，是最年輕的混血營學員，身上套著用神界青銅打造的「鋼鐵人」服裝，有可能是他自己做的；來自阿芙蘿黛蒂小屋的瓦倫提娜．迪亞茲，穿著一襲一九四〇年代的黑色晚禮服，戴著白色手套，頭戴寬邊帽，脖子上還掛了二十條不同的珍珠串。

瓦倫提娜左右看看那群鬼魂。「好噁。我們可以跟它們打一場嗎？」

「可以，拜託！」安娜貝斯從門廊喊道。

我們的朋友衝入戰局。卡拉維斯在遭到附身的人群之間蹣跚前進，一邊走一邊打呵欠。來自夢非斯之子的這種呵欠，遠比瘟疫的感染力更強。那些遭到附身的人們就地倒下，開始打呼。

在此同時，柯納和瓦倫提娜和其他六位半神半人展開猛烈攻擊。柯納用扮裝的鐐銬還滿有效的。哈雷穿著他的「青銅人」服裝，等於是行走的攻城鎚。瓦倫提娜的珍珠可以當作套索，勒住垃圾亡魂，也把扮裝鬼魂揮打成碎片。蓋兒、赫卡柏和「不要」在院子裡跳來跳去，一下子狂咬亡者，一下子嗅聞剛剛抵達的半神半人，像是在說：「噢，嗨，你是我的朋友嗎？」

又有更多乘客從廂型車冒出來。我看到朱妮珀和其他幾位樹精靈和羊男。她聽到格羅佛在對街高喊救命，燃起狂烈的眼神，於是把帶來的大型赤陶土花瓶交給另一位樹精靈。我猜那裡面有一根插枝，來自她生命源頭的杜松灌叢。

「抱著我的花器。」她命令著，接著大步離開，去救她的男朋友。

我正覺得鬆口氣，這時一把西洋劍劃破空氣，差點揮到我的鼻子。彼得警官已經重新控制住他的馬。

「你必須死，」斯泰弗森特說：「巫術。異端。我母親的奴僕。」

「老兄，休息一下啦。」我咕噥著說，躲過另一次揮砍。

到處都沒看到我的劍。我拍拍自己的口袋。那支筆終究會回到我身上，但是還沒回來，我也沒有時間可以等待。

透過眼角餘光，我看到安娜貝斯在門廊上，不讓亡魂大軍越雷池一步。她單膝跪著，手臂舉得愈來愈低，拚命維持火炬。我需要幫她，但彼得警官依然在我面前。

「這裡稍微幫忙一下？」我大叫。

電鰻飛過來，纏著彼得的手臂和脖子，讓他的藍色制服加上漂亮的黃色線圈配件。斯泰弗森特發出咯咯聲，拚命掙扎，試圖甩掉牠們。

接著一個高大的身形從廂型車前面繞過來。我本來還沒有看到他，猜想是因爲他一直在

---

71 夢非斯（Morpheus）是希臘神話的夢神，睡神希普諾斯（Hypnos）之子，能化身不同形象，為人託夢。

對街奮戰。那是我們的老朋友阿古士[72]，混血營的警衛隊長、廂型車司機，而且是你夢想中最能派上用場的戰鬥優步司機。

他巨大身軀的全身都有明亮的藍眼睛。爲了萬聖節，他選擇打扮成愛蜜莉亞．埃爾哈特[73]，穿著舊式的飛行員馬褲、皮靴，披著一條長長的白色圍巾。而在赤裸的胸膛和手臂上，他讓每一隻眼睛都戴著飛行員的風鏡，因此看起來很像不太對勁的大規模吸盤實驗。他大步走向彼得警官，將兩隻手臂伸到馬兒的腹部底下，把那匹馬高舉到頭頂上，包括彼得、電鰻，全部一起。（阿古士呢，附帶一提，他相當強壯喔。）

我並不是正確扛馬技術的專家，不過阿古士在混血營很愛飛馬，所以我想他會很小心不要傷害到動物。那匹馬，既困惑又遭到附身，在空中一直跑動四條腿，卻不知要跑去哪裡；斯泰弗森特則是用荷蘭語咒罵著，要求用永恆之火把我們全部燒死，那是荷蘭人壞蛋的下場。

阿古士看著我，用他的下巴指向安娜貝斯。去吧。

我一個箭步衝向門廊，我們的朋友已經扳平戰局，但亡魂依然不願離開。我們就只能分散注意力，把它們的玩具拿走（人們、服裝、垃圾），並且努力避免我們自己的靈魂遭到榨乾。我們需要結束這一切。

我到達安娜貝斯的身邊。她整個人暈頭轉向，差點用一支火炬打中我的頭，然後才發現我不是鬼。

「嗨。」她氣喘吁吁說道。

「我們需要交叉那兩支火炬，」我說：「我們兩人，一起。」

「我們試過了。」

「再試一次，」我說：「趁斯泰弗森特分心的時候。」

彼得把電鰻「大人物」從他的傑克南瓜燈臉上剝下來，丟到旁邊去。阿古士的手臂承受著馬匹和騎士的重量，開始搖晃起來。

「我們不能冒險，」安娜貝斯說：「那些亡魂會攻破進來！」

鬼魂前仆後繼衝向大門，證明了她的觀點。火光逼使它們無法靠近，但整棟房子在它們的攻擊下震動起來。安娜貝斯搖搖晃晃，她現在背靠著大門。三個門環尖叫著，懇求饒它們一命。

安娜貝斯嘗試由她自己交叉火炬，但是沒有力氣。「太……太重了。」

「嘿，聰明女孩，」我說著，努力不讓聲音顯得恐慌，「聰明一點啊。我知道的事情不多，但我確實知道，我們合作會比較強大。一直都這樣。」

我終於找到一個論點是安娜貝斯不能反駁的。她咕噥著表示同意，讓我從她的左手接過火炬。

---

❼❷阿古士（Argus），希臘神話中的百眼巨人。參《波西傑克森：神火之賊》。

❼❸愛蜜莉亞・埃爾哈特（Amelia Earhart），生於一八九七年，是美國的飛航先鋒，在一九三二年成為第一位飛越大平洋的女性駕駛員。她在一九三七年嘗試環球飛行中失蹤。

整個世界似乎隨著火炬光而搖曳變暗。那些亡魂在我們周圍旋轉，在黑卡蒂的力量有所動搖之際，它們發出勝利的嚎叫。

「快點！」安娜貝斯大喊。

我們並肩站著，把各自的火炬拉進來。很像與一道龍捲風進行腕力比賽。我感受到火光永遠熄滅之前，我們只有幾秒鐘的時間。這兩把火炬的本意並不是要給兩個人分享。

然而……我和安娜貝斯並不只是兩個人。我們是一對，而且我們一起站上了十字路口。我放聲尖叫，使勁把我的火炬往內拉。安娜貝斯也一樣。

我們的朋友繼續奮戰。格羅佛的排笛樂音停止了。我不知道那是好兆頭還是壞預兆。現在我們的火炬燃燒成一團火焰。再堅持一下，就可以讓握把彼此交叉……但是火炬抵抗著我們，彼此互相排斥，很像兩塊同極相斥的磁鐵。

「你們辦不到！」斯泰弗森特的鬼魂大叫。「黑卡蒂絕對不能……」

最後猛力一拉，我們讓火炬交叉了。

爆出了一陣白熱的能量，從火炬一波波向外傳遞出去。鬼魂分解成空氣。警官倒在他的馬鞍裡。馬兒發狂嘶叫著，彷彿在說：「我爲什麼飛起來？」然後阿古士把牠輕輕放下，任憑牠載著失去意識的騎士疾馳離開。垃圾和空蕩的服裝飛越院子而去。受到卡拉維斯催眠的那些人又開始醒來。

屹立到最後的鬼魂是彼得．斯泰弗森特的雲狀煤塵，現在失去了人類宿主。他慢慢分解，恢復成暗影，但繼續哀鳴，憤怒的聲音轉變成絕望，幾乎是心碎。

「我不能走，」他嚎叫著說：「我不能讓她留在我的城市……」

卡拉維斯走向那個逐漸衰退的鬼魂，對著不斷旋轉的煤粒皺起眉頭，彷彿那是一場夢的遺跡——直到他醒來的那一刻才會有意義。

「表叔74，沒關係，」卡拉維斯說：「現在這是一座大城市，屬於我們所有人。你已經完成自己的職責。現在你應該要好好安息。來吧。」

卡拉維斯擁抱那個鬼魂，而伴著一聲長長的嘆息，斯泰弗森特終於放手，消散掉了。

柯納．史托爾踏著從容的步伐向我們走來，笑得開心。他的鐐銬一定是在混戰中弄掉了。

「你們幾個真的很會耶，居然把派對辦成這樣！」他說：「我們現在可以進去了吧，還是怎樣？」

74 卡拉維斯的父親夢非斯是黑夜女神妮克斯的孫子。黑卡蒂是妮克斯的女兒，因此彼得也是妮克斯的孫子。

36 我跳過慶祝活動

我不會說那是瘋狂的派對——反正呢，就是沒有像大戰亡者那麼瘋狂啦。

不過那是很棒的派對，因爲我們還活著，而且身邊有好友環繞。阿波羅小屋提供一些歌曲，這要稱讚奧斯汀．雷克和他的巨科技攜帶式音響系統。我們甚至說服他播放一些流行樂，取代他平常必播的即興融合爵士樂。柯納提供點心和飲料。我還滿確定那是從混血營的雜貨店偷來的，但我不會抱怨，畢竟那樣對黑卡蒂廚房的耗損很有限。

精靈和羊男隨著音樂起舞。樹精靈可以跳個幾天幾夜，你想不到常綠樹和灌木叢會這樣吧。羊男大跳特跳，無論在哪一間德國夜店都會令人印象深刻。播到一些歌時，格羅佛隨之吹奏起他的排笛；有點像是威肯[75]歌曲裡的新奇聲音，但他搭配得眞好。

在此同時，阿古士留在大門口，沉著一張臉，確保情況沒有失控。我們都很習慣他擔任我們的監護人，所以這樣很酷。有幾次，那些不給糖就搗蛋的小孩甚至來敲門。我實在是搞不懂，他們怎麼能看透「迷霧」而發現這棟房子？不過他們都向我們稱讚那三個會講話的古怪門環。阿古士從我們的存貨拿糖果給小孩子，然後趕快送他們出去，免得小孩針對他打赤膊、有數百隻眼睛的飛行員裝扮問太多問題。

動物們似乎很自得其樂。電鰻回去水缸之前，特地跳了牠們最喜歡的排舞給我們看，以便額外多索取幾份冷凍魚食。原來赫卡柏是碧昂絲的粉絲，這一點可以從她聽見〈德州撲克〉（Texas Hold' Em）這首歌的嚎叫聲聽得出來。蓋兒與朱妮珀聊了很久，談起可以用杜松精油做出超棒的魔藥。「不要」交了數十位新朋友，努力忍住不要尿尿在他們身上。也許他只有跟最喜歡的三人組在一起才會尿尿吧。

歐萊麗女士不在這裡實在很可惜。星期二短暫看到她，只讓我更想念她，但我想這樣已經很好了。我不確定赫卡柏和歐萊麗女士會不會和睦相處。一間房子裡有兩隻狗媽媽，可能會造成一些問題吧。我對自己說，很快就會在加州見到我的地獄犬朋友。我必須保持樂觀。

最重要的是，我們在沒有重新破壞房子的前提下，想辦法度過愉快的時光。唯一發生的損壞是瓦倫提娜要示範她的「死亡珍珠項鍊」，結果扯掉一個燈具。謝天謝地，哈雷能把它修好——有赫菲斯托斯小屋的人在身邊永遠都很棒。

「你到底是打扮成誰啊？」我問瓦倫提娜。

她看著我，一副我是從火星來的樣子。「可可．香奈兒，很明顯吧！史上最可怕、最麻煩的時尚偶像。哼！」

我點頭，活像是很了解她在說什麼。見識過她用珠寶輕輕鬆鬆就斬掉食屍鬼的頭，我一

---

75 威肯（The Weeknd）是知名加拿大歌手。

點都不想惹她生氣。

晚一點的時候，我晃到樓上，發現安娜貝斯在三樓的露台，那裡可以俯瞰格拉梅西公園。我甚至不曉得這棟房子有露台，不過既然這是有魔法的地方，我沒有多加質疑。

「想要有人陪伴嗎？」我問。

她拍拍旁邊的空位置。

我們默默坐著。能夠和安娜貝斯這樣相處眞的很好。我們從來沒有覺得需要對彼此搞笑或裝酷。我們可以只做自己。這樣就夠了。

「今天晚上，我差點害我們沒命。」她說。

這不是搞笑也不是裝酷，我看得出來她很煩惱。

「你對自己太嚴格了。」我說。

她搖頭。「我聽到斯泰弗森特的聲音。以爲可以在萬聖節召喚出像他那樣的亡魂，想說我自己一個人就可以控制那些火炬……那是錯的，就像你說的。」

我有種感覺，她不再是斯泰弗森特的粉絲了。而且坦白說……我也是。

「結果成功了，」我說：「房子修好了。」

「對，可是……」她打個寒顫。「我的致命缺點又出來攪局。假如因爲我的自尊心而失去了你……」

我牽起她的手。她的手指好冰冷。「你要擺脫我沒那麼容易啦。我們每個人都有自己的致命缺點，對吧？如果你是椒鹽豆泥……」

她弱弱地笑。「驕傲自大啦。」

「我就是那個意思。我沒問題喔。那樣我們就扯平了，我的缺點是對自己的絕妙舞步太謙虛了。」

「嗯，你想得美。」

「而且，我一直相信我們是很棒的團隊，因為我們讓彼此的致命缺點變成比較不致命的缺點。就像，也許甚至是致命的強項。」

她捏捏我的手。「海藻腦袋，那根本說不通吧。不過這樣的想法讓我很感激。所以你是要說，我不應該覺得有罪惡感？」

「我們都不應該有。格羅佛的致命缺點顯然是草莓奶昔，對吧？不過有時候人生就是會給你草莓奶昔，然後你就要靠朋友罩你。我們是一個團隊。你有多少次把我扶起來？」

「算不清楚了。」

「就是說啊。」

她仔細端詳我的臉。你會認為現在她應該很了解你了，不過她好像很驚訝，像是發現以前從來沒有注意過的部分。

「怎樣？」我問：「我的下巴有墨西哥乳酪嗎？」

「沒有，」她說：「嗯，其實呢，有啦。不過我是在想，你這傢伙還滿聰明的。」

「可以再說一次嗎？我一定是聽錯了。」

她開玩笑把我推開。「我說眞的，而且我看得出來你在盤算一些事，黑卡蒂和她學校以前的事，流連在這裡的所有鬼魂和悔恨。我們修好了房子，但事情還沒有完，對吧？」

「對啊。」我表示同意。

我告訴她，等到黑卡蒂早上回家的時候，我打算對她說的事。

安娜貝斯挑挑眉毛。「很大膽喔。」

「對呀。我覺得你和格羅佛應該要先避一避。如果她不能好好接受，我不希望她當著你們的面大爆炸。」

「嘿，你剛才是怎麼說的，我們不是彼此扶持嗎？我們哪裡都不會去。」

我吐出一口氣，剛才已經憋太久了。「好吧。如果你確定的話。」

她靠在我身上。「我現在眞的覺得比較好了，感謝這樣聊一聊。還有，即使有點大膽，也要做正確的事。」

「你想回去派對那邊嗎？」

「不了。」她親我一下。「我還好。」

我們並肩坐了一陣子，而我非同意不可。我們眞的相當好。

37 我玩弄紫色的火焰

應該要有一項規則，女神絕對不能在早上八點以前回到家。

黑卡蒂突然衝進宅邸，時間剛剛好是五點三十二分。

我知道這個時間，是因爲有小喇叭和火焰轟鳴的聲音把我嚇醒，然後發現女神穿越一個火熱的入口踏進大房間。就在那一瞬間，我看到她背後有個閃亮的金色時鐘，就是紐約大中央車站的那個時鐘。時鐘的時針和分針指著那麼唐突的時間，整個景象烙進我的視網膜裡。

黑卡蒂爲何決定從北邊不遠處的火車站當作入口，我實在是搞不懂。也許她很喜歡那裡的「壞脾氣咖啡店」（Café Grumpy）吧。

「我，回，來，了！」黑卡蒂朗聲說道，彷彿我們可能會沒注意到這件事。她的聲音撼動整個客廳。

我們每個人的回應方式都很特別。安娜貝斯跳起來站著，揉揉眼睛，向女神鞠躬，活像這是她每天早上的例行公事。我試著站起來，卻在睡袋裡打結了，結果往側邊倒在一張咖啡桌上。格羅佛則是跳到空中，簡直像一隻嚇瘋的貓。

至於動物們，赫卡柏和蓋兒從容應對。地獄犬伸展身子，甩動一番，然後踏著緩慢的步伐走過去聞聞黑卡蒂，研究一下她去過哪裡。歐洲貂爬上女神的連身裙，窩在她的肩膀上，輕鬆放出歡迎回家的臭屁。至於「不要」，他從來沒見過女神，決定「不要」。他躲在安娜貝斯的雙腿後面。

黑卡蒂看起來度過相當愉快的萬聖節。她的橘色晚禮服噴濺著紅色的東西，也許是葡萄酒，也許是鮮血，也許是我不想知道的東西。她的肩膀披掛著五彩紙條，很像彩虹色的雪。有個裝滿東西的塑膠傑克南瓜燈桶子掛在她的手腕上。她彎腰拍拍赫卡柏時，桶子裡的聰明豆和里斯花生醬巧克力豆灑了出來。

她也輕輕搖晃，顯現出三個頭的野獸形態，搭配了一些驚悚的修飾。有人在馬臉上面做臉部彩繪，看起來很像彩虹小馬。獅子的頭戴著廉價的面具，是某位老牌政治家的臉孔……給我一秒鐘想一下。理查．尼克森。就是這傢伙。狗頭沒有裝扮，不過牠咧嘴笑著，呼呼喘氣，流著口水，很像剛剛跑了十五公里，需要喝一大碗水。

蓋兒從女神的手臂匆匆跑下來，埋進糖果桶裡，可能要找雞屍吧。

黑卡蒂挺直身子。她環顧大房間，找找看有沒有什麼東西不對勁。她的目光瞄準地獄小狗，他怯生生躲在安娜貝斯背後。沒有什麼事逃得過女神的銳利目光。

「那是誰？」她問。

「這位是『不要』，」安娜貝斯說：「我們發現他被遺棄在一條小巷子裡。赫卡柏很好心要收養他。」

黑卡蒂的三個頭全都同步歪向一邊。「赫卡柏……很好心？」

赫卡柏吠叫一聲，語氣聽起來有挑戰的意味。

「當然，沒有，」黑卡蒂說：「我只是……很驚訝。來這裡。小不點。」

「不要」小心翼翼從安全的地方溜出來，啪嗒啪嗒走向女神。黑卡蒂搔搔他的耳後，似乎軟化了他的恐懼。他伸腿一蹬，開心尿在地毯上。

「不要！」他吠叫一聲。

「眞是好孩子。」黑卡蒂說。

格羅佛清清喉嚨。「他，呃，是說，他會叫你『第三媽』。」

「噢噢噢，」黑卡蒂說：「他是想要說『三相媽』。好可愛啊！嗯，如果赫卡柏已經領養你，我很高興有你加入這個家庭。」

她的型態閃爍起來，變身成她的居家樣貌：單獨一張臉，中年女性，身穿瑜珈褲和一件T恤。她飄過房間，手指撫過家具。「所以，波西．傑克森，你有沒有碰到什麼困難？」

我對於這番對話有所準備。不過我本來是打算等睡飽之後再來聊。

「沒有什麼是我們不能處理的，」我開口說：「我確實想要問……」

「啊哈！」黑卡蒂大喊，把蓋兒嚇得從傑克南瓜燈桶子裡跳出來。女神從沙發後面撿起一個塑膠容器，是參加派對的某人遺留的空汽水瓶。從底部的橘色殘留物看來，我想那是柯納．史托爾的。他很喜歡喝無糖香吉士汽水。

「這是什麼？」黑卡蒂質問。「垃圾？」

她的輪廓燃燒著紫色火焰。「不要」嗚咽哀叫，躲到赫卡柏後面。格羅佛大叫：「我們可以解釋！」

女神笑起來。火焰熄滅了。「我開玩笑的。」

她笑得很淘氣。「你們有些朋友過來？不負我所望，來慶祝我最神聖的幾個夜晚。別擔心。」汽水瓶在她的指尖幻化成灰。「不過說眞的，塑膠容器對地球不好。你們應該用神界青銅或陶瓷。」

「了解。」我想像自己踹柯納的屁股一腳，讓神經平靜下來。「我可不可以……？」

「我的寵物看起來很快樂，」黑卡蒂繼續說：「公館的狀況很好。你們有沒有記得餵電鰻吃東西？」

我猛然回想起珍妮特和三位男孩昨天晚上大跳馬卡連那舞。「當然有，」我說：「那些電鰻很好。我……」

「那麼我很高興！」黑卡蒂朗聲說道：「你贏得我的推薦信。」

她讓我很難插話。她的手腕一揮，手中突然出現一個卷軸。「我花了很長的時間寫這個。我認爲你會很喜歡。」她把那張羊皮紙遞給我。

我還沒打開就鬆了一口氣。如果黑卡蒂花了時間寫，不管寫什麼，都已經比我從甘尼梅德拿到的推薦信好多了。他給我的是一張空白紙，我得自己塡寫。

我打開卷軸。那是用紅色墨水寫的，是草寫字體，於是我有閱讀困難的眼睛幾乎無法辨認。不過最終還是推敲出來：

此致相關人士

我推薦波西．傑克森的各方面。

誠摯的

黑卡蒂，三相女神，巫術女士，黑暗女王，神祕守護者，掌管鬼魂和亡靈的終極力量，暗影的全能主宰

我大可質疑簽名怎麼比信件本文還要長，「各方面」也沒辦法顯示出我挺過了死亡宣判、嚴刑拷打、額外的家庭作業。

不過，我反倒是說：「黑卡蒂女士，謝謝你。但是我們離開之前……」

「噢，是的，我知道，」她向我保證。「千萬別擔心！未來我絕對會召喚你來協助寵物託管服務。好了，如果沒有其他的事……」

我瞥了赫卡柏和蓋兒一眼，她們正盯著我，像是說：「老兄，你答應過的喔。」就連格羅佛和安娜貝斯也在等待我的暗號。我有種感覺，如果我以優雅的態度鞠躬告退，他們也不會怪我吧。

接著我突然想到，無論黑卡蒂知不知道，她正在提供我另外一個十字路口：這個誘惑與草莓奶昔一樣危險。現在就拿著推薦信離開再簡單不過了。那樣會百分之百安全。那樣也會是錯的。

「還有另外一件事。」我說。

黑卡蒂皺起眉頭。「噢？」

「現在一切都很好，」我說：「但是這個星期並不好。我們應該把事實告訴你。」

我把整個故事告訴她。從草莓世界末日，講到尋找「不要」，講到赫卡柏的影子世界趴趴走，講到蓋兒在香水店的約聘勞役工作，講到我們與彼得．「燒死異教徒」．斯泰弗森特的萬聖節狂歡。

我講這些事的時候，黑卡蒂保持文風不動。等到我講完，她往左右平衡一下，彷彿發現她站在自己的十字路口，而這是頭一次，她完全不知道自己身在何處。

「那眞是，」她斟酌著自己說的話，「相當不得了的故事。波西．傑克森，我沒有把你當成笨蛋。你爲什麼要坦白這些事？我爲什麼不應該把你燒成灰燼？」

「你大可這麼做，」我表示贊同，「不過實情是，我們並沒有照顧好赫卡柏和蓋兒。是她們照顧我們。赫卡柏需要更多自由，她需要你的信任。蓋兒也一樣。你應該准許她在自己的實驗室裡實行鍊金術。」

蓋兒吱吱叫。

「對，」我說：「還要請助手。要有拇指與其他手指相對。」

黑卡蒂的身子周圍又有紫色火焰閃爍搖曳。「你膽敢向我提出請求？」

安娜貝斯和格羅佛緊張起來。我有預感，他們準備要跳到我前面，幫我擋住黑卡蒂的天譴。我不能讓情況變成那樣。

總之，我迎上女神的目光。我甚至沒有尿溼褲子。因爲很有英雄氣概。

「我是想讓你看最好的過程，」我說：「無論你接不接受……那就看你了。不過格羅佛喝了草莓魔藥，把公館給拆了……就某方面來說，這是所能發生最好的事情了。我想，在某種程度上，你是刻意讓那種事發生。我們把寵物找回來，但現在我們了解她們的需求。我們修復宅邸，但它的基礎已經逐漸崩裂長達一個多世紀。我們的建築師，安娜貝斯，發現了這件事。你一直有鬼魅般縈繞不去的問題。歷史悠久的悔恨。歷史悠久的妒忌。我們昨天晚上發現這個狀況，因爲遇到了你的兒子彼得。」

黑卡蒂閉上雙眼。是不是有一顆淚珠滑落她的鼻翼？

「彼得啊……我在教養方面沒有盡到最大的努力。」她的神情又變得冷酷。「不過你膽敢推測……」

「只要聽我說就好，」我懇求道：「把我們破壞的部分修復好，這是我們欠你的。不過這棟公館依然是壞的。我知道你可以怎麼修復它。讓它配得上你……」我指著那些寵物，「以及你的家人。考慮一下，把這視爲請求，而不是要求。」

黑卡蒂的火焰光暈維持在即將爆發的狀態。她的眼神似乎狠狠地鑽入我的靈魂，試著要搞清楚我怎麼可以如此無禮，竟然用這種方式對女神說話。天神用這種眼神看我，也不是第一次了。

最後，她爆出一陣尖銳的笑聲。

「波西．傑克森，你讓我很驚訝喔，」她說：「這種事不常發生。」

她瞥了「不要」一眼，他依然躲在狗媽媽赫卡柏的後面。

「我想，你幫我帶來一位新的家庭成員，」女神總結說：「這表示我欠你一份恩情作爲回報。說吧，我會決定是不是我可以同意的事，或者我是不是得把你整個人餵給鰻魚吃。」

我把自己的想法告訴黑卡蒂。

38 我不小心把輔導老師變成液體

「你還活著！」我在星期一早上走進歐朵拉的辦公室時，她這樣說。

「你不用說得這麼驚訝的樣子吧。」

「不，我沒有……好吧，有啦，我好驚訝。你怎麼辦到的？」

我在「生病青蛙」旁邊坐下，把我們與亡者的萬聖節遊街團告訴歐朵拉。從她的頭髮滴下的鹽水來判斷，光是聆聽就讓歐朵拉焦慮得要命。

「那實在……嚇死人。」她搖搖頭。「而推薦信呢？」

我把卷軸拿給她看。她花了很長的時間閱讀內容，深情撫摸那些字，直到我開始忍不住心想，她是不是在其中尋找黑卡蒂可能提到她的蛛絲馬跡。

週末後來的時間，我、安娜貝斯和格羅佛在公館度過。一部分原因是黑卡蒂希望我們留在那裡，於是她能聆聽我們計畫的更多細節。另一部分原因則是，這是我想的啦，因爲她把我們當作人質，以免她改變主意，決定把我們餵給電鰻吃。此外，這讓她多了兩天有免費贈送的寵物保母。但是我們不介意。出去散步遛遛赫卡柏、蓋兒和「不要」，已經成爲我真心期待的事，只要赫卡柏不要拖著我穿越影子世界進入不知何處的百貨公司就好。

我們與黑卡蒂共度的時光，她確實曾提起歐朵拉好幾次。我不想告訴我的輔導老師，那些對話亂噴了多少罵人的話，女神才終於冷靜下來。

歐朵拉抬起頭，心滿意足嘆口氣。「好吧，這是她的筆跡。噢，波西，眞是大成功！這會讓你的大學申請書看起來很棒。而萬一新羅馬沒有通過，這可以讓你進入很多非常優秀的技術學校！」

「呃……新羅馬會通過的。我只需要再一封推薦信，對吧？」

「當然。」她的手指描繪著紅色的草寫字體。我開始擔心她會把這份文件留給自己當紀念品，於是我認爲應該要宣布其他的消息。

「還有，」我說：「黑卡蒂欠我一份恩情，而我收下了。」

歐朵拉在又厚又圓的眼鏡後面瞪大雙眼。「恩情？噢，天啊！你要求什麼？我……我可以看看嗎？是她的一綹頭髮嗎？一張親筆簽名照？」

「比那更好喔，」我說：「我說服她重新開辦她的魔法學校。」

歐朵拉融化成水。

這可不只是比喻而已。她眞的化爲辦公室椅子周圍的一大灘水。我站在那裡，很擔心是自己殺了她。我需不需要潛進去救她？我並不是領有執照的救生員。我的職責是在海洋，不是從海精靈自己的水灘裡把她們救出來。

「哈囉？」我叫道：「你在下面那裡還好嗎？」

水灘出現陣陣漣漪。它冒出氣泡，接著滲流在一起變成噴泉，然後噴得愈來愈高，直到歐朵拉站在我面前，又是完整的本尊。我眞想知道她的貝殼髮型是怎麼液化的，更別提她的眼鏡了。

「我……我不敢相信，」她啜泣著說：「你眞的……你說的我沒聽錯吧？」

「是啊。我說服她再試一次。就像你說的，世界上有那麼多潛力無窮的學生，而他們並沒有全都隸屬於混血營。」

我壓抑著一陣顫抖，想到埃厄島的那些水精靈，我絕對不會希望她們出現在我們的營火周圍，拿著她們的「迷戀之水」噴霧瓶，跟大家一起唱歌。

「他們需要學校，」我說：「黑卡蒂也需要學校。自從她關閉學校之後，那棟公館就不對勁。不只是這樣，黑卡蒂需要幫忙。她在提供十字路口方面很厲害，但在引導大家通過十字路口方面就沒那麼厲害了。她需要有人可以輔導學生，指引他們做出選擇，讓他們完成學習之後能夠前進到下一步。」

「那就表示……？」歐朵拉已經不只是尖聲說話了。

「她重新聘請你擔任招生主任。全職工作。」接著我很快補上幾句。「不過當然啦，要等你完成這個學期協助我的工作。」

「哎呀呀！」歐朵拉忘了禮節和個人界線。她繞過辦公桌來擁抱我。她把我抱起來，原地轉圈，再把我放下，開心跳起吉格舞。「謝謝你，謝謝你，謝謝你！」

「不客氣。」我笑著說：「完全不客氣。只是呢，呃，請繼續好好地幫我申請進入大學，好嗎？」

「噢，我會的！我會幫你申請進入所有的大學！」

「只要新羅馬就很好了。」

「就是新羅馬！噢！噢！」

她在房間裡手舞足蹈，擁抱她的辦公椅，然後試著要擁抱「生病青蛙」。她似乎完全忘了我。那也沒關係。我覺得自己在那裡的事情處理完了，於是去上第一堂課，那堂課的老師看到我恐怕不會很高興。

總之我度過了那一天，雖然可能在課堂上睡著一次吧。好啦，三次。

放學後，我準備動身回到格拉梅西公園，心想我應該要去遛那隻很會脹氣的歐洲貂，還有真的很需要尿尿的兩隻地獄犬。等我意識到自己再也不必去那裡時，心裡還滿難過的。從樂觀的一面想，我可以回家了……但首先，我在「破茶壺」停留一下。

我媽站在她平常待的桌子旁邊搓揉背部。她盯著電腦螢幕的模樣，彷彿電腦惹到她。

「碰到寫作瓶頸嗎？」我問。

「波西！」

她緊緊抱住我，但沒有把我整個人抱起來團團轉，那對她或我或寶寶來說恐怕不太好。

透過格羅佛的幫忙，我在星期六早上請風精靈送一張紙條給她，只是要讓她知道我還活著，不過呢，親眼看到她眞的很棒。

「不是寫作的瓶頸啦，」她說：「是寫作引起的背痛。」她揉揉脊椎末段。「跟黑卡蒂相處得怎麼樣？把每一件事都告訴我！」

我把大概的經過告訴她，同時點了另一壺茶，也吃了餅乾。同樣的，我很慶幸自己沒有每天都在這裡寫東西，否則我會吃下太多甜食，說到這個，坦白講，我還是吃啦。

我講完後，我媽眉開眼笑。「波西，你做了很棒的事。」

「對啊，嗯……如果你改變心意，想要學巫術，我認識一位女神喔。」

她笑起來。「不太可能啦。我對自己的選擇很滿意。不過你爲歐朵拉做的事，還有黑卡蒂，還有那些動物……你留給他們的地方比原先更好了，而且更快樂。眞的很像波西會做的事，我以你爲榮。」

我太老也太酷了，沒有受到我媽這番讚美的影響。我沒有臉紅或發窘或怎樣。我想要說點什麼話，但是覺得喉嚨好像噎住。可能只是噎到一小塊餅乾吧。

「那麼，你今天晚上要回家嗎？」我媽問。

「要啊，」我說：「可以請格羅佛和安娜貝斯過來嗎？也許還有朱妮珀？她發現植物可以免費搭乘長島鐵路，因爲沒有人注意到他們。」

「當然好！」我媽說：「我已經有好久沒見到朱妮珀了。不過他們過來之前，你可能會想要把你的衣服洗一洗。」

「喔。好。」

我媽今年已經不幫我洗衣服了。她說我需要練習自己洗。到目前爲止，我練習過很多次的，是把衣服丟成一堆。我可能也練習到的是，讓洗衣籃裡面發展出新的生命形式。

「當然。」我說。

「而且我很樂意有人幫忙把客廳整理好，」她加上一句。「而且……」

「了解，」我說：「例行家事嘛。做這些事，我想你不會幫我寫一封大學推薦信吧？」

「他們不會相信我的啦。要說你有多棒，我可是充滿偏見喔。而且你做這些家事的時候又更棒了！好啦，我眞的應該要寫完這一章，否則永遠達不到今天的字數。家裡見？」

我走回公寓，而就算有洗衣服和吸地板的家事要做，我發現自己滿臉都是笑容。有時候做家事也沒那麼糟，特別是這樣就表示準備迎接全家人的晚餐。

39 我得到最喜歡的甜點

安娜貝斯提早來訪，與我、我媽和我繼父一起幫忙準備晚餐。格羅佛和朱妮珀大約一小時後現身。格羅佛很周到，帶了蘭花盆栽送給我媽。朱妮珀身爲樹精靈，帶來一棵杜松小苗，意思是她生命源頭的一部分。希望我們不會搞混，最後誤把朱妮珀種在花盆裡。否則呢，她最後得住在傑克森－布魯菲斯公寓裡。如果蘭花有名字，格羅佛也沒有介紹它們。

我整個星期都沒有見到繼父保羅，因此他把他的高中發生的事情一股腦兒講給我聽，全都是他同事和學生的趣事。保羅成爲我們的家人，我唯一遺憾的事情是從來沒有機會拜他爲師。我覺得我會喜歡上他的課。他講起他的朋友，好大先生（對呀，這是眞名），讓我們全都笑翻了，好大先生用 PowerPoint 講解週期表講到一半，才發現他給學生看的是他去大峽谷家庭旅遊的幻燈片。

「而我聽說你見到奇……布魯納先生。」保羅補上一句。

「你可以叫他奇戎啊，」我說：「這裡每個人都知道。」

「喔，對耶。」保羅笑了笑，有點難爲情。在希臘神話世界裡，有時候很難隨時了解誰認識誰。「嗯，很高興他在替代高中的課結束了。他下星期四應該要來幫我代課，那天我要去執行陪審員的義務。」

我試著想像奇戎去教保羅的班級。差不多就像保羅去當陪審員一樣奇怪。如果他獲選到陪審名單上，可能不用幾天就會讓整個陪審團上演莎士比亞戲劇的場面。奇戎則會讓保羅的學生揮劍比武，保羅可能覺得那樣沒關係。

「朱妮珀，親愛的，」我媽說：「你吃沙拉可以嗎？我實在沒有想過要問樹精靈適合吃什麼東西。」

朱妮珀笑起來。「好周到喔。莎莉，我可以吃沙拉，但還是謝謝你問起。只要是樹精靈可以吸收的營養，我們都會吃。」

這件事留給我媽去問。我甚至從來沒想過樹精靈是否要吃東西。我想，我應該要更敏感一點。有時候混血營的學員會問我是否會避免吃海鮮，因爲我是海神波塞頓之子，可以跟魚類講話等等之類。我總是回答不會喔，我吃魚。你有沒有跟一隻魚講過話？牠們沒有很多話要說啦。大多數時候簡化成「你是食物嗎？我是食物嗎？」吃牠們是回答這問題的唯一方法。

我顯然不吃聰明的動物，像是章魚、海豚、鯊魚，還有魟魚。同學，如果你有機會需要某種動物幫忙做物理課的家庭作業，魟魚是天才喔。

格羅佛和朱妮珀準備餐桌。通常那是我的工作，但看著他們一起做家事還滿有趣的。大自然的精靈可以說「家事」嗎？隨便啦。他們很可愛，彼此推擠，輕聲笑著，眼神夢幻。

安娜貝斯一邊從烤箱端出砂鍋，一邊和保羅聊著她最近的建築作業。保羅似乎覺得她的作業十分吸引人，雖然他並不是很了解設計。我媽則是自顧哼著歌，臉上笑咪咪的，很開心周圍環繞著正能量。

等到在餐桌坐定，大家狼吞虎嚥。我、格羅佛和安娜貝斯講述這個星期的大冒險，盡量把重點放在回想起來很有趣的事，而不是差點害我們被殺的事。有時候這兩種事情很難區分，不過我講到跟著赫卡柏穿過女性內衣褲樓層的瘋狂之旅，我媽笑到都流眼淚了，這段情節我之前跳過沒講。

「我眞應該請你幫我挑個幾件啊。」她說。

「別讓那件事變得更詭異好嗎？」我嘀咕著說。

「而這封推薦信，」保羅說：「眞的只有說黑卡蒂在『各方面』都推薦你？」

「嗯，對呀。」

「所以這次我們不用幫你寫自己的信，」我媽說：「好可惜喔。」

我不禁抖了一下。我不希望大家合力寫我的推薦信變成一種傳統啦。

「和動物們相處得很好喔。」格羅佛跳出來說。

「遊歷得還眞遠。」安娜貝斯補充說。

「他的腳踝套了一件胸罩。」朱妮珀表示，接著皺起眉頭。「抱歉。我聽不太懂人類的笑話。那樣很誇張嗎？」

大家笑起來。連我都笑了。

「好啦，哈哈，」我說：「我們可以把那些事全都加入我的第三封推薦信中，如果我拿得到的話。」

「噢，你會拿到的。」安娜貝斯說。

「我們會在這裡幫你！」格羅佛承諾說：「即使那表示你們兩人會在拿到之後離開這裡去加州。」

「嘿，喂，」朱妮珀說著，捏捏格羅佛的手腕，「我對你說過，別擔心那件事。因爲不管你去哪裡，你的根都在你種下去的地方。而就是在這裡，」她指著餐桌周圍，「這些是波西和安娜貝斯的根。」

這番話讓大家停下來。有時候，最有智慧的話出自一叢杜松灌木。

「這是當然的啊，」格羅佛說：「而我的女朋友的根，實際上就在這裡。」他推推朱妮珀帶來的杜松小苗。

我們全都笑了，但朱妮珀說得很對。環顧餐桌，我知道我屬於哪裡，就算我們搬到國家的另一端，我和安娜貝斯永遠都會在這裡有個家。我們不會拋下任何東西。我們只是要讓自己的枝葉更加伸展出去。

「嗯，」我說：「既然那樣的話，要拿什麼當點心？」

「這個如何？」安娜貝斯親吻我，這比任何一種點心更棒——絕對比玉米糖好太多了。

波西傑克森

女神之怒

文／雷克・萊爾頓（Rick Riordan）
譯／王心瑩

主編／林孜懃
封面繪圖／ Blaze Wu
封面設計／ Snow Vega
內頁排版／中原造像
行銷企劃／鍾曼靈
出版一部總編輯暨總監／王明雪

發行人／王榮文
出版發行／遠流出版事業股份有限公司
地址／ 104005 台北市中山北路一段 11 號 13 樓
電話／（02）2571-0297　傳眞／（02）2571-0197
郵撥／ 0189456-1
著作權顧問／蕭雄淋律師
□ 2025 年 4 月 1 日 初版一刷

定價／新台幣 420 元（缺頁或破損的書，請寄回更換）

ISBN 978-626-418-137-2

ylib 遠流博識網 http://www.ylib.com E-mail: ylib@ylib.com
遠流雷克萊爾頓奇幻糰 http://www.facebook.com/thekanefans

WRATH OF THE TRIPLE GODDESS
by Rick Riordan

國家圖書館出版品預行編目（CIP）資料

波西傑克森：女神之怒 / 雷克．萊爾頓 (Rick Riordan) 著；王心瑩譯 . -- 初版 . -- 臺北市：遠流出版事業股份有限公司 , 2025.04

面；　公分

譯自：Wrath of the triple goddess

ISBN 978-626-418-137-2（平裝）

874.59　　　　114002548